Friedrich Gerstäcker

Die Missionare

Roman aus der Südsee - Zweiter Band

Friedrich Gerstäcker

Die Missionare
 Roman aus der Südsee - Zweiter Band

ISBN/EAN: 9783743655423

Hergestellt in Europa, USA, Kanada, Australien, Japan

Cover: Foto ©Andreas Hilbeck / pixelio.de

Weitere Bücher finden Sie auf **www.hansebooks.com**

Die Missionäre.

Roman aus der Südsee

von

Friedrich Gerstäcker.

––––––

Zweiter Band.

Die Uebersetzung wird vorbehalten.

Jena,
Hermann Costenoble.
1868.

Inhaltsverzeichniß.

1.
Die Versammlung der Häuptlinge.

Der nächste Morgen kam und mit ihm einer
der wichtigsten Abschnitte im Leben der Bewohner
von Motua. — Heute sollten die Häuptlinge des
südlichen Theiles der Insel das Schicksal ihres
ganzen Stammes entscheiden, und es läßt sich
freilich nicht leugnen, daß sie an dies Werk so
unvorbereitet wie nur irgend möglich gingen.

Sie wußten noch außer der einen Rede gar
nichts von der neuen Religion, die ihnen die
Fremden brachten, und welche Wirkung sie auf
ihr ganzes bisheriges Leben ausüben würde. Ein
charakteristischer Zug aller dieser Stämme ist
aber die fast unbegreifliche Sorglosigkeit, mit der
sie nicht allein der nächsten Zeit, nein, selbst dem
nächsten Tag entgegengehen. Nur der augen=

blickliche Moment, nur der Tag, in dem sie leben, hat für sie einen Werth, alles Andere mag eben kommen wie es mag, und selbst auf ihre Nahrungsmittel dehnen sie diese Sorglosigkeit aus, so daß sie oft sogar in mageren Zeiten große Gastereien halten und dabei bewirthen, wer nur irgend Theil nehmen will, während sie dann schon in den nächsten Tagen dafür darben müssen. Aber was thut das? Es macht ihnen wenig Sorge, und sie arbeiten sich nachher, so gut es gehen will, durch ihren Mangel.

Genau so gingen sie dieser vollständigen Umgestaltung aller ihrer bisherigen religiösen und damit auch zugleich nationalen Verhältnisse entgegen. Was kam, kam eben, wenn sie nur einen augenblicklichen Vortheil dafür sahen. Man wird auch dabei kaum erwarten, daß sie sich schon für die neue Religion begeistert fühlten; die eigentliche Tragweite ihres ganzen Glaubenswechsels hatten sie noch gar nicht verstanden. Nur das, was von der Stärke und Allmächtigkeit des neuen Gottes gesagt wurde, leuchtete ihnen ein, denn es stimmte zu dem Bilde, das s i e sich von einem solchen Gott entworfen. Es schien ihnen dabei kaum etwas Anderes, als ob sie sich mit einem neuen mächtigen Häuptling verbündet hätten, der dann aber auch, so lange sie Freundschaft mit ihm hielten, verpflichtet sein mußte, ihnen in all' ihren Bedrängnissen beizustehen oder sie bei größeren und gefährlichen Unternehmungen na=türlich zu unterstützen.

In diesem Geiste trafen die Ersten des Reiches an diesem Morgen am Strande vor des Königs Haus ein, und die Stimmung dort wurde eine sehr gehobene, als sie die zwölf Musketen — allerdings ohne Bajonnet, denn es waren nur zur Jagd bestimmte Waffen, nebeneinander an der Wohnung des Königs aufgestellt fanden. Auch andere Geschenke hatte Fremar noch für sie heruntergeschickt, aber ebenfalls dem König selber zur Vertheilung übergeben lassen. Es war besser, daß sie es durch diesen erhielten, denn woher es kam, wußten sie ja doch.

Nach und nach trafen so die verschiedenen Egis des Reiches am Strande ein, wo schon Speisen für sie bereit und ein paar Backöfen mit geröstetem Fleisch seit Tagesanbruch im Gang waren. Auch Ava wurde vorher getrunken, und Ramara Toa selber — aber heute in dem vollen Glanz seiner neuen Uniform — brachte, ohne sich irgend etwas Böses dabei zu denken, ihrem neuen Gott den ersten Becher, indem er, wie es bisher immer Sitte bei ihnen war, einen Theil desselben neben sich auf die Erde goß und ein kurzes Gebet dazu murmelte. Den alten Spruch wagte er doch nicht zu sagen, weil er nicht genau wußte, wie er passen würde.

Aber die Sonne stieg höher, und es wurde Zeit, daß die Berathung stattfand. Fremar war auch schon eingetroffen, ohne aber Theil an der Ava zu nehmen. Er setzte sich bescheiden, vielleicht zehn Schritte von den Häuptlingen entfernt, dicht am Strand unter eine Palme und wartete geduldig, bis er von selber gerufen wurde, denn aufdringen durfte er sich ihnen an diesem wichtigen Tage nicht, das fühlte er recht gut. Er wußte aber auch, daß sie ohne ihn gar nicht fertig werden konnten, und paßte deshalb seine Zeit ab. Was lag auch jetzt an einer Stunde, wenn sie nur überhaupt heute noch in's Reine kamen.

Aber er mußte sehr lange warten, und zwar lag diesmal nicht die Schuld an Ramara Toa, — nein, der hätte gern selber je eher desto lieber begonnen — sondern an seinem Sohn Taori. Man wußte, daß er hierher unterwegs war; zwei nacheinander eintreffende Boten hatten sein Nahen gemeldet, aber er selber schien keine rechte Freude an der Versammlung zu haben und schlen=

berte nur langsam über die Berge dem Vereins=
plaße zu. Was hatte er auch zu versäumen! Ja,
als er selbst den nächsten Hügelrücken erreichte,
legte er sich noch einmal unter einen Baum und
schaute lange sinnend auf das Meer hinaus —
und indessen saß Fremar unter der Palme, der
Entscheidung harrend, und verging fast vor Un=
gebuld. Aber er wußte auch sehr wohl, daß er
weder durch Mahnen noch Treiben die Sache
förbern könne. Gebuld! es gab kein anderes
Wort für ihn, und er mußte sich dem fügen, ja,
wenn selbst die Sonne barüber untergegangen
wäre.

Enblich kam Taori. Seinen Bogen mit den
Pfeilen in der Hand, stieg er langsam den Hang
nieder, und als er den offenen Strand erreichte
und dort von den Häuptlingen auf das lebhaf=
teste begrüßt wurde, — war er doch Aller Lieb=
ling — wendete er sich zu dem König und sagte:

„Du hast mich rufen lassen, Vater, um eine
wichtige Angelegenheit im Rathe der Egis zu be=
sprechen. Was ist es? Ich bin hergekommen,
um Dir zu willfahren, aber meine Zeit ist kurz.
Ich will nichts von den Weißen. Laß sie gehen
und uns unser Land selber regieren. Sie haben
keinen Segen gebracht, wohin sie den Fuß setzten.‟

„Aber sie haben einen starken Gott, Taori," sagte Ramara Toa, dem die Einsprache des eigenen Sohnes eben nicht erwünscht kommen mochte. „Wir sind entschlossen, ihre Lehre anzunehmen, und werden unüberwindlich sein, wenn wir uns mit ihnen und ihrem Gott verbünden."

„Und was sagen die Häuptlinge dazu?"

„Sie stimmen mir bei," nickte Ramara Toa, „und heute sollen gerade die Gesetze festgestellt werden, welche uns die Hilfe der fremden Weißen in jeder Art sichern."

„Und wozu b r a u ch e n wir die Hilfe der fremden Weißen?" rief Taori emporfahrend, „wer hat sie gerufen? Daß sie das Meer verschlungen hätte!"

„Du sündigst, indem Du solchen Frevel aussprichst," sagte Ramara Toa ernst. „Der Gott der Weißen ist ein starker Gott!"

„Laß mich ein Zeichen sehen, d a ß er es ist," erwiderte finster der junge Häuptling, „und ich will an ihn glauben — nicht eher." Damit drehte er sich ab und schritt zu seiner Mutter in das Haus, um diese zu begrüßen, indessen braußen die Häuptlinge ihre Plätze einnahmen und auf schon bereit gelegten Matten einen weiten Kreis bildeten. Jetzt erst trat Taori zu ihnen — aber er setzte sich nicht. Die Arme untergeschlagen, lehnte er sich mit der Schulter an einen dort stehenden Brotfruchtbaum, und seine Brauen zogen sich finster zusammen, als Fremar in den Kreis gerufen wurde, ihn selber freundlich grüßte, ohne ihn aber weiter zu beachten, und dann seinen Platz links neben Ramara Toa einnehmen mußte. Dorthin hätte ein erster Häuptling gehört, aber kein Weißer. Aber Ramara Toa war König und hatte zu befehlen, und was die Mehrzahl der Häuptlinge beschloß, wurde, wie er recht gut wußte, Gesetz.

Ramara forderte aber jetzt den Missionär auf, das vorzutragen, was er ihnen gestern Abend gesagt, damit sie es hören und einen Beschluß fassen könnten; Fremar dagegen wußte recht gut, daß er hier eine große Zahl stolzer Burschen vor sich hatte, mit denen er augenblicklich Alles verborben haben würde, sobald sie nur im entferntesten den Eindruck erhielten, daß er die Gesetze geben und sie nur dazu Ja sagen sollten. Er mußte deshalb außerordentlich vorsichtig zu Werke gehen und sagte darum freundlich:

„Du hast mich falsch verstanden, Ramara Toa, wenn Du glaubtest, daß ich es unternehmen würde, für Motua Gesetze auszuarbeiten. Das steht nur Dir und den Häuptlingen zu, und Alles, was ich thun kann und thun könnte, ist, Dir und den hier versammelten Richtern des Volkes genau zu erzählen, wie es unter ähnlichen Verhältnissen die beiden großen Könige Kamehameha und Pomare gehalten haben, wonach Ihr dann prüfen mögt, ob Ihr durch diese Gesetze auch Eure Insel zu einem großen, mächtigen Reiche umschaffen mögt, wie es jene beiden Könige gethan haben.“

„Und hat Pomare wirklich noch ein Reich?“ sagte da Taori und sah den Missionär forschend an. „So viel uns die Schiffer erzählten, die an der andern Seite der Insel gelandet, nahm er so viele Weiße in seinem Lande auf, bis sie ihn selber vertrieben und er jetzt machtlos ist wie ein ruderloses Canoe.“

„Dann bist Du falsch berichtet, Taori,“ sagte Fremar freundlich. „Die Königin Pomare regiert noch zu heutiger Stunde ihr schönes Reich, und unsere Missionäre stehen ihr treu zur Seite. Die Feranis, ein böser, gottloser Volksstamm, brachen allerdings dort ein und landeten mit ihren Kriegscanoes, aber das Volk hatte feste Gesetze, an denen sie nicht rütteln konnten, und hielt ebenso fest an seinem Glauben. Pomare Wahine ist noch bis zu dieser Stunde seine Königin.“

Taori schwieg, denn über die Verhältnisse der andern Inseln drang allerdings nur dann und wann, vielleicht einmal durch einen dort anlegenden Wallfischfänger, ganz unbestimmte Kunde zu ihnen herüber. Er war seiner Sache nicht gewiß genug; Fremar aber fuhr ruhig fort:

„Vor allen Dingen wird es deshalb nöthig sein, daß erst einmal durch Dich, Ramara Toa, wie durch Deine Häuptlinge festgestellt wird, ob Ihr überhaupt die Religion der Christen, in welche Ihr durch die Taufe eingetreten seid, auch durch Eure Gesetze beschützen wollt, so daß nicht jeder Eingeborene leichtsinnig und frevelhaft die Gebote derselben überschreiten und dadurch unselige Verwirrung anrichten kann."

„Und wollt Ihr Gesetze für Eure Religion geben, denen sich die neuen Christen, aber auch zugleich die Anhänger des alten Glaubens fügen müssen?" frug Taori, und selbst Ramara Toa sah den Missionär zweifelnd an.

„Das habe ich nicht zu bestimmen," sagte der Missionär. „Ich weiß nur nicht, wie das Eine ohne das Andere auszuführen ist, denn wenn wir zum Beispiel den Sabbath heiligen und unser Gebet in der Kirche halten und unsere Herzen zu Gott erheben, während vielleicht unmit=

telbar daneben ein wilder Trupp seine heidni=
schen Tänze aufführt und trommelt, singt und
schreit, so wäre das meiner Meinung nach
eher eine Verhöhnung des allmächtigen Gottes,
als eine Anbetung, und könnte weit eher seine
Rache als Liebe auf diese Insel herabziehen."

„Ja," nickte Ramara Toa, „den gegebenen
Gesetzen müssen sich Alle fügen, Christen wie
Heiden — selbst die Häuptlinge."

„Es ist gut," erwiderten diese, „es mag so
sein, denn es ist gerecht."

„Und was hat Kamehameha also bestimmt?"
rief Ramara Toa, welcher der Sache auf den
Grund zu kommen wünschte, „denn Kamehameha
ist ein großer Häuptling und Herr aller um ihn
her liegenden Inseln. Er hat sie alle erobert,
und die Weißen sind seine Freunde; kein Feind
kann ihm schaden."

„Wenn Du es mir erlaubst, Ramara Toa,
so werde ich Dir die Bestimmungen jetzt vorlegen,"
sagte Fremar, „die auf den Hawiischen wie Tahi=
tischen Inseln in Geltung sind und auf das
strengste beobachtet werden — und daher kommt
auch der friedliche und segensreiche Zustand, der
jetzt dort auf allen Inseln herrscht."

„Wir warten darauf," nickte der König, und

der Missionär las ein kurzes Gesetzbuch vor, das sich allerdings in nichts von den auf den meisten Inseln durch die Geistlichen eingeführten Gesetzen unterschied, die gewöhnliche Verwaltung der Inseln aber ganz aus dem Spiele ließ und nur solche Vergehen hervorhob, welche sich auf den gebotenen Glauben selber bezogen. Jedes Einzelne war denn auch durch Worte der Heiligen Schrift, die er ihnen kurz erklärte, belegt, und die Uebertretung jedes Einzelnen als eine Sünde bezeichnet, die nicht allein gegen die Gott schuldige Achtung verstieß, sondern auch von Königen und Richtern geahndet werden müsse.

Zuerst kamen dabei natürlich die zehn Gebote, die von der Versammlung, als von Gott selber herrührend, mit großer Aufmerksamkeit angehört wurden, und dann erst die einzelnen Ausführun-·derselben, z. B. auf welche Art der Sabbath heilig gehalten werden sollte.

Es mag dahingestellt bleiben, ob jenem Gebote: „Du sollst den Sabbath heiligen!" ursprünglich wirklich jene strenge Auslegung zu Grunde gelegt ward, welche ihr in einigen Ländern, besonders in England und Amerika, gegeben wird, so daß unter dieser Heilighaltung sogar die gewöhnlichsten Verrichtungen einbegriffen bleiben. Es darf in strengen Häusern an einem solchen Tage nicht gekocht, kein Wasser geholt, kein Vergnügungsort besucht, ja nicht einmal eine Frucht von einem Baum gepflückt werden. Aber ebenso streng geben die protestan=tischen Missionäre jenen Inseln die Auslegung dieses Gebotes, und es läßt sich denken, daß es diese schlichten Naturkinder einschüchterte, wenn ihnen bei einer Uebertretung der Gesetze mit dem Zorn des ganzen Himmels gedroht wurde.

Aehnliche Verbote hatten sie aber trotzdem schon auf den Inseln, selbst in der Heidenzeit, und ihr Wort tabu bedeutet eben ein solches, dessen Uebertretung den Grimm der Götter wecken würde. Auf einen mit dem tabu belegten Platz würde nie ein Eingeborener gewagt haben den Fuß zu setzen; eine mit tabu belegte Cocospalme war unnahbar u. s. f.

Schwierigeren Stand bekam Fremar aber, als er zu den Einzelheiten kam, welche, obgleich hier auf den Inseln Sitte, das Christenthum nicht länger dulden könne. Das Verbot der Tänze be=sonders brachte die Häuptlinge in Aufregung, Fremar aber erklärte ihnen in seiner vorsichtigen Weise, daß sie ihn ja nicht mißverstehen möch=ten. Er selber wolle ihnen ihre Tänze gar nicht verbieten, so aber hätten alle Könige der Inseln, besonders der gottesfürchtige Kamehameha und Pomare gehandelt, und wenn sie überhaupt Christen sein und den Schutz des allmächtigen Gottes gewinnen wollten, so müßten sie sich freilich auch den Gesetzen fügen, die Gott selber gegeben. Die Tänze schrieben sich noch aus ihrer heidnischen Zeit her und seien ein heidnischer Gebrauch.

Ein anderer kitzlicher Punkt war das Ava-trinken, und Ramara Toa besonders zog ein sehr finsteres Gesicht, als er davon hörte. Fremar war übrigens vernünftig genug, nicht gleich zu sehr darauf zu bringen, denn allerdings benützten die Bewohner von Motua das sonst berauschende Getränk außerordentlich mäßig, und er hatte noch keinen Fall von wirklicher Trunkenheit beobachtet. Außerdem hätte er ihnen hier Kamehameha sowohl als Pomare nicht als Muster aufstellen können, denn besonders der Erstere war selbst als christlicher und wirklicher König, mit den Missionären als vom Staat besoldeten Ministern unter sich, oft derart betrunken gewesen, daß er in seinem Hause mußte abgeschlossen gehalten werden, um dem Volke nicht ein zu böses Beispiel zu geben.

Die meisten Häuptlinge schüttelten freilich

darüber den Kopf, daß auch der Blumenschmuck
in den Haaren der Mädchen und Frauen sünd=
haft sein solle, gingen aber leicht darüber hin,
denn die Sache war zu unbedeutend und berührte
sie selber gar nicht. Es betraf ja nur die Frauen.

Daß ihnen von nun an verboten sein solle,
mehr als e i n e Frau zu nehmen, wußten sie
schon und hatten sich darein gefunden. Manchem
von ihnen mochte vielleicht auch augenblicklich
ein Gefallen damit geschehen, sich von ihnen
lästig gewordenen Verbindungen frei zu machen.
Auf die nächste Zeit und späteren Wünsche dachte
er dabei natürlich nicht, und was die Frauen sel=
ber dazu sagen würden, kam ebenso wenig in
Betracht.

Interessant war den Eingeborenen dabei, die
Strafart zu hören, die Kamehameha auf den Ha=
waiischen Inseln — von denen sie noch am häu=
figsten durch Wallfischfänger erfuhren — in An=
wendung gebracht, und daß sie dadurch gezwungene
Arbeiter bekommen konnten, die z. B. eine nöthig
gewordene Kirche bauten, Brücken über die ver=
schiedenen Bergwässer schlugen und noch Anderes
mehr; und als es zuletzt zur Strafbestimmung
der einzelnen Vergehen kam, gingen die Häuptlinge
so eifrig darauf ein, daß Fremar selber sie ab=

mahnen mußte, nicht zu streng zu verfahren, denn dem Volk sei das noch Alles zu neu, und man dürfe nicht gleich Vollkommenheit von ihm verlangen. Da aber, wo zu gleicher Zeit Milde und Gerechtigkeit geübt würde, gewinne man eher die Herzen derselben.

Ebenso empfahl er ihnen dringend, die Todesstrafe abzuschaffen, die bis dahin, und oft für nicht einmal übermäßige Vergehen, in Ausübung gebracht worden.

„Wer Blut vergießt, deß Blut soll wieder vergossen werden, sagt der Herr, und nur ein Mörder soll deshalb getödtet werden, wenn der König, als oberster Richter, ihn nicht auch begnadigen und lieber zu einer andern, sehr harten Strafe verurtheilen will.“

Taori hatte während dieser ganzen Verhandlungen wenig gesprochen und nur anfangs gegen die Heilighaltung des Sabbaths, gegen das Verbot der Blumen und die dafür bestimmten Strafen.

Zu Taori hielten die meisten Häuptlinge aus dem Hupai-Thal und verweigerten ihre Einwilligung. Einzelne erklärten allerdings, daß sie den neuen Gott angenommen hätten und zu ihm halten wollten, aber durch so strenge Gesetze das

Volk nur aufzureizen fürchteten. Andere bekämpf=
ten sogar die neue Religion.

Unter diesen war Tamoruva, ein alter wilder
Häuptling, einer der berühmtesten Krieger der
Insel, der auch einmal in einem früheren Kriege,
als räuberische Canoes an ihrer Küste landeten
und, von dem Volke zurückgeschlagen, wieder
flüchten wollten, allein und nur mit seiner kur=
zen Keule bewehrt, den Angriff einer ganzen
Canoemannschaft abhielt und sie verhinderte ihr
Fahrzeug flott zu bekommen, bis seine noch wei=
ter entfernten Freunde herbeistürmen konnten
und dann sämmtliche Feinde erschlugen und das
Canoe eroberten. Der Tag begründete seinen
Ruhm, und da er sich oft und oft seit der Zeit
bei inneren Kämpfen ausgezeichnet, war er ge=
fürchtet, wo nur sein Schlachtgeschrei ertönte.

Tamoruva nun eiferte auch gegen die neuen
Waffen, die eine tückische, hinterlistige Erfindung
der feigen Weißen wären, damit ein unbärtiger
Knabe, ohne sich selber der geringsten Gefahr
auszusetzen, im Stande wäre, den tapfersten Krie=
ger zu Boden zu werfen und zu tödten.

Ramara Toa lachte. „Weil Du mit Deiner
Keule nicht im Stande bist dagegen anzukämpfen,
nicht wahr? Aber der Gott der Weißen ist mäch=

tig; er wird uns lehren unsere Feinde zu be=
kämpfen und unsere Freunde zu beschützen. Ra=
mara Toa ist ein großer König, er wird sein
Volk glücklich machen."

„Er wird es verderben," sagte Tamoroa
ruhig, stand von seinem Sitz auf, wickelte sich in
seinen Gnatu=Mantel und verließ langsam die
Versammlung.

Ihm folgte Taori, der Königssohn, und Fre=
mar warf einen besorgten Blick hinter ihnen her,
denn er wußte, daß diese Beiden gerade vielen
Einfluß auf der Insel hatten. Auf Ramara Toa
übte aber diese Mißachtung seiner Würde die
entgegengesetzte Wirkung aus, und da sich jetzt
auch unter den noch anwesenden Häuptlingen kein
einflußreicher Opponent mehr befand, so wurde
Alles, was noch zu erledigen war, verhältniß=
mäßig rasch beendet.

Fremar notirte sich, was die Häuptlinge be=
schlossen, und versprach dann dem König, ihm
eine ordentliche Abschrift der neuen Gesetze und
Verordnungen zu geben. Einen jungen Insula=
ner von Laua, ein Knabe von zwölf Jahren
und der Sohn eines Häuptlings, den die Mis=
sionäre dort unterrichtet hatten, und der zu schrei=
ben und zu lesen verstand, sollte Ramara zu sich

in das Haus nehmen, und er selber versprach
den König, wie überhaupt die Eingeborenen von
Motua in der nächsten Zeit in die Kunst des
Lesens und Schreibens einzuweihen.

Von der Zeit an begann ein ganz eigenthüm=
liches Leben auf der sonst so stillen Insel, denn
Fremar, der sich jetzt seines Erfolges sicher wußte,
ging mit einem Eifer an sein neues Werk, der
mit jedem Tage wuchs, je festeren Boden er unter
sich fühlte.

Nicht allein daß er regelmäßige Unterrichts=
stunden begann, und seine Freude daran hatte,
wenn die Insulaner selber Lust an der Sache
bekamen, nein, er war auch sonst praktischer Na=
tur. und suchte ihnen noch auf andere Weise
Nutzen zu bringen. So errichtete er zum Bei=
spiel eine kleine Schmiede, zu der er alles Nö=
thige schon von Laua mitgebracht, und als die
Insulaner erst sahen, was er dort mache, und
wie er mit verhältnißmäßig kleinen und leichten
Werkzeugen das so harte und schwer zu behan=
delnde Eisen weich und in allerlei Formen brachte,
da konnte er sich der freiwilligen Hilfsarbeiter
fast nicht erwehren, und Alle drängten herzu, um
auch zu lernen, wie eins der für sie wichtigsten
Gewerbe gehandhabt werden müßte.

Alle diese Stämme besitzen aber nur sehr wenig Ausdauer in derartigen Beschäftigungen. So lange der Reiz der Neuheit dauert, ja, so lange sind sie Feuer und Flamme dafür und lassen sich auch in der That keine Mühe verdrießen; aber sobald dieser verraucht ist, denken sie gar nicht daran sich in eine ungewohnte Thätigkeit zu setzen, und kehren lieber wieder zu ihrer alten Beschäftigung zurück, — das heißt, sie thun gar nichts.

So war es auf Eimeo, wo die Missionäre eine Spinn= oder Garnfabrik errichteten und in den Eingeborenen genügende Arbeitskräfte dafür zu haben glaubten. Im Anfang, ja; sie konnten die sich freiwillig Meldenden kaum unterbringen, aber es waren nur wenige Wochen vergangen, so fingen die dabei beschäftigten Leute schon an auszubleiben, und nach einigen Monaten konnte kein Einziger mehr bewogen werden, auch nur noch eine Hand anzulegen. Sie hatten genug daran, und die Fabrik mußte wegen Mangels an Arbeitskräften eingehen.

Genau so war es hier, und am besten verstanden sie sich noch zu dem Lesenlernen, besonders wenn Berchta ihnen Unterricht ertheilte. Sie konnten dabei, mit dem Bauch auf ihrer

Matte und den Kopf in beide Hände gestützt, in ihrer schattigen Hütte liegen, und etwas, wenn es auch noch so wenig war, behielten sie doch immer.

In dieser Zeit gerade legte ein kleiner Missionskutter, der ebenfalls der Gesellschaft gehörte und eigentlich nur eine Art von Postverbindung zwischen den verschiedenen Inseln vermittelte, auf Motua an, und zwar nur, um zu hören wie die Mission florire, und wie es dem dort stationirten Geistlichen gehe, denn nur zu häufig war es vorgekommen, daß diese auf neuen Stationen die Aufnahme, die man erwartete, nicht fanden und die Inseln wieder verlassen mußten, um nicht von den Eingeborenen ermordet zu werden.

Hier erhielt er indessen nur gute Nachricht, denn die Mission erfreute sich eines kaum geahnten Erfolges. Der größte Theil der südlichen Hälfte der Insel war bekehrt und in den Bund der Christen aufgenommen worden; die Eingeborenen wurden im Lesen und Schreiben unterrichtet, passende Gesetze zum Schutze des Glaubens waren gegeben und durch besondere Ausrufer an all' den verschiedenen Punkten bekannt gemacht worden. Eine Kirche für die neue Ge-

meinde war im Bau begriffen, und da sich auch
herausstellte, daß Strafen für Uebertretungen der
Gesetze dictirt werden mußten, schon die Ueber=
brückung des einen Bergstromes, der bei hohem
Wasser die größte Schwierigkeit bot, begonnen.

Fremar war in seinem rüstigsten Mannesalter
und arbeitete wirklich mit dem größten Eifer und
besten Willen für die Sache unermüdlich fort.
Er schien überall zu sein; überall wurde aber
auch jetzt seine Gegenwart verlangt, und nur
Berchta stand ihm in all' seinen Mühen und An=
strengungen treu zur Seite. Hatte sie doch sogar
die Königin zu gewinnen gewußt, daß sie Interesse
am Lernen nahm und anfing, Schreiben und Lesen
selbst einer Königin würdig zu halten. Viele
Frauen nahmen ebenfalls Theil daran, und da
es ihren Geist beschäftigte, übten sie es wirklich
mit außergewöhnlichem Fleiß.

Am meisten sträubten sich anfangs die Frauen
gegen das Verbot, Blumen im Haar zu tragen;
denn etwas Unnatürlicheres als ein solches Gesetz
konnten sie sich in ihrer unschuldigen Einfachheit
nicht denken. Wenn das Sünde war, mußte es
denn da nicht auch Sünde sein, wenn die Blumen
wuchsen? denn wo sie emporkeimten, schmückten
sie ja auch den Rasen und Waldboden, und wes=

halb durften sie sich da die duftigen Blüthen
nicht in die Locken flechten? Aber auch hierin wußte
sie Berchta, die ihnen dazu ja so gern die Er=
laubniß gegönnt hätte, zu beruhigen, indem sie
ihnen das Modell ihres e i g e n e n Hutes gab und
sämmtliche Hände bald in Thätigkeit setzte, dem
ähnliche darzustellen und zu tragen. Den Hut,
den ihr die alte Dame auf jener ersten Insel ge=
geben, hatte sie beiseite gelegt. Sie k o n n t e
sich nicht dazu entschließen, eine so widernatürliche
Tracht bei ihnen einzuführen.

Zu gleicher Zeit vertheilte sie die Mehrzahl
der Sachen und Geschenke, die sie selber mitge=
bracht, an die Frauen und Kinder und begriff
nur nicht, daß Fremar nicht ebenfalls wenigstens
die Austheilung d e r Gegenstände begann, die
z. B. ihr eigener Missionsverein zusammenge=
bracht und zu Geschenken für die Eingeborenen
bestimmt hatte. Fremar erklärte ihr das aber in
der einfachsten Weise.

„Liebes Kind," sagte er, „die guten Menschen
in Deutschland und überhaupt Europa, welche
unsere Missionen mit Geld oder Waaren thätig
unterstützen, haben allerdings sehr häufig den
jedoch irrigen Glauben, daß diese Sachen nur
dazu verwendet werden sollen, um den Einge=

borenen eine Freube zu machen unb einigen ihrer Bebürfnisse abzuhelfen. Aber glaubst Du, baß sie bamit — was boch in ber Hauptsache ihre Absicht ist — ben guten Zweck unserer Senbung förberten? Nein, sie würben im Gegentheil bie Insulaner weit eher in ihrer Faulheit unb in ihrem sorglosen In=ben=Tag=hineinleben bestärken unb unserer Mission jebes Mittel aus ber Hand nehmen, sie an uns heranzuziehen. Wir brau= chen biese Gegenstänbe, wie ich Dir schon früher gesagt habe, nothwenbig zum Tausch mit ben Eingeborenen, erstens um nicht immer von ihrer Freigebigkeit abhängig zu sein, wenn wir Lebens= mittel haben müssen, unb bann auch, um uns ihre Arbeit für nothwenbige Verrichtungen zu sichern. Teshalb kann auch keine Mission ohne einen Kauflaben bestehen."

Für Berchta — obgleich sie einsah, baß ihr Gatte in mancher Hinsicht vielleicht Recht hatte — blieb es trotzbem ein peinliches Gefühl, eine Art Enttäuschung, in ber manches Jbeelle, was sie sich bis bahin gebacht unb geträumt, zu nüch= terner Wirklichkeit zusammenschwanb — unb es war bas nicht bas erste Mal.

Ein Kauflaben bei ber Mission, in welchem ber Missionär selber ober seine Frau Ellen Kattun

abmessen und Glasperlen wiegen mußte, um da=
für Matten, Früchte und andere Gegenstände von
viel größerem Werth einzutauschen! Es kam ihr
den hohen Beruf entwürdigend vor, und doch
sah sie auch keinen Ausweg, um das auf andere
Weise zu bewerkstelligen. In der Ausführung
ließ es sich kaum anders vermitteln, wenn sie es
auch gewünscht hätte. Aber für sie konnte es
trotzdem nicht maßgebend sein, wenigstens nicht
für die Gegenstände, die sie in Deutschland zu
Geschenken bestimmt. Die wenigstens durfte und
wollte sie vertheilen, aber auch nicht auf willkür=
liche, unüberlegte Art, sondern zugleich einen
Nutzen damit zu verbinden suchen.

Sie nahm, nachdem sie der Königin selber
schon mehrere Geschenke übergeben, verschiedene
Sachen mit hinunter in deren Wohnung und
bestimmte sie als Prämien für solche ihrer Schü=
lerinnen, die den meisten Eifer zeigen würden.
Darunter befanden sich Strümpfe, Schuhe, Hals=
tücher, Glasperlen, Stücke bunten Kattuns,
Kämme, Scheeren, Nadeln und Zwirn, Bänder
und eine Menge anderer nützlicher Dinge.

Strümpfe besonders waren von Deutschland
viele herübergekommen, denn den deutschen Frauen
schien es ein schrecklicher Gedanke gewesen zu

sein, dort eine ganze Nation zu wissen, die mit bloßen Beinen in der Welt herumlief. Ebenso fehlte es nicht an warmen Unterröcken, die in diesem Klima allerdings ihrem Zweck nicht besonders entsprachen. Der Wille war ja gut gewesen, aber es gab nur keine Verwendung hier dafür, und manche arme Frau in Deutschland wäre glücklich gewesen, wenn sie das hätte benützen dürfen, was hier, als vollkommen überflüssig, beiseite geworfen wurde.

Die Strümpfe machten übrigens, vorzüglich den jungen Mädchen, außerordentlichen Spaß, wenn sie auch durch kein Zureden in die Schuhe hineinzubringen waren. Wie aber am ersten Tag drei der fleißigsten Insulanerinnen, prächtige junge Geschöpfe von vielleicht zwölf bis vierzehn Jahren, jede ein Paar lange Strümpfe bekommen hatten, zogen sie sich dieselben jauchzend gleich an Ort und Stelle an, wunderten sich außerordentlich, daß sie so genau paßten und so eng anschlossen, und liefen nun ohne Weiteres damit an den Strand hinaus, um sich den Freundinnen in ihrem neuen Staat zu zeigen.

Und das war ein Jubel und Kreischen unter der wilden, muntern Schaar. Freundinnen und Schwestern baten, daß sie wenigstens mit ihnen theilen und ihnen ein solches Kleidungsstück geben sollten, sie hätten ja zwei; und als sie sich weigerten, wollte man sie haschen und ihnen die Trophäe ihres Fleißes gewaltsam entreißen; aber wie sie das merkten, flohen sie, und die wilde Gesellschaft in jauchzender Lust hinter ihnen her. Wie da die Locken im Winde flatterten und die Wangen der broncefarbenen Mädchen sich rötheten! Wie ihnen die Gnatu-Mäntel um die bloßen Schultern flogen und sie scheu und züchtig wieder nach den Zipfeln haschten, ohne aber auch nur einen Moment in ihrem Laufe einzuhalten!

Wer dabei freilich schlecht wegkam, waren die Strümpfe, denn auf den scharfen Korallenstücken wäre ein nichtbeschlagener Bauernschuh bei solchem Rennen auseinander geschnitten worden. Ihren harten Sohlen schabete es freilich nichts, aber die zarte Wolle hielt das nicht lange aus. Einzelne Maschen zerrissen schon bei den ersten Sprüngen, und wie sie sich wendeten und drehten, jetzt auswichen und zur Seite fuhren, Haken schlugen und über größere Blöcke keck hinwegsetzten, dauerte es kaum eine Viertelstunde, und die Fetzen hingen den eben noch so Glücklichen um die Füße herum.

Jetzt freilich waren sie sehr bestürzt, aber noch bestürzter Berchta, die allerdings auf keinen

so raschen Verbrauch gerechnet haben mochte.
Aber was helfen diesen Insulanern oder irgend
einem Volke der tropischen Zone Strümpfe? Der
Reiz der Neuheit bewog sie allerdings, sie anzu=
ziehen, und als sie die Füße derselben durchge=
laufen hatten, schnitten sie sich die Ueberreste
unten fort und liefen so damit herum — aber
auch nicht lange. Die Wolle brannte auf der
nicht daran gewöhnten Haut, und da sie nichts
weiter damit anzufangen wußten, zogen sie sie
endlich aus und warfen sie auf die Korallen am
Strande.

2.

Eintreffende Verstärkung.

Ein paar Monate hatte Fremar, von seiner
Frau dabei auf das eifrigste unterstützt, so unab=
lässig in seinem Dienst gearbeitet, daß er die
übermäßige Anstrengung zu fühlen begann. Da=
bei nahm schon dieser kleine Theil der Insel
seine Kräfte vollkommen in Anspruch, und wie
war er im Stande, zu gleicher Zeit auch die
anderen Districte, was er doch so sehr wünschte,
zu bekehren? Er kam wohl manchmal nach Hupai
und selbst nach Tuia hinüber und hätte diese
östliche Hälfte der Insel vielleicht bewältigen
können, aber im Westen dehnten sich noch weite,
wilde Gebirge aus, in denen das Reisen zu be=
schwerlich war, und deshalb schrieb er endlich
nach Laua, ihm einen jungen Missionär als

Hilfsarbeiter zu senden, wobei er wohl mit Stolz die Erfolge melden konnte, die er bis jetzt er= rungen.

Seine sämmtliche Umgebung war zum Chri= stenthum übergetreten, eine zwar kleine und sehr leicht gebaute, aber doch völlig brauchbare Kirche stand, unfern des Königs Wohnung, drin im Wald. Die Insulaner hatten dabei im Lesen außerordentliche Fortschritte gemacht, und Berchta konnte schon mit dem kleinen Kutter einen Brief an ihren Vater nach Deutschland senden, worin sie kaum Worte fand, die Befriedigung zu schil= dern, mit der sie hier ihrem schönen Ziel ent= gegenstrebe. Sie bat ihn auch darin, doch ja den Missionsverein in Rothenkirchen zu fördern, da= mit auch dieser wenigstens sein Scherflein dazu beitrage, um den wackeren Eingeborenen den Segen der christlichen Religion zu bringen.

Nur Eins machte ihr hier im Lande Sorge, und zwar der in einigen Familien entstandene Streit und Zank, der sich eben aus der Bekeh= rung Einzelner — während die anderen Fami= lienglieder bei dem alten Glauben verharrten, entwickelte. Wohl suchte sie dort nach besten Kräften zu versöhnen, aber die Entfernungen zwischen den verschiedenen Wohnungen waren zu weit, und

3*

bei dem heißen Klima und der überhaupt auf ihr lastenden Arbeit wurde es ihr doch zu schwer, auch noch stundenweit über den heißen Korallen=sand oder durch den dornigen und oft von Regen feuchten Wald zu marschiren. Ueberhaupt hatte jetzt die Regenzeit eingesetzt und es verging kein Tag, wo nicht tüchtige, oft stundenlang anhaltende Schauer fielen.

Diese Zwistigkeiten mußten aber doch jeden=falls aufhören, sobald sie ihre Mission nur weiter in das Land hinein ausdehnen konnten, denn wie sich erst einmal alle Insulaner zum Christenthum bekehrten, konnte natürlich kein Glaubensstreit mehr stattfinden.

Claus war übrigens in dieser ganzen Zeit auch nicht müßig gewesen, denn Ramara Toa merkte bald, daß er ganz vortrefflich mit Gewehren umzugehen wisse, und veranlaßte ihn deshalb, seine Häuptlinge in dem Gebrauch derselben zu unterrichten. Das Merkwürdige bei der Sache war nur das, daß er sich trotz des häufigen Um=gangs mit den Häuptlingen die Landessprache nicht aneignete, Letztere dagegen Deutsch lernten, und Berchta mußte herzlich lachen, als sie einst einem jungen Häuptling begegnete, der gerade mit Claus auf die Jagd gehen wollte, und dieser

sie dann zu ihrem nicht geringen Erstaunen in deutscher Sprache anredete. Allerdings war er nicht im Stande viele Worte zu sprechen, aber er verstand fast Alles, was Claus zu ihm sagte, und das genügte denn, sich mit ihm zu verstän=
digen. Die Namen der verschiedenen Gewehr=
theile, für welche die Indianer nicht einmal Worte hatten, lernte er natürlich ganz in deutscher Sprache.

Verschiedene Male hatte Claus dabei versucht, seine junge Herrin ebenfalls zu bewegen, sich einem solchen Jagdzug anzuschließen. Es ging sich freilich nicht besonders in den Bergen, aber Berchta kam, das wußte er gut genug, überall darin fort, und die Scenerie war an manchen Punkten so überraschend schön, daß es schon deshalb der Mühe lohnte, jene Höhen zu ersteigen.

Berchta weigerte sich aber entschieden. Daß sie es früher in Begleitung ihres Vaters gethan, dem sie damit eine Freude machte, durfte sie voll=
kommen entschuldigen; jetzt war sie aber dagegen in den Ernst des Lebens eingetreten, und welches Beispiel hätte sie den eingeborenen Mädchen ge=
geben, wenn sie etwas betreiben wollte, wo=
zu auf den Inseln nur 'die Männer das Recht hatten. Außerdem würde es ihr Gatte auch nie

geduldet oder doch wenigstens ungern und miß=
billigend gesehen haben.

Eine besondere Thätigkeit hatte indessen Ra=
mara Toa in der Ertheilung von Strafen wegen
Uebertretung der Gesetze entwickelt, und um die
Eingeborenen besser überwachen zu können, sogar
vier sogenannte Constabel angestellt. Diese waren
indessen wenig mehr als ganz gewöhnliche Spione,
die, den ganzen Tag über und bis spät in die
Nacht hinein, in den verschiedenen Districten auf
der Lauer liegen mußten, um solchen heimlichen
Sündern auf die Spur zu kommen. Erwischten
sie Abends irgendwo junges Volk im Walde ver=
steckt beim heimlichen Tanz — denn dem zu ent=
sagen war den Insulanern das Schwerste —
so lieferten sie dem König für ein paar Tage
eine ganze Arbeitercolonie und wurden immer
reichlich dafür belohnt. Fanden sie einen Ein=
geborenen, der am Sabbath in sein Yamfeld ge=
gangen war, oder gar eine Bananenfrucht nach
Hause schleppte, so konnte sich der arme Teufel
fest darauf verlassen, daß er dafür auch eine
Strecke Straße zu bauen bekam. Selbst während
der Kirche strichen sie umher, und wer sich in
der Zeit dem Gottesdienst zu entziehen suchte,

wurde ebenfalls augenblicklich angezeigt und zur Strafe gebracht.

Es versteht sich von selbst, daß sich dadurch etwas auf der Insel entwickelte, das man früher nicht einmal dem Namen nach gekannt, ein förm= liches Spionirsystem, und einen wohlthätigen Einfluß übte das allerdings nicht auf den Charak= ter der Eingeborenen aus, die dadurch mißtrauisch gegeneinander wurden. Aber Namara Toa be= hagte diese Einrichtung außerordentlich; denn ein Wunsch, den er schon lange gehabt, eine bequeme Straße nach dem Hupai=Thal zu bekommen, rückte dadurch seiner Erfüllung näher, und schon war die schwierigste Strecke des Weges voll= ständig überwunden.

In dieser Zeit geschah es, daß eines Morgens ein Eingeborener aus dem Tuia=Thal herüberkam und die Meldung brachte, es wäre dort im Tuia= Hafen ein Wallfischfänger gelandet, der einen Mitonare mit vielen Sachen an's Land gesetzt habe.

Fremar konnte sich das nicht erklären, denn hätte dieser fremde Geistliche zu ihrer Mission gehört, so wäre es doch selbstverständlich gewesen, daß er ihm selber augenblicklich Nachricht von sich gegeben. Wie aber der Bote aussagte, be= fand er sich schon wenigstens zwei Wochen an jener Stelle, ohne mit seinen weißen Brüdern in die geringste Verbindung zu treten. Er sandte auch augenblicklich durch Ramara Toa einen Kundschafter hinüber, um Näheres zu erfahren, gab diesem auch einen Brief an den fremden Mitonare mit, den er in deutscher und englischer Sprache abfaßte, erhielt aber nach etwas über drei Tagen die mündliche Antwort — und keinen Brief von dem Fremden — daß er den Brief nicht lesen könne, da er beide Sprachen nicht verstehe.

Es blieb jetzt nur die eine Möglichkeit, daß ein französischer oder spanischer Prediger — also ein Katholik, dort drüben Fuß gefaßt habe, und seine Gegenwart wurde deshalb trotz Allem, was ihn hier auch festhalten mochte, um so bringender nöthig, da jener alle seine bisher errungenen Erfolge wieder in Frage stellen konnte.

Jedenfalls mußte er mit dem Fremden zu einem Verständniß kommen, und um das zu ermöglichen, beschloß er, schon am nächsten Tage nach Tuia aufzubrechen, als Berchta Morgens, wie sie mit Tagesanbruch ihre Lieblingsstelle auf dem die See überragenden Felsen betrat, ein Fahrzeug entdeckte, das, von Südosten kommend, gerade auf den südlichen Theil von Motua zuhielt.

Fremar, den sie rasch herbeirief, erklärte es augenblicklich für den schon so sehnsüchtig erwarteten Missionsschooner, der in der That zu keiner erwünschteren Zeit hätte eintreffen können. Hätte doch der Missionär nur höchst ungern die Reise nach dem Tuia-Thale angetreten, da er dort seine Missions-Arbeiten nicht beginnen konnte, ohne die schon hier erzielten Resultate wieder vollkommen in Frage zu stellen. Das Volk war ja doch lange nicht so von der neuen Lehre durchbrungen, um es sich jetzt schon selbst zu überlassen.

Nun änderte sich das. Wenn er mit dem Schooner dort, wie er fest erwartete, eine neue frische Hilfe bekam, so konnte der letztgesendete Missionär ohne die geringste Schwierigkeit das begonnene Werk h i e r fortbauen, während er selber dann mit neuem Muthe den andern Theil der Insel in Angriff nahm und seine Gemeinde vergrößerte.

Ramara Toa hatte ihn auch in der That schon in den letzten Wochen dazu gedrängt; denn er konnte die Zeit nicht erwarten, in welcher er sich als christlicher König und mit Hilfe des Missionärs neue Anhänger und damit Verbündete unter einem ihm sonst eben nicht freundlichen

Stamm erwarb. Daß Matangi Ao freilich die
neue Lehre nicht so rasch annehmen würde, glaubte
er fest, hatte er aber dessen Heerlager nur erst
einmal in zwei Theile gespalten, so war es nach=
her eine leichte Mühe, sich den Gehorsam der
noch Uebrigen zu erzwingen. Er wollte, wie er
dem Missionär wiederholt versicherte, keinen Krieg
auf Motua, aber er könne es auch nicht dulden,
daß auf seiner Insel noch ein District be=
stände, der hölzerne Götzen anbete und den Sab=
bath schände.

Fremar war in seinem ganzen Charakter ein
braver, tüchtiger Mensch, aber — wie sehr Viele
auf dem Felde der Mission — außerordentlich
ehrgeizig. Er hatte selber Geschmack an der
Bekehrung der Heiden gewonnen und fing schon
an, dieselbe mit einer Art Leidenschaft zu betrei=
ben, die eine nicht geringe Aehnlichkeit mit der
des Sammlers oder Jägers zeigt. Jeden Heiden,
den er bekehren konnte, betrachtete er als erobert
und diese gewonnenen Seelen wie eine gemachte
Beute, die er sich mit frohem Gewissen gutschrei=
ben durfte. So hatte er denn auch in seinem
letzten Bericht an die Missionsgesellschaft nicht
allein mit großer Vorliebe die bedeutende Zahl
der bereits getauften Heiden aufgeführt, sondern

auch die feste Ueberzeugung ausgesprochen, daß, so groß auch das bis jetzt erzielte Resultat sei, er doch noch hoffe, in kurzer Zeit ein größeres zu gewinnen, und um das Versprechen zu halten, war er wirklich entschlossen, auch kein Opfer zu scheuen, ja wenn es sein mußte, Leib und Leben daranzusetzen.

Indessen hatte der Schooner die Einfahrt passirt und seinen Anker fallen lassen. Unten am Strande war bereits ein großer Theil der dortigen Bewohner versammelt, um die Neuankommenden zu begrüßen, auch ein Doppelcanoe hinausgerudert, um sie an's Land zu schaffen, und Fremar, der natürlich nur einen jungen, ihm unterzustellenden Missionär mit dem Fahrzeug erwartete, oben auf dem Felsen geblieben, um von dort aus mit seinem Teleskop die Ankommenden zu beobachten. Berchta stand, ein Doppelglas in der Hand, neben ihm.

„Dort ist ja eine Dame an Bord, Fremar," rief sie plötzlich. „O, das wäre zu schön, wenn ich doch irgend Jemanden bekäme, mit dem ich wenigstens eine Ansprache hätte. Wie habe ich es damals bedauert, als meine arme, gute Sarah wieder von hier fort mußte!"

„Ja," sagte Fremar, der indessen sein Teleskop an den einen Palmenstamm gelegt hatte, um es ruhiger halten zu können, „ich will nur wünschen, liebes Kind, daß die Dame, welche gegenwärtig gerade vom Bord des Schooners in das Canoe steigt, nicht zu Deiner künftigen Gefährtin ausersehen ist, denn wenn mich dies sonst vortreffliche Glas nicht täuscht, so ist das die würdige und sehr ehrenwerthe, aber ein wenig eigenwillige Mrs. Lowe."

„O weh!" rief Berchta, setzte dann aber lächelnd hinzu: „doch sie wird nicht hier bleiben, sondern wohl nur einmal revidiren wollen, ob wir ihre prächtigen Hüte eingeführt haben. Nun, hoffentlich ist sie mit der von mir aufgestellten Mode ebenfalls zufrieden, denn den beabsichtigten Zweck erreicht sie ja doch. Mr. Lowe ist gewiß auf einer Inspectionstour und hat nur den für hier bestimmten Geistlichen begleitet; ich sehe noch einen zweiten Herrn in schwarzem Rocke neben ihm."

„Ich will es wünschen," sagte Fremar leise, ohne jedoch den Blick vom Glase zu nehmen, „ich will es recht von Herzen wünschen, denn bliebe er hier, so würde ich selber in eine höchst unangenehme und sicher abhängige Stellung ge=

rathen, da er einer der ältesten und einfluß=
reichsten Missionäre ist."

„Ich kann mir aber nicht denken, daß er sein
bequemes Laua aufgeben würde; er hat dort ein
so wunderhübsches Haus und die erste Stellung."

„Wer weiß was vorgefallen ist; aber wir
werden ja sehen!" sagte Fremar, das Teleskop
zusammenschiebend. „Vorderhand bleibt uns nichts
weiter zu thun übrig, als hinunterzugehen und
die Freunde zu begrüßen, Mr. Lowe könnte es
sonst als eine Geringschätzung ansehen."

„Ich fürchte mich vor der Mrs. Lowe,"
flüsterte Berchta; „ich weiß nicht, die Frau hat
auf mich gleich bei ihrem ersten Begegnen einen
fatalen, fast unheimlichen Eindruck gemacht."

„Sie ist außerordentlich tüchtig und eifrig
in ihrem Beruf —"

„Das bezweifle ich gar nicht, aber auch so
kalt, so zurückstoßend. Ich begreife nicht, daß
sie sich damit die Herzen der Eingeborenen ge=
winnen kann. Wie viel leichter ist das durch
Liebe zu erreichen!"

„Komm, Bertha, laß uns hinuntergehen,"
sagte Fremar. „Das Canoe ist schon abgestoßen;
ich möchte nicht, daß wir es an der schuldigen
Artigkeit fehlen ließen. Hoffentlich," setzte er

dann leise und kaum hörbar hinzu, „ist es ja doch nur ein Besuch.“

Das Doppelcanoe näherte sich indessen rasch dem Ufer, und wie schon eine Menge junge Burschen bereit standen, um vorn den Bug der beiden zusammengeschnürten Fahrzeuge zu fassen und rasch auf den hier ziemlich seichten Korallen= sand zu ziehen, brachten sie dasselbe, wie es nur den Sand scheuerte, auch im Nu auf's Trockene, so daß die darin befindlichen Passagiere wenig= stens einen bequemen Platz zum Aussteigen fanden.

Die Eingeborenen standen dabei etwas scheu umher, und nur Fremar mit seiner Gattin ging auf die Fremden zu, um sie mit einem Hand= schlag zu begrüßen. Mr. Lowe aber, indem er den Blick ruhig umherschweifen ließ, sagte:

„Sie sind entschuldigt, Bruder Fremar, daß uns die Eingeborenen, als ihre neuen Lehrer, nicht mit mehr Wärme empfangen; denn wie ich eben braußen von der Canoemannschaft höre, ist der Kutter, welcher unsere Ankunft melden sollte, gar nicht eingetroffen, und wir kommen Ihnen deßhalb unvorbereitet.“

„Ich hatte allerdings keine Ahnung —“

„Ich weiß es. Und die Mission gedeiht?“

„Ueber Erwarten, Bruder Lowe; ich bin glücklich, in der kurzen Zeit so bedeutende Fort=schritte gemacht zu haben."

„Schön! Aber wie ich sehe," setzte er mit einem Blick auf die Versammelten hinzu, „bleibt hier doch noch Manches zu thun übrig. Nun, wir werden die Sache jetzt mit vereinten Kräften in die Hand nehmen."

„Aber was für besondere Hüte tragen die Frauen?" bemerkte Mrs. Lowe, die eine jener riesigen Kopfbedeckungen trug und indessen Berch=ta's Gruß mit der ihr eigenen kalten Würde entgegengenommen hatte. „Wenn ich mich recht erinnere, habe ich der Schwester Bertha doch das Modell eines christlichen Hutes mitgegeben und ihr aufgetragen, jene Form auf Motua zu verbreiten. Was stand der Ausführung entgegen?"

„Vielleicht nur mein schlechter Geschmack," lächelte Berchta freundlich, aber doch auch nicht gewillt, sich dieser Frau sogleich in Allem un=terzuordnen. „Ich hielt die Hüte, deren Form ich selber herübergebracht, nicht allein für hübscher und praktischer, sondern auch für viel leichter anzufertigen, und Sie werden mir selber zuge=stehen müssen, Schwester Lowe, daß sie den jungen

Mädchen ganz allerliebst stehen. Sie sehen in den großen Hüten zu komisch aus."

„Und sehe ich etwa in dem meinen ebenfalls komisch aus?" erwiderte Mrs. Lowe nicht ohne Schärfe.

„Laß das jetzt, mein Kind," beruhigte sie aber ihr Gatte, während Berchta wirklich an sich halten mußte, um nicht wenigstens durch ein Lächeln zu verrathen, wie komisch ihr Mrs. Lowe in dem Hut vorkam; „auf diese Kleinigkeiten kommen wir später zu sprechen, und es wird sich das Alles sehr leicht reguliren. Vor allen Dingen: wo werden wir ein Unterkommen finden? Doch halt! Zuerst habe ich Ihnen noch einen jungen Bruder vorzustellen, der erst seit zwei Jahren von England herübergekommen ist und außer= ordentlichen Eifer in der guten Sache gezeigt hat. Er versteht auch etwas von Medicin und wird sich jedenfalls als ein brauchbares Mitglied er= weisen. Bruder Martin — Bruder Fremar und seine Frau!"

Der junge Mann erröthete tief, als er Berchta gegenübertrat und ihr großes, dunkles Auge auf sich haften sah; aber er blickte sie offen mit den ehrlichen, guten Augen an, und Fremar sowohl als auch Bercjta die Hand reichend, sagte er herzlich:

„Es ist lange mein Wunsch gewesen, meine Thätigkeit einmal auf einer noch jungen Insel und zwischen vollkommen wilden Völkern be= ginnen zu können; um so größere Freude macht es mir jetzt, das mit Ihnen Beiden gemeinsam thun zu können. Sie werden an mir sicherlich einen getreuen, und ich will hoffen brauch= baren Gehilfen finden, denn der gute Wille ist wenigstens dazu da.“

„Und wo werden wir wohnen, Bruder Fre= mar?“ sagte Mrs. Lowe, der die Einführung wahrscheinlich etwas zu lange dauerte.

„Ja, verehrte Frau,“ erwiderte dieser, „Na= mara Toa, der König, ist gestern Abends nach dem Hupai=Thal hinübergegangen und, wie ich eben höre, noch nicht zurückgekehrt; ich selber habe aber über weiter keine Wohnungen zu ver= fügen als meine eigene, in welcher wir jeden= falls die beiden Frauen lassen können, bis der König etwas Weiteres bestimmt. Wäre nur der Kutter rechtzeitig eingetroffen!“

„Ja, ich hätte auch nichts dagegen,“ erwiderte Mr. Lowe, der mit dem Arrangement nicht so recht einverstanden schien. „Ist denn aber kein

anderer Häuptling hier, der eine bestimmte Ein=
richtung treffen könnte?"

„Keiner, der die Macht dazu hätte, denn
Taori, sein Sohn, lebt ebenfalls im Hupai=Thal.
Aber dicht neben der Kirche hat der König ein
neues Haus gebaut, um dort jedesmal den
Sabbath zuzubringen. Ich zweifle keinen Augen=
blick, daß er es Ihnen vorderhand überlassen
wird, sobald er nur zurückkommt. Eigenmächtig
darüber verfügen dürfen wir aber nicht, denn
er ist sehr jähzornig und könnte böse darüber
werden."

„Angenehm," sagte Mr. Lowe trocken, „also
werde ich indessen unter freiem Himmel cam=
piren müssen!"

„Es läßt sich doch vielleicht noch anders ein=
richten, Fremar," sagte Berchta gutmüthig. „Wir
überlassen unser Haus vorderhand Ihnen und
ziehen so lange in die Hütte des alten Claus
oder in das neue, für Herrn Martin eingerich=
tete Haus, wenn sich dieser Herr so lange dazu
verstehen wollte, mit Claus Ein Dach zu theilen."

„Machen Sie ja keine Umstände mit mir,"
sagte Martin rasch; „wenn ich ein Dach habe,
das mich gegen den Regen schützt, bin ich voll=

ständig zufrieden. Später richtet sich ja doch
Alles selber ein."

„Das wird denn so das Beste sein," sagte
Mrs. Lowe, eben nicht durch den Gedanken beunruhigt, daß sie die junge Frau aus ihrer
Häuslichkeit trieb, „und dabei wollen wir es
vorderhand lassen. Wo liegt das Haus?"

„Dort oben über dem Felsenvorsprung."

„Dort oben? Das ist eben nicht sehr bequem, aber läßt sich doch jetzt nicht ändern.
Sage den Leuten, Josua, daß sie unsere Sachen
dort hinauf schaffen; ich werde dann nachher
gleich der Königin meinen Besuch abstatten und
mich ihr selber vorstellen."

Die Befehle wurden mit einer solchen Bestimmtheit gegeben, daß eine Widerrede nicht
denkbar erschien. Fremar selber war auch gar
nicht um seine Meinung befragt worden, und
Mr. Lowe, der so vollständig gewohnt war, daß
Alles geschehen mußte, was seine Frau bestimmte, gab auch ohne Weiteres die nöthigen
Befehle. Gleich darauf keuchte eine Anzahl
von Eingeborenen, die merkwürdigerweise einen
besondern Respect vor dem bleichen weißen Manne
zeigten, mit Kisten und Koffern an dem Hügel-
hang hinan, während andere einen wunderlich

geformten Handwagen hinter sich herzogen und Packete und Koffer darin wenigstens bis zum Fuß des Hügels brachten.

Mr. Lowe hatte, wie sich bald herausstellte, ebenfalls sechs Eingeborene von Laua mitgenommen, die natürlich auch untergebracht werden mußten und zu seiner Dienerschaft gehörten.*)

Mrs. Lowe ihrerseits kümmerte sich um weiter gar nichts, stieg, von Berchta begleitet, augenblicklich zu ihrer Wohnung hinauf, machte Toilette und ging dann wieder, ohne eine weitere Anmeldung für nöthig zu halten, an den Strand hinab, um, wie sie meinte, die Königin aufzusuchen.

Dort erfuhr sie allerdings eine kleine Enttäuschung. Einua, jetzt als einzige und rechtmäßige Königin der Insel, hatte ebenfalls eine ganz leibliche Meinung von ihrer Stellung, und als ihr die fremde weiße Frau, von der sie bis dahin noch gar nichts gehört, gemeldet wurde, sagte sie

---

*) „Leute daheim,“ sagt der Missionär Turner in seinem „Neunzehn Jahre in Polynesien,“ Seite 115, „werden es kaum begreifen, aber es ist Thatsache, daß wir genöthigt waren, fortwährend in Samoa sechs männliche und sechs weibliche Dienstboten zu halten. Diese betrachteten es als eine Ehre, uns zu dienen, und da sie keinen großen Lohn verlangten, so behielten wir etwa ein Dutzend von ihnen.

ganz kurz und bündig, „sie habe keine Zeit" —
sie übte sich in der That gerade im Nachschreiben
einer ihr von Berchta gegebenen Vorschrift — und
ließ Mrs. Lowe empört, entrüstet über so rück=
sichtslose Behandlung vor der Thür stehen.

War das ein Betragen gegen die erste Frau
der Inseln, wie sie sich selber mit Stolz, wenn
auch nicht nannte, doch in Gedanken hielt, und
wie weit zeigte sich Motua noch in jeder Cultur
zurück, wie nöthig war es gewesen, daß sie und
ihr Gatte hierherkamen, um Ordnung in ein
solches Chaos zu bringen!

Einua, die Königin, hatte aber wirklich keine
Ahnung gehabt, welcher Persönlichkeit sie den
Eintritt verweigerte. Sie malte ruhig das ihr
vorgeschriebene Alphabet nach und dachte nicht
daran, daß irgend Jemand einen verweigerten
Besuch übelnehmen könne. War denn nicht
morgen noch gerade so gut ein Tag, und hatte
es nur das Geringste zu sagen, wenn irgend eine
Zusammenkunft um ein paar Stunden hinaus=
geschoben wurde? Was war Zeit? Nur ein ein=
gebildeter Begriff, oder vielmehr gar keiner. Jetzt
konnte oder wollte sie nicht — vielleicht später,
denn die Fremde brauchte nicht zu sehen, was
sie schreibe. Sie hätte vielleicht darüber gelacht.

Daß Mrs. Lowe den Platz sehr entrüstet verließ, läßt sich denken, Lowe selbst war aber viel zu vernünftig, um irgend eine Beleidigung in dieser Abweisung zu sehen, da er die Insulaner und ihre Launen zu genau kannte. Man mußte Geduld mit ihnen haben, bis man sie zu einem gewissen Grad der Civilisation gebracht; dann aber konnte man ihnen recht gut Gleiches mit Gleichem vergelten. Es war gar nicht so selten vorgekommen, daß in solchem Falle der König einen Missionär besuchen wollte und von diesem, unter irgend welchem Vorwand, abgewiesen wurde.

Uebrigens schien Fremar's Befürchtung vollständig eingetroffen, denn Mr. Lowe erklärte ihm bald nach seiner Ankunft, daß er von Mr. Rosbane, der von da an auf Laua residiren und von dort aus die ganze Mission dieser Inseln leiten werde, den Auftrag erhalten habe, die „mit einigem Erfolg" hier begonnene Bekehrung der Heiden selber in die Hand zu nehmen und dafür zu sorgen, daß Motua als ein glänzendes Beispiel den übrigen Inseln voranleuchte.

Ehe Mr. Lowe aber seinen nächsten Aufenthaltsort bestimmte, verstand es sich von selbst, daß er vorher eine Rundreise durch die Insel machte, denn er mußte aus eigener Anschauung den zu diesem Zweck wichtigsten Punkt kennen lernen, vorher sich aber doch Ramara Toa vorstellen lassen, und Boten wurden deshalb augenblicklich ausgesendet, um ihm anzuzeigen, welchen wichtigen Zuwachs sein Reich bekommen habe, damit er rasch herbeieilen möge, um mit diesem die nöthige Rücksprache zu nehmen.

Mr. Lowe erschrak aber sichtlich, als er von Fremar die Kunde vernahm, die dieser aus Tuia bekommen, denn nach der ganzen Schilderung zweifelte er keinen Augenblick, daß sie es dort mit einem der ihnen feindlichen Missionäre, einem Katholiken, zu thun hatten, während er recht gut wußte, wie viel leichter die Insulaner für jenen, ihnen weit mehr als der starre Protestantismus zusagenden Glauben zu gewinnen waren. Dem mußte ohne das geringste Säumen entgegengearbeitet werden, denn es lag ihm in der That viel weniger daran, daß die Insulaner, gleichviel unter welcher Form, Christen wurden, sondern er wollte sie auch zu Protestanten machen und dabei für seine besondere Secte den Ruhm ernten.

Indessen war Fremar, der doch nicht gern wünschte, daß Mrs. Lowe irgend eine unfreundliche Gesinnung gegen Einua, die Königin hege, zu dieser gegangen, um ihr zu sagen, welche ehren= werthe Persönlichkeit ihren Aufenthalt auf der Insel zu nehmen gedenke, und daß sie mit deren Hilfe hoffen dürften, das gute Werk nun so viel rascher zu fördern. Einua war indessen mit ihrer Arbeit fertig geworden· und hatte jetzt auch gar nichts dagegen, daß Mrs. Lowe sie besuchen möge — es verstand sich ja doch von selbst, daß sie, als Neugekommene, ihr auch wie= der neue Geschenke brachte.

Uebrigens kehrte Ramara Toa, ohne daß ihn die Boten gefunden hätten, noch an dem näm= lichen Abend zurück und hatte dann eine lange Unterredung mit den beiden Missionären, ja schien sogar über den neuen Zuwachs an weißen Kräften sehr erfreut und verlangte von Lowe, daß er dem Schooner befehle, hier zu bleiben und seine Leute an Land zu schicken. Er wüßte nicht, wie er ihn einmal gebrauchen könnte. Darüber hatte der Missionär jedoch keine Ge= walt. Der Schooner gehörte der Gesellschaft und verfolgte deren Zwecke, und ein Einzelner von ihnen konnte seine Dienste nicht auf längere Zeit beanspruchen, als ihm selber gegeben war ihn zu benützen.

Uebrigens bestätigte auch Ramara Toa, daß zwei Weiße auf Tuia gelandet wären — jeden= falls Mitonares — und sich dort gegenwärtig aufhielten. Was sie da machten, konnte er frei= lich nicht sagen, aber seiner Vermuthung nach zog Matangi Ao ebenfalls weiße Männer heran, um ihn nächstens zu überfallen und alle christ= lichen Insulaner zu vertreiben. Alles, was sie deshalb jetzt brauchten, waren „mehr Gewehre, um ihr Land und ihren Glauben zu verthei= digen.“

Mr. Lowe suchte ihm das auszureden, Ra= mara Toa beharrte aber fest auf seiner Mei= nung. Das viele Reden half nichts; er hatte jetzt wieder im Hupai=Thal gesprochen, bis ihm der Mund trocken wurde, und was damit er= reicht? — gar nichts. Einige Häuptlinge sollten sogar damit gedroht haben, ihm den Gehorsam aufzukündigen, wenn er noch länger die weißen Priester auf der Insel, und Tabu=Tage sowie das Verbot des Tanzens duldete. Denen mußte er zeigen, daß er wirklich König war, oder sie ver= höhnten ihn noch gar für seine Schwäche und Gutmüthigkeit. Er gab Mr. Lowe auch ziem= lich deutlich zu verstehen, daß er solche Leute, wie sie wären, die nur immer reden und beten,

aber nicht kämpfen wollten, viel weniger ge=
brauchen könne, als den „alten grünen Mann",
womit er Claus meinte. Das wäre ein ganz
vortrefflicher Bursche, der hätte Tabak und wüßte
mit einem Gewehr umzugehen, daß es eine
Freude wäre ihm nur zuzusehen. Er wollte,
er hätte fünfzig von solchen Leuten mit guten
Gewehren, — und der Wunsch war auch in einer
Hinsicht gerechtfertigt, denn mit fünfzig solchen
eisenfesten Naturen wie der alte Claus hätte er
mit leichter Mühe die ganze Insel erobern
können.

Uebrigens wurde dem neu eingetroffenen
Missionär und seiner Frau augenblicklich das
erst vor einigen Tagen fertig gewordene Haus
neben der Kirche zur Verfügung gestellt. Es
lag in einem reizenden Hain von Palmen und
Brotfruchtbäumen, und ein klarer Bergquell
rieselte hindurch. Matten wurden auch hin=
reichend für sie ausgebreitet, und am nächsten
Tage sollte dann Rücksprache genommen werden,
wie sie ihre Operationen beginnen wollten, um
so rasch als möglich der ganzen Insel den Segen
des Christenthums zu bringen und — Wider=
stand dagegen unmöglich zu machen.

3.
Mr. und Mrs. Lowe.

—

Von jetzt an begann eine neue Zeit für die Eingeborenen Motuas — aber keine bessere, denn während Fremar, obgleich auch er manche ihnen nicht zusagende Gesetze gab, doch immer freund= lich mit ihnen gewesen und seine Frau beson= ders der Liebling Aller geworden war, führte dagegen Mr. Lowe gleich von Anfang an ein strengeres Regiment ein, und nachsichtsles wur= den jetzt Strafen verhängt, über die ihnen früher eine Fürbitte bei Berchta oft hinweg= geholfen.

Auf Mrs. Lowe's strengen Befehl mußten ebenfalls, ohne daß sie dabei mit Berchta auch nur die geringste Rücksprache genommen, sämmt= liche neu eingeführten Hüte entfernt werden, und die Frauen bekamen Anleitung und Muster, die alte Form auch hier auf Motua einzuführen. Für die Königin hatte Mrs. Lowe aber gleich einen fertigen und sehr schön mit rothen Bändern aufgeputzten Hut mitgebracht. Der konnte jetzt recht gut als Lockspeise dienen, um die Frauen ebenfalls zu veranlassen, so rasch als irgend möglich der Königin nachzustreben, denn nur so durften sie sich nach Mrs. Lowe's Meinung anständigerweise in der Kirche sehen lassen.

Berchta lachte aber nicht, als ihr die Königin zum ersten Mal in dem Hut entgegentrat, und doch war es eine menschliche Caricatur, wie sie kein Zeichner toller erfinden könnte.

Einua mochte vielleicht einmal in ihren jungen Tagen, als sie noch schlank und jugendfrisch zum Klange der heimischen Trommel tanzte, hübsch gewesen sein, aber die Zeit war vorüber und sie alt und fett dabei geworden. Die kleine, gedrungene Gestalt schien fast eben so viel Breite als Höhe zu haben, und der bunte, gelb und roth gestreifte Kattun, von dem sie ein kurzes, nur bis über die Waden reichendes Gewand trug, lag ihr eng an den Körper an, während ein breiter grünwollener Shawl — jedenfalls zu einem ganz andern Zweck gearbeitet, ihr fast wie eine Cholerabinde den Leib umschloß. Und dazu der Hut mit seiner riesigen, hochauf- strebenden Schaufel und den feuerrothen Bän- dern und Schleifen daran, die gegen das gelb- braune, ewig feuchte Gesicht wohl scharf genug, aber wahrlich nicht harmonisch abstachen!

Und das war die Königin, die sie im Traume gesehen; die, Hilfe bittend, die Arme nach ihr ausstreckte? Das die liebe, holde Gestalt mit den engelgleichen Zügen und großen sprechenden Au- gen? Es gab ihr immer einen Stich durch's Herz, wenn ihr Blick auf sie fiel, und sie konnte sich gerade des Gedankens nicht erwehren.

Einua selber schien ungemeines Wohlgefal- len an der neuen Tracht zu finden; sie war jedenfalls bunt, was diese Stämme ganz beson- ders lieben, und erreichte bei ihr auch noch einen andern Zweck. Es machte sie etwas größer. Als aber Mrs. Lowe jetzt auch von Berchta verlangte, den nämlichen Hut zu tragen, um den übrigen Insulanerinnen ein gutes Beispiel zu geben, wei- gerte sie sich auf das entschiedenste und erklärte der alten Dame rundheraus, sie sei hierher auf die Inseln gekommen, um ihr ganzes Leben dem guten Werk zu widmen, nicht aber, um sich lächerlich zu machen — und von dem Augenblick an bedauerte Mrs. Lowe gegen ihren Gatten: „nicht mehr das Wohlwollen für die Schwester Bertha in ihrem Herzen fühlen zu können, das sie ihr bis jetzt bewahrt. Sie trage die Sünde der Eitelkeit mit sich herum, und das sei der schlimmste Feind, den ein Mensch hegen und pflegen könne.“

Fremar selber bat seine Frau, der alten, etwas wunderlichen Dame in dieser Hinsicht gefällig zu sein — ihm selber gefiel der Hut nicht, aber was thut man nicht um des Friedens willen? Berchta aber blieb fest.

„Sucht Ihr darin die Religion,“ sagte sie ruhig, „daß Ihr den Mädchen und Frauen das Tragen von Blumen verbietet und ihnen dafür eine lächerliche Façon von Stroh und Bändern auf den Kopf stülpt, so weicht Ihr aus der vorgeschriebenen Bahn, auf die Herzen der Eingeborenen zu wirken und sie irdischen Tand vergessen zu machen. Wenn Mrs. Lowe nicht fühlt, wie lächerlich sie in dem Strohkasten aussieht, so ist das ihre Sache, die meine aber, ihr nicht darin zu folgen.“

„Aber Mr. Lowe ist mein Vorgesetzter.“

„Das mag sein, Mrs. Lowe aber nicht die meine.“ Und dabei blieb es.

Mrs. Lowe überraschte die Eingeborenen aber auch noch in anderer Weise. Nach einigen Tagen nämlich, an welchen fast immer Gottesdienst statt= fand, womit der Missionär eine Art von Prü= fung der Neubekehrten verband, und nicht um= hin konnte, sich ziemlich günstig über die von ihnen gemachten Fortschritte zu äußern, hatte er beschlossen, eine Inspectionsreise nach dem In= nern und vorderhand nach dem Hupai=Thal an= zutreten, wobei ihn seine Frau begleiten wollte. Die alte Dame erklärte aber — obgleich sonst noch ganz rüstig auf den Füßen, den weiten Weg nicht gehen zu können, wonach denn eine etwas wunderliche Equipage zum Vorschein kam. Die= selbe war allerdings nicht neu, denn auf den Hawaiischen Inseln ließen sich die Frauen der amerikanischen Missionäre ebenfalls auf solche Art befördern — nur die hiesigen Eingeborenen hatten etwas Derartiges noch nicht gesehen, und staunten es allerdings nicht wenig verwundert an.

Es war ein zweiräderiger, sehr leicht gebau= ter Karren, offen und nur für Eine Person ein= gerichtet, wie mit einer kurzen Deichsel versehen. Vier Eingeborene von Laua, die sie mitgebracht, zogen und schoben denselben, und oben darauf saß Mrs. Lowe, während ihr Gatte, wie auch der

junge Missionär, ernst und feierlich daneben her=
schritten — und ein wunderlicheres Bild hätte
man sich kaum denken können.

Die vier Eingeborenen waren bis auf den
schmalen Gürtel um die Lenden, den sogenann=
ten Maro, vollkommen nackt, und noch aus frü=
herer Heidenzeit mit ihren blauen Tätowirungen
bedeckt, sonst aber kräftige, muskulöse Burschen,
und zwischen ihnen wie auf einem Thron saß
die Frau des Missionärs mit ihrem riesigen Hut,
in einem braun und roth gemusterten Kattun=
kleid, einen Regenschirm gegen die Sonnenstrah=
len aufgespannt und einen kleinen Korb mit
Früchten neben sich. So fuhr sie in den Wald
hinein und auf der neu angelegten Straße hin,
und vier wegen Uebertretung der Gesetze zu Stra=
fen verurtheilte Motua=Insulaner wurden ihr
noch von Ramara Toa beigegeben, um ihre Leute,
falls sie müde werden sollten, abzulösen. Auch
der König selber begleitete sie noch eine kurze
Strecke; denn daß er selber das größte Interesse
an diesem Zuge nahm, der ja sein eigenes Reich
ausdehnen und befestigen sollte, ließ sich denken.

Berchta sah kopfschüttelnd dem Fuhrwerk nach,
denn zu ihren Begriffen von christlicher Demuth
stimmte es nicht, daß sich die Frau eines Geist=

lichen von Menschen ziehen ließ, denen ihr Gatte doch predigte, daß sie vor Gott Alle gleich seien. Fremar aber beruhigte sie darüber, oder versuchte wenigstens es zu thun, indem er ihr erklärte, daß ganz Aehnliches auf vielen Inseln der Süd= see Sitte sei. Die Frauen dürften sich nicht zu großen Anstrengungen in der heißen Sonne aussetzen, wenn sie ihre Gesundheit den Einge= borenen erhalten wollten, und das sei schon zu dieser eigenem Heil das Wichtigste.

Aber es blieb ihm keine lange Zeit, das wei= ter mit ihr zu besprechen, denn er mußte die von Mr. Lowe schon zurechtgelegten Waaren zu= sammenpacken und Lastträgern übergeben, die ihm damit rasch nach dem Hupai=Thal folgen sollten. Die Gegenstände waren zu Geschenken bestimmt, um den Häuptlingen eine Freundlichkeit zu er= weisen, und bestanden meist in Kattunstücken, wie auch Beilen, Messern, Hacken und anderen nützlichen Instrumenten.

Vierzehn Tage blieb die kleine Reisegesellschaft aus, und Ramara Toa war die Zeit schon ent= setzlich lang geworden, denn er wollte hören, wie es dort gegangen. Endlich kehrte Mr. Lowe, aber nur mit Martin, zurück, und erklärte dem König, daß er gesonnen sei, sich im Hupai=Thal,

als ziemlich dem Mittelpunkt der Insel, nieder=
zulassen und von da seine Wirksamkeit zu be=
ginnen.

Er war auch in Tuia gewesen und hatte mit
Matangi Ao gesprochen, bis jetzt aber nur noch
einen vollkommen verstockten Heiden in ihm ge=
funden, der einer gründlichen Heilung bedürfe,
um sich der wahren Kirche zuzuwenden. Ihre
Befürchtungen mit einem katholischen Missionär
waren übrigens unbegründet gewesen. Es befan=
den sich allerdings zwei Franzosen, und zwar Ka=
tholiken, in Tuia, aber keine Geistlichen, sondern
nur einem Wallfischfänger entsprungene Ma=
trosen, die Matangi Ao unter seinen Schutz ge=
nommen. Uebrigens verstanden sie noch nicht ein=
mal die Sprache der Eingeborenen, und der Mis=
sionär versicherte Fremar, er habe dem Häupt=
ling ein solches Bild von dem Charakter dieser
Art Leute entworfen, daß er nicht einen Augen=
blick zweifle, er würde sie mit bem nächsten dort
anlegenden Fahrzeug wieder fortschicken. Kam
aber kein anderes, sowar er selber entschlossen,
den Missionsschooner, sowie er wieder nach
Motua zurückkehre, nach der Tuia=Bai zu senden
und die beiden Matrosen an Bord zu nehmen.
Es war nöthig, daß diese beiden Individuen von

der Insel entfernt wurden; denn derartige Sub=
jecte bestärkten die Eingeborenen nur in ihren
Sünden und waren den Missionären von jeher
feindlich gesinnt gewesen.

Mr. Lowe hatte an dem Tage viel im Ge=
heimen mit Ramara Toa zu besprechen, und der
Gegenstand betraf allerdings nicht allein die re=
ligiöse, sondern auch die politische Gestaltung der
Insel. Eine Forderung aber, die Mr. Lowe stellte:
das Götzenbild dicht bei dem Hupai=See zu zer=
stören, damit das Volk sähe, wie machtlos die
Holzklötze wären, wies der König auf das ent=
schiedenste von der Hand, weil er dann, wie er
erklärte, seines Lebens selbst unter dem eigenen
Volk nicht sicher wäre. Erst solle der Fremde
die Insulaner vollständig zum Christenthum be=
kehren, dann wollten sie die Götzen beseitigen.
Ueberhaupt sei der am Hupai=See nur ein unter=
geordneter Gott und habe noch nie viel Macht
gehabt; der stärkste von allen befände sich im
Besitz Matangi Ao's und wäre dort in einem
Tempel aufgestellt. Wenn sie den einmal bekom=
men könnten, dann würde es leicht sein, das
Tuia=Thal zu unterwerfen, denn dem Volke
dort würde nachher der Muth fehlen, sich zu ver=
theidigen.

5*

Ramara Toa war, dieser Aeußerung nach, im Herzen also noch immer von der Kraft der Götter überzeugt, wenn er sich auch sonst so stellte, als ob er nicht im geringsten mehr an sie glaube.

Während der König so die Angelegenheiten des Landes mit dem Geistlichen besprach, und Fremar zuletzt ebenfalls herbeigerufen wurde, um seine Meinung dabei abzugeben, stand der junge Missionär Martin neben Berchta auf der Felsenplatte und überschaute das wundervolle, vor ihnen ausgebreitete Panorama.

Der Missionär Martin konnte kaum fünfundzwanzig Jahre alt sein, und hatte seinen Beruf theils aus Schwärmerei, theils aber auch vielleicht aus unbezwinglicher Reiselust gewählt. Er brachte deshalb auch ein warmes Herz für die Eingeborenen und den festen Entschluß mit, sie, soweit es irgend in seinen Kräften stand, glücklich zu machen. Allerdings störte ihn da oft die starre Form, die viele der Geistlichen für nöthig hielten, und von der sie nicht abgehen zu dürfen glaubten, weil sie auch daheim genau so vorgeschrieben stand und befolgt wurde. Aber auch auf diese Weise war vielleicht das Ziel zu erreichen, und er selber noch viel zu jung und vielleicht auch zu bescheiden, um nur irgend eine

entgegengeſetzte Meinung zu äußern, viel weni=
ger benn zu vertreten. Unb ſchon ber Gebanke
erfüllte ihn mit Seligkeit, hier in bieſem Para=
bieſe bie erſten Kirchen mit errichten zu helfen,
ben erſten Stein mit zu legen zu bem gewaltigen
Baue, ber einem ganzen Volk ben ewigen Frie=
ben ſichern unb es glücklich machen ſolle, unb
Alles, was ihn babei ſchmerzte, war, baß ihm
bis jetzt noch nicht geſtattet geweſen, für bieſes
Streben wirkliche Opfer zu bringen, wirklich zu
leiben unb zu entbehren; benn unter bieſem Ein=
brucke war er, nach manchem in Englanb Ge=
hörten, zwiſchen bie Inſeln gekommen. Statt
beſſen fanb er aber hier ein herrliches Klima,
gute, freunbliche Menſchen unb Lebensmittel an
Fiſch, Fleiſch unb Früchten in einem wahren
Ueberfluß. Als Miſſionär führte er babei ein
vollſtänbig behagliches Leben, unb bie Anſtren=
gungen, bie ſich überhaupt als nöthig heraus=
ſtellten, gehörten auch wieder unbebingt bazu,
um ſeinen Körper nur geſunb zu erhalten.

Die Miſſionäre nannten bieſe Inſeln bie
Wohnplätze Satans *) (the territories of Satan);
aber konnte bas für eine Heimath bes Teufels

---

*) Turner's Nineteen years in Polynesia. Bingham
Ellis, Church Missionary Intelligencer etc.

gelten, wo Gott selber mit vollen Händen seine Gaben ausgestreut und den Eingeborenen n i c h t s zu ihrem irdischen Glücke fehlte? Es stiegen ihm damals die ersten Zweifel auf, ob Gott denn überhaupt wollen könne, daß sie anders leben sollten, als sie nun hier Jahrhunderte gelebt; aber die Schrift, das große Buch, aus dem sich eben Alles beweisen läßt, und auf dessen Sprüche sich schon Tausende in Werken der Liebe sowohl wie in denen des Hasses und der Rache berufen haben, sagte deutlich genug, daß sie in alle Welt gehen und alle Heiden lehren sollten; und das allein war ja auch sein Trost, wenn ihn manchmal ein düsterer Zweifel beschlich und er dann überlegen wollte, ob das gerade der Beruf sei, der für ihn passe und in dem er sich wohl fühlen würde.

Jetzt aber schwanden all' diese trüben Gedanken vor dem zauberschönen Bild, das sich zu seinen Füßen ausbreitete und über ihm die Wipfel seiner Palmen wölbte.

„Ach, wie schön ist diese Welt!" rief er bewegt aus, „wie wunderbar schön, und wohin der Fuß des Wanderers tritt, berührt er ja ein wahres Paradies."

„So hat Ihnen das innere Land gefallen?"

sagte Berchta. „Ja, Motua ist sicher eins der gesegnetsten Eilande der ganzen Südsee, und selbst das Wenige, was ich davon gesehen, unsere unmittelbare Umgebung hier und das reizende Hupai-Thal, spottet fast jeder Schilderung."

„Und erst nach Tuia sollten Sie hinunterkommen!" rief Martin begeistert aus. „Dort öffnet sich ein weites Thal mit einer herrlichen, hügelumschlossenen Bai, die von den leichten, zierlichen Canoes der Eingeborenen belebt wird. Ringsumher ragen hohe und kühn gerissene, aber bis zum äußersten Gipfel bewaldete Berge empor, während das Thal ein weiter, endloser Garten füllt. Und dazu die glücklichen, gastfreien Menschen! Ueberall dabei ein reger Fleiß, die Frauen in ihren Gn atu-Häusern, die Männer emsig beschäftigt, Canoes zu fertigen, Matten oder Mattensegel zu flechten, Cocosnußöl zu bereiten, und Alles unter Sang und Tanz, die jungen Mädchen mit Blumen geschmückt, die Männer selber mit den offenen, ehrlichen Zügen und dem freundlichen Gruß auf den Lippen."

„So halten Sie den Blumenschmuck der eingeborenen Frauen für keine Sünde?" sagte Berchta, ihn forschend anschauend.

„Entschuldigen Sie mich, Mrs. Fremar,“ rief der junge Missionär halb erschreckt, „ich weiß, daß es von der Mission als solche angesehen und bestraft wird, aber ich — wage nicht, selber eine Meinung darüber auszusprechen.“

„Mir gegenüber dürfen Sie es,“ sagte Berchta leise, „denn auch mir thut das Verbot recht in der Seele weh.“

„So habe ich mich doch nicht in Ihnen getäuscht,“ sagte Martin herzlich; „Sie sehen mir zu gut und freundlich aus, um eine so strenge und gewiß zu harte Maßregel zu vertreten, und dennoch sind alle unsere Missionäre darüber einig, daß sie etwas verbieten müssen, was, wie sie behaupten, mit dem früheren Heidenthum in so enger Beziehung steht.“

„Es mag sein,“ erwiderte Berchta seufzend, „ich bin nur eine Frau und handle deshalb allein nach meinem Gefühl. Mir schien deshalb auch der Blumenschmuck, sobald man ihm nicht absichtlich einen tieferen Sinn unterlegte, völlig harm- und gefahrlos. Aber wenn es zum Heil des Ganzen ist, füge ich mich ja auch gern einem so kleinen Uebelstande.“

„Mrs. Lowe hat auch solche große Hüte im Hupai-Thal und in Tuia vertheilt,“ sagte Martin, und ihm zuckte es ebenfalls um die Lippen, als Berchta lächelnd sagte:

„Sie meint es gut damit, wenn auch die Form vielleicht nicht die rechte ist."

„Sie sprechen von der Façon?" schmunzelte Martin.

„Auch von der," sagte Berchta lächelnd. — „Jedenfalls legt sie ihr zu großen Werth bei. Sie soll aber sonst eine vortreffliche Frau sein und hat, wie mir mein Gatte sagt, der Mission schon den größten Nutzen gebracht, wie sich auch der armen Eingeborenen auf das wärmste ange= nommen."

Martin schwieg. Ob er darin vielleicht anderer Meinung war? aber er mochte es dann auch wohl nicht äußern. Er erhob den Blick zu Berchta, und als er in die lieben, offenen Züge der jungen Frau sah, streckte er ihr, wie von einem plötz= lichen Gefühl ergriffen, die Hand entgegen und sagte herzlich:

„Lassen Sie uns wenigstens gute Freunde bleiben, Mrs. Fremar. Ich sehe und fühle, daß Sie es gut mit den Eingeborenen meinen; glau= Sie von mir dasselbe, und ich will mir gewiß die größte Mühe geben, Ihr Vertrauen nicht zu täuschen."

„Und vereint," sagte Berchta, den Druck der Hand erwidernd, „können wir vielleicht noch viel Gutes wirken, wenn wir eben mit treuem Willen und reinem Herzen zusammenhalten. Unsere Religion ist eine Religion der Liebe, nicht der Furcht, und daß wir uns damit die Herzen der braven Menschen gewinnen, die auf diesen Inseln wohnen, bezweifle ich keinen Augenblick. Mein Gatte neigt sich ebenfalls viel mehr dieser Ansicht als der des weit strengeren und unduldsameren Mr. Lowe zu. Er wird zwischen uns Beiden vermitteln, und ich hoffe das Beste von dieser Verbindung."

„Sie machen mich recht glücklich, Mrs. Fremar."

„Und wie haben Sie die Verhältnisse in Tuia gefunden?"

„Nicht günstig," sagte der junge Missionär nach kurzem Zögern.

„Nicht günstig?"

„Nein. Matangi Ao ist das Urbild eines Indianers; jung, kräftig, intelligent und von seinen Leuten auf Händen getragen. Er hat eine Tochter Ramara Toa's zur Frau, die wir allerdings nicht zu sehen bekamen, denn selbst Mrs. Lowe wurde nicht bei ihr vorgelassen, was sie allerdings etwas erbitterte; aber er will von dem Glauben der Christen nichts wissen. Er behauptet, daß er allen

Inseln, auf denen er sich ausgebreitet, nur Un=
glück und Verderben gebracht habe, denn alle
die früher geführten Schlachten hätten nicht so
viel Menschenleben gefordert, als der Fluch, den
die neue Lehre und Lebensweise über sie gebracht."

„Er kann nicht Recht haben!" rief Berchta
schaubernd aus. „Es wäre fürchterlich!"

„Er hat auch nicht Recht," sagte Martin;
„nur seine alten Einrichtungen und Gesetze sieht
er über den Haufen gestürzt und fürchtet deshalb
den Untergang des Reiches. Kurzsichtige Menschen,
die es sind! Die Natur giebt ihnen Alles, und
sie kennen deshalb, nur dem Augenblick lebend,
gar keine Zukunft. Aber es wird schwer halten,
sie eines Besseren zu belehren."

„Und doch, wie leicht hat Ramara Toa sich
der neuen Lehre gefügt," sagte Berchta, „und
alle seine Anhänger veranlaßt, sich ebenfalls zu
ihr zu bekennen."

„Ich fürchte, Ramara Toa verbindet andere
Zwecke damit," erwiderte der junge Missionär.
„Er ist ehrgeizig und stolz und nur ein weltlicher
Häuptling; er betrachtet meiner Meinung nach
die Religion der Weißen nur als ein Mittel,
um seine eigenen selbstsüchtigen Ziele zu erreichen."

• „Das wären freilich trübe Aussichten," sagte

Berchta ernst. „Ramara Toa — ja, ich traue
ihm selber nicht recht, aber desto größer ist ja
dann auch unser Sieg, wenn wir jenen jungen
Häuptling uns gewinnen, und er muß unser
werden. Er muß fühlen lernen, daß er nur in
dem wahren Glauben das Glück seines Volkes
gründen kann; und das erst einmal erreicht und
wir haben gewonnen.“

„Das gebe Gott!“ sagte der junge Missionär
herzlich. „Aber dort unten sehe ich einen Boten
kommen; ich werde gerufen werden und muß zu=
rückkehren nach dem Hupai=Thal. Leben Sie wohl,
Mrs. Fremar! Wenn es mir irgend möglich ist,
kehre ich bald hierher zurück, und mit Seiner
Hilfe sehen wir vielleicht in kurzer Zeit unser
Werk gekrönt.“

4.
Zwei Jahre später.

Wir müssen einen Zeitraum von zwei Jahren
überspringen, in dem die Mission auf Motua
allerdings keinen raschen, aber doch einen steten
Fortgang nahm. Bruder Lowe, wie er sich fort=
während nennen ließ, hatte indessen seinen Wohn=
sitz aus dem Hupai=Thal weiter vor nach Tuia
verlegt und war auch dort von dem jungen
Häuptling Matangi Ao geduldet worden. Dieser
erklärte nämlich, daß er gern bereit sei Manches
zu lernen, was ihn der fremde Weiße lehren
und worin er sie unterrichten könne, nur an
ihrem Glauben dürfe er nicht rütteln, denn ge=
rade die den Göttern gezollte Verehrung hielte sie
in Gesetz und Ordnung. Würden diese Schranken
niedergerissen, ohne ihnen einen vollständigen

Ersatz dafür zu bieten, so könne er selber für die Folgen nicht einstehen. Jetzt lebten sie glücklich: sie hätten mit keinem Stamme Krieg, ihre Ernten wären vortrefflich, das Volk zufrieden — zu einer solchen Zeit solle man nicht anfangen, das ganze Gebäude ihrer Häuslichkeit zu untergraben. Er wenigstens würde es nicht dulden, so lange er erster Häuptling des Landes wäre.

Mr. Lowe erwiderte nichts darauf; aus Amerika stammend, besaß er die ganze feste Zähigkeit der Amerikaner, und ihm lag vorläufig nur daran, erst einmal den kleinen Finger zu bekommen. Daß er nachher die ganze Hand erhalten würde, daran zweifelte er auch keinen Augenblick.

Es gab dabei in der ganzen Mission kaum einen thätigeren und unermüdlicheren Kämpfer für die „gute Sache“ als ihn, und wenn es sein mußte, konnte er, von seiner Frau treulich dabei unterstützt, Tag und Nacht arbeiten, um seinen Zweck zu erreichen. So säumte er auch hier keine Stunde. Rasch hatte er die Wichtigkeit eingesehen, die Tuia, als Sitz des ersten Häuptlings und von einer bedeutenden Ansiedlung umgeben, vor dem abgeschiedenen, in die Berge hineingebauten Hupai besaß, und während er den jungen

Missionär Martin an dem letzteren Ort ließ, um dort die begonnene Arbeit fortzusetzen, schaffte er durch zahlreiche Lastträger sein sämmtliches Gepäck — und darunter auch mancherlei Geschenke für Matangi Ao, nach Tuia hinüber. Dort predigte er jetzt nicht allein unverdrossen zu den Eingeborenen, sondern stellte auch eine kleine Druckerei und, wie Fremar in seinem Wohnort, eine Schmiede auf, um den Eingeborenen die Kunst zu lehren, das harte, ungefüge Eisen ihren Bedürfnissen entsprechend zu formen und Hacken, Schaufeln, Fischhaken und andere nützliche Gegenstände daraus anzufertigen.

Matangi Ao sah rasch den Vortheil ein, den diese Kunst seinem Volke bringen mußte, und gestattete deshalb auch als vollkommen harmlos die Predigten des fremden Priesters, der sich ein volles Jahr hindurch nicht rühmen konnte, auch nur einen einzigen Bewohner von Tuia bekehrt zu haben. Es war ihm sogar ein leerstehendes Haus zur freien Benützung angewiesen worden; aber immer kamen nur einzelne Menschen hinein, die wenig auf seine Rede achteten, miteinander plauderten und wenn braußen das geringste Geräusch entstand oder gar die Trommel zum fröhlichen Tanz rief, rasch aufsprangen und hinausliefen.

Vergebens suchte dabei Mrs. Lowe auf die junge Königin einzuwirken, um durch sie vielleicht ihren Gatten zu bewegen, der wahren Lehre sein Ohr zu leihen. Sie war zu scheu und schüchtern, um mit der ernsten Frau viel zu verkehren, und zu einfach erzogen, um die Lehre der Fremden auch nur gleich zu begreifen. Da waren viele Wunder geschehen, an die sie von vornherein glauben sollte, so viel fremde, entsetzlich klingende Namen zu behalten, da war ein solches Drohen von ewigen Strafen und Qualen der Verdammten, daß sie mehr Angst vor der fremden Religion bekam, als Liebe dazu fassen konnte, und das nahm so überhand, daß sie sich endlich selbst vor der fremden, finsteren Frau fürchtete und zu ihrem Gatten flüchtete, wenn sie dieselbe nur von weitem nahen sah.

Lowe entwickelte, trotzdem daß er sich selber gestehen mußte, er sei auf diese Art nicht im Stande, auch nur einen Fuß breit Boden zu gewinnen, eine rastlose Thätigkeit. Er war oft wochenlang unterwegs, um die verschiedenen Districte zu besuchen, und verkehrte dann auch regelmäßig mit Ramara Toa, deſſen Ungeduld er aber kaum noch beſchwichtigen konnte.

Ramara Toa hatte nämlich vor einiger Zeit eine Zuſammenkunft mit Matangi Ao gefordert und erhalten. Sie trafen ſich damals im Hupai=Thal in Gegenwart Taori's und des alten trotzi=gen Tamoruva, und Ramara Toa verlangte hier ohne weitere Umſchweife die Bekehrung Matangi Ao's zum chriſtlichen Glauben wie die Aner=kennung deſſelben als tributpflichtigen Häupt=lings, was aber von Matangi, wenn auch lä=chelnd, doch beſtimmt zurückgewieſen wurde.

„Wir ſind Beide Häuptlinge,“ ſagte er freundlich, „Du Ramara Toa auf Deiner Seite der Inſel, ich auf der meinen. Du haſt unſeren alten Göttern entſagt; ich habe nie einen Ein=wand dagegen erhoben, als ob ich Dich zwingen wollte etwas zu glauben, dem Dein Gefühl widerſtrebt. Laß mir daſſelbe Recht — und was den Oberbefehl über die Inſel betrifft, weshalb verlangſt Du ihn? Wir leben mit den Nachbarinſeln in Frieden und werden von keiner Seite bedroht. Würden wir es, ſo dürf=teſt Du Dich feſt darauf verlaſſen, daß ich Dir mit all' den Meinen beiſtehen würde, wie ich das nämliche auch von Dir erwarte. Und der Tri=

but? Du haft Brotfrucht, Fische und Matten
genug auf Deiner Seite, ebenso wie ich auf der
meinen — Deine Cocosnüsse sind so süß und
ölreich wie die von Tuia. Was verlangst Du
mehr? Laß mich und Deine Tochter in Frieden
leben, thue Du dasselbe, und wir Beide können
glücklich sein."

Ramara Toa hatte sich noch einige Häuptlinge von Motua-Bai mitgebracht, die allerdings
auf seiner Seite standen, aber sein eigener Sohn,
ebenso wie Tamoruva, stimmten gegen ihn, und
der alte König mußte, bitteren Groll im Herzen,
nach Motua-Bai zurückkehren.

Seit jenem Tage hatte ihn Mr. Lowe nicht
wieder gesehen und sich heute nun aufgemacht,
um weitere Maßregeln mit ihm zu besprechen,
denn ihm selber fing die Zeit an lang zu werden. Wieder und wieder bekam er Anfragen
von Laua, wie es mit dem „interessanten" Platz
stünde, auf welchem der Missionär Fremar gleich
in den ersten Monaten solch' bedeutende Fortschritte gemacht, und immer und immer wieder
mußte er den nämlichen Bericht zurücksenden,
daß die Südseite der Insel — was aber schon
damals der Fall war — dem christlichen Glauben
allerdings vollständig gewonnen wäre, daß aber

die Nordseite noch hartnäckig allen seinen selbst=
geführten Bemühungen widerstehe, und Matangi
Ao, der junge Häuptling, auf·das starrköpfigste
jede Belehrung — soweit sie den Glauben be=
treffe — verweigere, dafür aber besto eifriger
in der Schmiede arbeite und auch nicht unbe=
deutende Fortschritte im Lesen und Schreiben
gemacht habe. Das allein gebe ihm denn auch
noch Hoffnung, daß er doch bald den Segen
einsehen würde, den der wahre Glaube um sich
her verbreite. Für jetzt stehe er aber noch unter
dem Einfluß von ein paar nichtsnutzigen Indi=
viduen, weggelaufenen Matrosen, mit denen er
sehr viel und häufig verkehre, und es wäre an
der Zeit, diese von der Insel zu schaffen. Mr.
Rosbane möge also so gut sein und sobald als
möglich den Schooner oder ein anderes Fahrzeug
nach Tuia dirigiren, um sie abzuholen, denn dem
Kutter mit seiner geringen Mannschaft könne
man sie nicht anvertrauen.

Der Brief war mit dem letzten Kutter ab=
gesendet worden und Mr. Lowe hoffte daß, was
er Matangi Ao über die beiden Fremden gesagt,
nicht ohne Wirkung geblieben sein würde. Die
Häuptlinge halten selber viel auf ihren Rang

unb sinb zu stolz, um mit ganz untergeorbneten Menschen zu verkehren.

Der Missionär nahm aber auf bieser Reise seine Frau nicht mit, bie mit einer ziemlich zahl= reichen Dienerschaft in Tuia blieb, theils um bie bortigen Vorgänge zu überwachen, theils um ihren Unterricht nicht zu unterbrechen unb ihre Bekehrungsversuche fortzusetzen. Er schritt, von zwei Dienern begleitet, bie sein Gepäck trugen, bas reizenbe unb pittoreske Thal hinauf, unb rastete nur hie unb ba bei einzelnen Hütten, von beren Bewohnern er auch schon einige be= wogen hatte, ihre Irrthümer abzuschwören. Im Ganzen war bas Resultat aber noch ein sehr geringes unb er selber sogar über bie Wenigen in Zweifel, ob ihre Bekehrung sehr ernst ge= meint unb nicht mehr eine Gefälligkeit gegen ihn gewesen sei, an bie sie sich nur in seiner Gegen= wart gebunden glaubten. So lange er ben Häuptling bes Districts nicht für sich gewonnen hatte, so lange burfte er nicht auf einen bauern= ben Erfolg bei ben geringeren Eingeborenen rechnen, unb er betrachtete auch alle biese Ver= suche nur als Vorbereitungen zu bem großen Ganzen.

Im Hupai=Thal erwartete ihn schon ber junge

Missionär, dem er einen Boten vorausgeschickt, weil er es liebte, dort, wo er gerade eintraf, Vorbereitungen zu seinem Empfang zu finden. Martin hatte auch seine kleine Schule zusammenberufen, und über eine kurze Prüfung, die er mit den Kindern hielt, sprach sich Mr. Lowe sehr günstig aus. Da er sich übrigens nicht lange dort aufhalten mochte und nach einem kurzen Imbiß erklärte, seinen Weg fortsetzen zu wollen, um die Nacht bei Namara Toa zu verbringen, bat ihn Mr. Martin, ob er ihm erlaube, ihn zu begleiten, da er selber mit Bruder Fremar, ausgebrochener Zwistigkeiten zwischen einigen Familien im Hupai-Thal und der Motua-Bai wegen, etwas zu besprechen habe und ihm selber auch noch über Manches unterwegs Auskunft geben könne.

Mr. Lowe betrachtete ihn, während er sprach, aufmerksam, und es konnte ihm dabei nicht entgehen, daß der junge Mann, der das jedenfalls bemerkte, erröthete. War etwas vorgefallen? — aber er gedachte nicht ihn darum zu fragen, denn es gehörte sich, daß er selber davon beginnen möge. Der Weg nach der Motua-Bai hinab bot ihm dazu auch die günstigste Gelegenheit, aber — es erfolgte nichts Derartiges. Martin sprach ausführlich über die Verhältnisse seiner Umgebung, soweit es die Fortschritte der dortigen Mission betraf, konnte aber eben kein sehr günstiges Resultat berichten, denn Taori, der Sohn des Königs, der sich gegenwärtig mit einigen jungen Freunden in Motua-Bai befand, widerstrebte hartnäckig jedem entschiedenen und öffentlichen Schritt. Er kam zu Zeiten in die Predigt und saß dann still und aufmerksam und hörte zu, aber er weigerte sich, seine alten Götter abzuschwören, er sowohl als die ihm anhängenden Häuptlinge.

„Und wie ist es mit Tamoruva?" fragte Mr. Lowe, „ich habe gehört, daß Sie viel mit dessen Haus verkehrten, und das schien mir ein gutes Zeichen. Er hat großen Einfluß auf der ganzen Insel. Neigt er sich wenigstens unserem Glauben zu?"

Martin hatte den Kopf gesenkt und schaute vor sich nieder auf den Pfad, endlich sagte er leise:

„Alles habe ich versucht, um ihn der guten Sache zu gewinnen — jede nur erdenkliche Ueberredung, aber Alles blieb vergeblich. Sein Kind erkrankte, und ich saß Nächte lang an ihrem Lager, bis es mir gelang, ihr die Gesundheit wiederzugeben. Ich hoffte, daß ihn das bewegen würde; umsonst, denn er schrieb die Genesung den Opfern und Gebeten zu, die er seinen falschen Göttern in der Zeit gebracht."

"Ramara Toa hat ganz Recht," sagte Mr. Lowe finster, "im Guten ist mit diesen halsstarrigen, verstockten Burschen nichts auszurichten, und wenn es denn nicht anders geht —"

"Aber w i r dürfen doch keine Gewalt bei ihnen anwenden, ja k ö n n e n es nicht einmal."

"Wir?" erwiderte Mr. Lowe kopfschüttelnd, "w i r haben mit Gewalt nichts zu thun; u n s e r Beruf ist ein Beruf des Friedens und der Liebe, nicht des Kampfes. Aber wenn der christliche Fürst und König dieses Landes nicht mehr im Stande ist, den Uebermuth der Anhänger Satans länger zu ertragen? Wenn er nicht mehr dulden will, daß die Spottgestalten alberner Götzen in seinem Reiche aufgestellt bleiben, können wir es hindern oder ihn nur deshalb tadeln?"

"Um Gottes willen keinen Krieg, keinen Religionskrieg unter diesem frieblichen, glücklichen Volk!" rief Martin bewegt; "es wäre zu furchtbar, wenn wir die Ursache eines so entsetzlichen Streites werden sollten."

"Des Herrn Wege sind wunderbar," sagte der Missionär ernst, "aber er führt Alles herrlich hinaus. Wir werden keine Hand in dem Kampfe rühren, wir dürfen es nicht; wenn der Allmächtige aber seinen Werkzeugen die Waffen in die Hand drückt, um seinem Wort einen freien Weg zu bahnen, sind wir da im Stande die Hand zurückzuhalten?"

"Kamara Toa," sagte Martin, "ist ein ehrgeiziger Mann. Er hat nicht den wahren Glauben, denn mehr als alles Andere trieb ihn der Eigennutz der neuen Lehre zu."

"Wir können nicht in den Herzen der Menschen lesen," sagte der Missionär ruhig; "wir wissen nicht was ihn bewogen hat, dürfen aber auch, als christliche Lehrer, einer guten Handlung nicht leichtsinnig ein unreines Motiv unterlegen. Was indessen auch seine ersten Triebfedern gewesen sein mögen, er ist jetzt in den richtigen und schmalen Pfad der Tugend eingelenkt, und uns geziemt es, ihn darauf sorgsam weiterzuführen. Seine Frau, die Königin Einua, ist besonders eine würdige Dame, und meine Frau hält viel von ihr; ich hoffe, daß sie noch eine Leuchte auf der Insel werde. Wie macht sich denn dieser Mann in dem grünen Rocke, den Mrs. Fremar mit auf die Insel gebracht? Ich wollte lieber, es wäre nicht geschehen."

„Er ist fleißig und harmlos,“ sagte Martin gutmüthig, „dabei verkehrt er mit den Indianern in einer wunderlichen Sprache, die ich selber nicht verstehe, und diese haben ihn gern, denn er jagt und fischt mit ihnen und scheint sonst ein ziemlich komischer Kauz.“

„Wenn er nur das häßliche Rauchen lassen wollte; er giebt dadurch den Eingeborenen ein so böses Beispiel, daß Namara Toa selber nicht einmal bewogen werden kann, es zu verbieten. Ich begreife überhaupt nicht, wo er noch den Tabak herbekommt; er muß doch einmal ein Ende nehmen, und daß dann kein anderer auf der Insel gelandet wird, dafür ist schon ge= sorgt.“

„Das wird nichts nützen,“ lächelte Martin, „denn er hat sich selber eine kleine Anpflanzung gemacht, und der Tabak gedeiht vortrefflich.“

„Und hat Bruder Fremar das geduldet?“ rief der Missionär rasch und heftig aus.

„Er wollte es verbieten, aber Namara Toa nahm den Tabak unter seinen besondern Schutz, und er durfte deshalb nicht belästigt werden.“

„Und wo hat er den Samen herbekommen?“

„Wie ich höre, hat er eine Kleinigkeit mit=

gebracht und vor einigen Monaten ausgesäet. Er gedeiht aber vortrefflich, und die Pflanzen sind schon fast einen Fuß hoch."

Mr. Lowe erwiderte kein Wort weiter; er schritt schweigend neben Martin her; aber ihr Weg war nicht weit mehr, denn vor ihnen öffnete sich schon der Wald, und der unmittelbar über Motua=Bai liegende Palmenhain wurde sichtbar, während zwischen dessen Stämmen durch die See funkelte. Sie waren am Ziele, und der Missionär schritt auch ohne Weiteres rechts hinab dem Hause Ramara Toa's zu. Er hatte, wie er zu Bruder Martin sagte, etwas mit diesem allein zu besprechen, und würde entweder ihn und Bruder Fremar ersuchen lassen, hinunterzukommen, oder selbst hinaufkommen.

Martin wendete sich demzufolge und, wie es schien, mit der Anordnung sehr zufrieden, dem Felsenhang zu, auf welchem Fremar's Wohnung stand. Er traf Fremar allerdings nicht zu Hause, sondern nur seine Gattin, die im Schatten einer Palme im Freien saß und einen Brief las. Sie hatte verweinte Augen, und als sie aufstand und dem jungen Missionär die Hand reichte, mischte sich in das freundliche Lächeln, das sie ihm stets entgegenbrachte, ein recht weh=

müthiger Zug von Schmerz und geheimem Leid, das um ihre Lippen zuckte.

Sie hatte sich überhaupt recht verändert; sie sah bleich und angegriffen aus, und ihre Augen glänzten so ernst unter den langen dunkeln Wimpern vor.

„Sind Sie krank gewesen, Mrs. Fremar?" war auch Martin's erste Frage, als er die dargebotene Hand nahm und herzlich drückte. „Sie sehen so bleich aus —"

„Nein," erwiderte die junge Frau, indem sie zu lächeln versuchte, „ich war nicht krank, ich befinde mich — Gott sei Dank — vollkommen wohl; der Brief," setzte sie zögernd hinzu, „hat mich vielleicht ein wenig angegriffen. Er ist von daheim — von meinem Vater."

„Er hat Ihnen doch keine bösen Nachrichten gebracht?"

„Nein — dem Himmel sei Dank! Der alte gute Mann ist so glücklich, daß wir — so glänzende Erfolge hier erzielt, und unser Werk so gesegnet vorwärts schreitet," setzte sie leise, kaum hörbar hinzu. „Nur die Sehnsucht nach mir nagt ihm am Herzen, ja er spricht sogar davon, es gehöre nicht zu den Unmöglichkeiten, daß er sein altes Schloß und Gut verkaufen könne, um ganz hierher zu mir zu ziehen."

„Wie glücklich würden Sie sich fühlen, wenn er käme —"

Bertha antwortete nicht; ihr Auge suchte den Boden. Martin aber, dem etwas Anderes die Seele drückte, war zu viel mit sich selber beschäftigt, um den schweren Seufzer zu bemerken, der ihre Brust hob, und er fuhr nach kurzer Pause fort:

„Ihr Gatte ist nicht daheim?"

„Nein, er ist nach Afaru unten am Strand gegangen, um dort einen Kranken zu besuchen. Ich hoffe aber, er wird bald zurückkehren."

„Und Claus?"

„Er ist nach seinem Tabaksfeld gegangen, das ihn jetzt sehr beschäftigt."

„Mr. Lowe ist mit dem Tabakbau gar nicht einverstanden."

„Ich konnte es mir denken," sagte Bertha nicht ganz ohne Bitterkeit; „aber warum soll der alte Mann nicht ein so unschuldiges Vergnügen genießen, mit dem er doch wahrlich keinen Menschen schädigt und noch weniger eine Sünde begeht? Wenn mein alter Vater hier

herüberkäme, würde er auch ihm das Rauchen
verbieten wollen."

„Er ist vielleicht zu streng, aber er meint es
gewiß gut."

Wieder schwieg Berchta, aber Martin konnte
sich auch nicht einmal durch den neuen Gedanken=
gang von seinem Ziel abbringen laſſen, und
plötzlich ſcheu, aber doch entſchloſſen beginnend,
ſagte er:

„Mrs. Fremar, ich hatte mir eigentlich vor=
genommen, Ihren Gatten aufzuſuchen, um ihn
in einer wichtigen, das heißt für mich wichtigen
Sache um Rath zu fragen. Er iſt nicht daheim,
und ich muß Ihnen geſtehen, daß ich ebenſo
gern — vielleicht lieber — mit Ihnen den
Gegenſtand verhandle, denn ich bin feſt davon
überzeugt, daß Sie es gut mit mir meinen.
Wollen Sie mir Ihren Rath geben, und — wenn
Sie nicht ganz anderer Anſicht ſind als ich —
mir Ihren Beiſtand zuſichern?"

„Ich kann mir nicht denken," ſagte Berchta
in ihrer milden Freundlichkeit, „daß Sie etwas
Anderes von mir fordern würden, als wozu ich
Ihnen von Herzen meinen Beiſtand verſprechen
könnte. Alſo laſſen Sie mich frei und offen wiſſen,
was Sie bedrückt; es kommt mir jetzt faſt ſelber

so vor, als ob Ihnen irgend etwas auf der Seele läge, und ich gebe Ihnen mein Wort, daß ich Ihnen ebenso antworten und Ihnen nach besten Kräften rathen werde."

„Ich bin es überzeugt," sagte Martin, „und um Ihnen einen Beweis zu geben, wie vollkom= men ich Ihnen vertraue, sollen Sie jetzt auch Alles erfahren. Es ist ja doch nichts, dessen ich mich zu schämen brauchte. Ich liebe —"

„Ein eingeborenes Mädchen," sagte Berchta, zu ihm aufschauend.

„Ja," erwiderte Martin leise, „die Tochter eines Häuptlings, ein liebes, holdes Wesen, an dessen Seite ich mein Glück zu finden hoffe, wenn — Mr. Lowe nur ein freundliches Wort bei der Missionsgesellschaft für mich einlegen wollte."

„Und haben die Eltern ihre Einwilligung gegeben?"

„Ja — allerdings mit Zögern, denn ihr Vater ist noch nicht bekehrt."

„Kenn' ich ihn?"

„Der alte Häuptling Tamoruva in unserm Thal; ein Heide, aber ein so braver, ehrenwerther Mann, wie man ihn nur auf der Welt finden kann."

„Er aber gerade ist Einer von denen, die

dem Christenthum bis jetzt auf das hartnäckigste widerstrebt haben."

„Ich weiß es, ja, aber nur aus dem Grunde, weil er in irgend einer irrigen Ansicht das Verberben und den Untergang der Eingeborenen in einem Glaubenswechsel sieht. Ich habe mein Aeußerstes versucht ihn zu bewegen, aber vergebens. Tama, seine Tochter, scheint sich schon eher der neuen Lehre zuzuneigen, und ich zweifle keinen Augenblick, daß sie sich von mir überzeugen läßt, sobald sie erst mein Weib ist, aber —"

„Aber?" sagte Bercßta. „Weshalb sollte Mr. Lowe die Erlaubniß zu einer Verbindung weigern, die ihm die sicherste Bürgschaft leistet, daß er badurch — und wenn auch erst mit der Zeit — einen der einflußreichsten Häuptlinge der guten Sache gewönne?"

„Ja, das ist wohl wahr," sagte der junge Missionär kleinlaut, „Tamoruva verweigert mir auch seine Einwilligung nicht, aber — er stellt eine Bedingung, die schwer zu erfüllen sein wird."

„Und welche?"

„Daß ich mit seiner Tochter nach dem Ritus der christlichen Religion — aber auch nach i h r e r Sitte verheirathet werde, mich also einer heib=

nischen Form unterziehen muß, um zu ihrem
Besitz zu gelangen."

„Dazu wird allerdings Mr. Lowe nie seine
Einwilligung geben," sagte Berchta bestimmt,
„und wenn er es selbst wollte, seine Frau würde
es nie gestatten."

„Das läßt sich vielleicht doch noch umgehen!"
rief Martin. „Der alte Tamoruva ist duldsamer
als unsere strengen Geistlichen, und er will ja
nur sein Kind glücklich und gesichert wissen.
Wenn Mr. Lowe nur seine Einwilligung zu der
Heirath giebt! Und wie viel segensreicher könnte
ich dann hier wirken, wenn, mit den einfluß=
reichsten Eingeborenen verbunden, meine Stimme
auch in ihrem Rath ein Gewicht hätte! Jetzt
betrachten sie uns nur als Fremdlinge auf ihren
Inseln, aber dann erst, wenn wir in ihre Fa=
milien eintreten, dürfen wir hoffen, uns ihre
dauernde Liebe nicht allein, sondern auch ihr
Vertrauen zu gewinnen." ·

„Haben Sie schon mit Mr. Lowe gesprochen?"

„Nein; ich wagte es nicht, ohne vorher Ihren
und Ihres Gatten Rath gehört zu haben und
Ihrer Beider Hilfe dabei versichert zu sein."

„Wenn Sie den heidnischen Ritus umgehen
können," sagte Berchta freundlich, „so ist Ihnen

meines Gatten Stimme sicher, im andern Falle stehe ich aber auch nicht für ihn ein."

„Ich glaube es gewiß."

„Und lieben Sie das junge Mädchen wirklich so von ganzer Seele, daß Sie glauben, mit ihm glücklich zu werden?"

„Von ganzer Seele!" sagte Martin herzlich. „O, wenn Sie sie nur einmal sehen könnten," fuhr er bewegt fort, „sie ist so lieb, so gut und schön wie das Land selber, das ihr das Leben gab."

„Und wenn Sie einmal wieder nach der Heimath zurückkehren wollten? Würden Sie sich ihrer nicht zu schämen brauchen?"

„Nie, nie!" rief Martin leidenschaftlich aus. „Und wenn ich mir hier eine Häuslichkeit gründen könnte, mit welchem Eifer würde ich schaffen und arbeiten — ich verlange ja nicht mehr."

„Dann haben Sie auch gute Hoffnung," sagte Berchta herzlich, „es wird sich noch Alles zum Besten wenden, und was ich thun kann, um Sie zu unterstützen, seien Sie versichert, daß ich es thun werde."

„Wie danke ich Ihnen dafür! — Aber nun sagen Sie auch mir, Mrs. Fremar, was fehlt Ihnen? Sie sehen so gedrückt, so niedergeschla=

gen, ja leibend aus? Ist etwas vorgefallen, das Ihren heiteren Sinn getrübt? O, wenn ich Ihnen da beistehen und Ihnen nur einigermaßen das Wohlwollen vergelten könnte, das Sie mir gezeigt!"

Berchta schwieg und sah eine Weile sinnend vor sich nieder, endlich sagte sie leise:

„Ich sorge mich vielleicht nur um ein Schreck= bild meiner eigenen Phantasie, und doch hat es mir manche Nacht den Schlaf geraubt."

„Und darf ich es kennen?"

„Ich weiß nicht, weshalb ich Ihnen ein Ge= heimniß daraus machen sollte," sagte Berchta, „denn gerade Sie auf der ganzen Insel sind vielleicht der Einzige, der im Stande wäre, es zu scheuchen und zu vernichten."

„Wie glücklich mich das machen würde!"

„Wir sind jetzt fast drei Jahre auf dieser Insel," sagte Berchta scheu, „und anfangs, Gott weiß es, wie glücklich ich mich fühlte, als ich sah, wie die Eingeborenen ihre Herzen so gern und freudig dem neuen Glauben öffneten. Unsere Mühe wurde mit ungeahnten Erfolgen gekrönt, und glühende Berichte schrieb ich nach Deutsch= land; welchen Segen die Mission den armen ver= blendeten Heiden brächte, und jetzt —"

„Und jetzt, Mrs. Fremar?“

„Jetzt,“ sagte die Frau kaum hörbar, „fan=
gen Zweifel an in mir aufzusteigen, ob wir den
Indianern wirklich Glück und Segen gebracht.“

„Und Sie glauben es nicht?“ rief Martin
bestürzt.

„Ich weiß es nicht. Was ich früher für wah=
ren Glauben, für wirkliche Ueberzeugung von
ihrer Seite hielt, stellte sich nach einiger Zeit bei
Vielen — o so Vielen — nur als ein vorüber=
gehender Reiz der Neuheit heraus, der sie in
ihrem gedankenlosen Wesen selbst das Heiligste
aufgeben ließ, was der Mensch eigentlich haben
sollte — seinen Glauben. Sie wurden lässig und
gleichgiltig, und nur die darauf gestellten stren=
gen Strafen verhinderten sie offenbar daran,
wieder in ihren alten Unglauben zurückzufallen.
Aber das nicht allein,“ fuhr die junge Frau
erregt fort, „etwas riefen wir selbst bei denen
hervor, die treu in der guten Sache aushielten —
etwas, an das meine Seele früher nicht gedacht
hatte, und zwar: Unfrieden und Haß in ihren
eigenen Familien. Ein Theil bekehrte sich, ein
anderer hielt an dem alten Glauben fest, und
Haß und Streit zwischen solchen, die von der
Natur angewiesen worden, vereint durch ihr gan=

7*

zes Leben zueinander zu stehen, war die unmit=
telbare Folge. Zwei Mordthaten sind in dem
letzten Jahre vorgefallen, die keinen andern
Beweggrund hatten, als Religionshaß. Die Mör=
der — und das gerade ist mir das Furchtbare an
der Sache — sind Christen, und bauen jetzt
zur Strafe unten neben der alten eine neue
Kirche von Korallenblöcken. Ihre Opfer aber
waren das eine der Bruder, das andere der Schwa=
ger der Unglücklichen. Doch auch selbst dort, wo
es nicht zu solch' blutigen Zwistigkeiten kam,
wurden die Familienbande an vielen Stellen zer=
stört und aufgelöst, und Haß regierte anstatt
Liebe und Vertrauen. War das der Zweck, wes=
halb wir hergekommen? Nicht daß sie den Na=
men ihres Gottes ändern sollten, nein, um sie
glücklich zu machen und ihnen den Frieden zu
geben, kamen wir herüber — wenigstens hat kein
anderer Gedanke mich erfüllt, und jetzt? Na=
mara Toa hat, obgleich Fremar mir darin nicht
Recht geben will, nur den christlichen Glauben
angenommen, um Gewehre und die Hilfe der
Weißen zu erlangen, die seinen Ehrgeiz unter=
stützen sollen. Einua selber glaubt, wenn sie die
ihr vorgesprochenen Gebete nachspricht, Alles ge=
than zu haben, was man von ihr verlangen kann.

Dem Volke sind dabei seine harmlosen Vergnü=
gungen verboten worden, und was war die Folge?
Man machte sie zu Heuchlern, die jetzt heimlich
treiben, was sie nicht öffentlich mehr thun dürfen.
Wir haben die Eingeborenen zum Christenthum
bekehrt, aber sie noch nicht dazu bewegen können,
aus eigener freier Ueberzeugung ihre alten Götter
zu stürzen. Sie wollen erst von den Wundern,
von denen ihnen aus alten Zeiten so viel und
vielleicht unnöthigerweise erzählt wird, mit eigenen Augen sehen, und da ihnen die nicht geboten
werden können, fangen sie an, die Macht des
neuen Gottes zu bezweifeln.“

„Sie wollen an keinen Gott der Liebe
glauben?“ sagte Martin.

„Wir haben ihnen keinen Gott der Liebe ge=
bracht,“ rief Berchta heftig aus. „Nur von den
Schrecken der Hölle und den Qualen der ewigen
Verdammniß wird gepredigt, ihnen nur erzählt,
daß ihre Sünden an ihnen gestraft werden sollen
bis in's dritte und vierte Glied. Scheu betreten
sie den Tempel des Höchsten, als ob unsichtbare
Feinde darin wachten und alle ihre Bewegungen
beobachteten, und scheu schleichen sie ebenso an
den früher geheiligten Bäumen vorüber, weil
sie auch hier die Rache der erzürnten Götter

fürchten. Das Vertrauen ist aus ihren Herzen gewichen, und in Furcht allein beugen sie sich vor dem Allliebenden."

„Wahr! wahr!" seufzte Martin leise, „auch ich habe einmal mit Mr. Lowe darüber gesprochen, wagte aber nachher nie wieder das Thema zu berühren, so zornig wurde er. Was konnte ich da thun?"

„Zu mir kommen die armen Wesen," fuhr Berchta fort, „zu mir in Todesangst und Seelen=pein und fragen, ob es denn wahr sei, daß nun ihre arme verstorbene Mutter, die ja nie das Wort des neuen Gottes gehört, weil sie im Un=glauben bis an ihren Tod verharrte, zu den Qualen der ewigen Verdammniß verurtheilt und ob da keine Rettung möglich sei. Ich machte meinem Gatten Vorwürfe — er zuckte die Achseln und sagte: er könne den Armen keinen Trost geben, denn welch ein Vorzug bleibe es nachher, ein Christ zu sein, wenn auch den Heiden das Himmelreich würde?"

„Aber Sie gaben ihnen Trost?" sagte Martin bewegt.

„Mit Herz und Mund und fester Ueberzeu=gung," rief die junge Frau; „ich hatte darüber einen heftigen Auftritt mit Fremar, aber er kann

nicht Recht haben, es wäre ja zu fürchterlich.
— Doch," unterbrach sie sich plötzlich, „was
helfen uns die trüben Bilder, die wir damit vor
unserer Seele heraufbeschwören — lassen Sie
uns wenigstens da zu mildern versuchen, wo
Mr. Lowe und selbst mein Gatte zu schroff, zu
hart gegen die armen Eingeborenen auftreten
und ihnen dann statt Trost nur Furcht und
Schrecken bringen. Wann wollen Sie mit Mr.
Lowe reden?"

„Ich muß Ihnen gestehen, daß ich selber mit
Furcht an den Augenblick denke," sagte der junge
Missionär scheu. „Ich weiß nicht was er sagen
wird; er bleibt unberechenbar, und man kann
nicht ahnen, von welcher Seite er die Sache an=
sehen wird. Darum möchte ich Sie bitten, ver=
ehrte Frau, vorher mit Ihrem Gatten über mein
Gesuch zu reden und ihn mir wenigstens günstig
zu stimmen. Wir wollen auch vorderhand noch
gar nichts von Tamoruva's Bedingungen er=
wähnen, die sich überhaupt vielleicht umgehen
lassen. Wenn wir nur erst Mr. Lowe's Einwil=
ligung zu der Verbindung haben, alles Andere
findet sich dann leicht von selber."

„Wie sollte er sie Ihnen wehren?" sagte
Berchta freundlich; „sorgen Sie sich nicht deshalb;

ich werde auch vorher mit Fremar reden — aber dort sehe ich schon sein Canoe im Binnenwasser der Riffe anrudern. Das trifft sich günstig. Verlassen Sie mich jetzt, und ich gebe Ihnen das Versprechen, daß ich Ihre Sache warm vertreten will. Wie gerne möchte ich S i e wenigstens glücklich sehen."

„Und sind Sie es nicht, Mrs. Fremar?"

„Doch — doch," erwiderte leise die Frau. „Ich würde eine Sünde begehen, wollte ich das Gegentheil behaupten — recht glücklich bin ich und werde es noch mehr werden, wenn wir uns erst vollständig die Herzen der Eingeborenen gewinnen können. Doch jetzt gehen Sie. Bleiben Sie aber in der Nähe — wenn ich nachher Ihr Hierherkommen für nöthig halte, werde ich an jenen Orangenbaum ein weißes Tuch binden. Bleiben Sie in Sicht des Baumes. Habe ich erst mit meinem Gatten gesprochen, so glaube ich auch gewiß, daß er Ihnen sein Fürwort nicht versagen wird."

Während der junge Missionär oben war, hatte Claus unten in seinem kleinen Tabaksfeld, das ihm Ramara Toa selber angewiesen, scharf gearbeitet und die Raupen abgelesen, die sich hie unb da auf den Blättern der Pflanze zeigten und diese zu zerstören drohten. Es war auch in der That hohe Zeit, daß er wieder Tabak bekam, denn troß aller Bestellungen, die er dem Missionskutter gegeben und die der König lebhaft unterstüßte, brachte dieser nie das bestellte Labsal mit. Die Leute zuckten dann immer die Achseln und meinten, es wäre keiner zu bekommen gewesen.

Nun hatte allerdings Claus noch etwas Samen bei sich, aber immer geglaubt, er würde hier, der Hiße wegen, nicht wachsen. Wie das aber Ramara Toa durch einen der Eingeborenen, mit denen Claus gewöhnlich jagte, erfuhr, brang er augenblicklich darauf, daß der Same ausgesäet würde, und ließ dem Deutschen noch an demselben Tage ein nicht zu heißes Stück Land, das dicht am Walde lag und mit zu seinem Garten gehörte, anweisen, gab ihm auch Leute, die ihm mit helfen mußten, es zu bearbeiten, und kam selber oft hinaus, um nachzusehen, ob der ausgestreute Samen nicht kommen wolle.

Fremar hörte davon und suchte den König zu verhindern, dies giftige Kraut auf seiner Insel zu ziehen. Ramara Toa erwiderte ihm aber ziemlich richtig, daß der „grüne Mann" den

Samen gar nicht hätte mitbringen können, wenn er nicht im Lande der Weißen gewachsen wäre, und Sünde könne es auch nicht sein, denn der Tabak würde ja nicht zur Ehre der alten Götter, sondern zu der des neuen in die Luft geblasen. Er ließ sich auch nicht davon abbringen und hatte eine große Freude, als die Pflanzen end= lich ihre grünen Keime zeigten und dann rasch und kräftig emporwuchsen.

Ebenso vergeblich, ihn zu einem Aufgeben des Rauchens zu veranlassen, blieben Mr. Lowe's Vorstellungen heute Morgen. Er nahm die Er= mahnungen mürrisch hin, erklärte aber dann, es sei keine Sünde, denn der mit den Missio= nären gekommene Weiße rauche den ganzen Tag.

Claus selber wußte recht gut, wie die Mis= sionäre über seine Leidenschaft dachten; er hatte es oft genug von Mr. Fremar hören müssen, und konnte sich also auch wohl einbilden, daß sie seinen Tabaksbau nicht mit günstigen Augen ansehen würden, kümmerte sich aber verwünscht wenig darum. Sein alter Baron zu Hause — so ein frommer Herr, wie es nur einen auf der Welt gab, that die Pfeife beinahe gar nicht aus dem Munde, der Herr Diaconus hatte ebenfalls geraucht, und nun der alte Pastor erst! Wenn man zu dem in die Stube hineintrat, konnte man ihn manchmal vor Tabaksqualm gar nicht finden, und wußte der nicht etwa auch, was Gott wohlgefällig sei oder nicht?

Redensarten! Die Missionäre wollten nur in einem fort verbieten. Das war dem lieben Gott nicht recht und das auch nicht, und wenn es nach ihnen gegangen wäre, so hätte man den ganzen lieben Tag nur immer auf den Knieen herumrutschen und beten sollen. Ihm paßte das aber schon lange nicht mehr, und seine arme „gnädige Frau", wie er Berchta immer nannte, die sah auch so bleich und abgemagert aus, daß es einen Stein hätte erbarmen können. War die etwa glücklich geworden? Der alte Mann seufzte tief auf — und die Raupen ärgerten ihn ebenfalls dabei. Wo nur das elende Gewürm alles auf einmal herkam und sich gerade auf seine Tabaksblätter verbissen hatte? Man konnte ihnen gar nicht genug auf den Dienst passen, und wenn er die Pflanzen nur einmal zwei Tage außer Acht ließ, hatten sie ihm sicher schon große Löcher in die schönsten Blätter hineingefressen.

Jetzt war er endlich fertig. Er hatte seiner Meinung nach sämmtliche Raupen auf das sorg=

fältigste abgesucht und keine einzige lebendig an
den Pflanzen zurückgelassen, war aber trotzdem
überzeugt, daß er, wenn er übermorgen wieder
nachsähe, genau so viel finden würde, als er
heute im Grimme zerdrückt und ausgerottet. Die
kleinen Bestien wuchsen ordentlich aus der Erde
heraus.

Aber er war auch bei der Arbeit müde ge=
worden; die Sonne brannte doch heidenmäßig
in diesem Theil der Welt, besonders dort im
Feld drin, wohin die Seebrise nicht bringen
konnte. Er ging deshalb ein paar Schritte in
den Wald hinein, wo ein Orangenbaum mit
Früchten beladen stand, schüttelte sich ein paar
herunter und legte sich dann ausruhend unter
den Baum, um sie auszusaugen und sich daran
zu stärken.

Dort hatte er übrigens kaum zehn Minuten
gelegen, als er plötzlich nicht eben laute Stimmen
hörte, die sich mitsammen unterhielten, und rasch
aufhorchend, glaubte er, daß sie aus seinem
Feld heraustönten. Wer war das und wer hatte
dort überhaupt etwas zu suchen?

Vorsichtig und vollkommen geräuschlos hob
er sich empor, und im Anschleichen an Wild von
Jugend auf geübt, kroch er auch, jedes raschelnde

Blatt, jeden dürren Zweig vermeidend oder vor=
sichtig aus dem Weg hebend, zum Rand des
Waldes, von wo aus er, ohne selber gesehen zu
werden, einen freien Blick über das ganze Feld
bekam. Er brauchte übrigens nicht lange zu
suchen, denn sein Auge fiel im Moment auf zwei
Gestalten, die dort am unteren Rand seiner
Tabakspflanzung beisammenstanden und mitein=
ander sprachen. Was? konnte er allerdings
nicht verstehen, denn die Unterhaltung wurde
nicht überlaut und noch dazu in der Sprache der
Eingeborenen geführt, aber die beiden Männer
kannte er dafür gut genug. Es war der Mis=
sionär Lowe und einer der mit ihm von Laua
herübergekommenen Indianer — sein Factotum,
Paya mit Namen, den er sich, wie Claus meinte,
vollständig zu Allem abgerichtet hatte, wozu er
ihn brauchen wollte.

Und was hatten die Beiden gerade bei sei=
nem Tabak zu suchen? Bloßes Interesse am
Wachsthum der Pflanzen? Das war nicht denk=
bar; denn er wußte recht gut, daß sie der Mis=
sionär lieber ausgerottet hätte. Oder wollten sie
gar — der alte Jäger zog seine Brauen finster
zusammen, und unwillkürlich sah er sich nach
seinem, allerdings in der Hütte gelassenen Ge=

mehr um — aber sie verließen die Stelle nicht,
auf der sie standen, und Claus konnte nur be=
merken, daß der Missionär ·dem Eingeborenen
etwas erklärte, was jedenfalls seinen Tabak be=
traf, denn er bückte sich einmal zu einer der
Pflanzen nieder und deutete dann über das·
ganze Feld.

Die Beiden hielten sich aber nicht lange dort
auf. Mr. Lowe warf — was Claus nicht ent=
ging, noch einmal überall den Blick umher, als
ob er sich vergewissern wolle, daß auch Nie=
mand in der Nähe wäre, und schritt dann, von
dem Indianer gefolgt, wieder langsam der Rich=
tung nach dem Strande zu.

Claus blieb, als sie schon lange den Platz ver=
lassen hatten, noch eine Weile und wohl über
eine Stunde in seinem Versteck liegen, aber es
kam Niemand. Das kleine Feld briet einsam
in der jetzt darauf niederbrennenden Sonne, und
kopfschüttelnd, wie mit dem Begegnen gar nicht
zufrieden, stand Claus endlich auf, holte seine
Mütze, steckte sich noch ein paar Orangen in die
Tasche und schritt dann der eigenen Wohnung
wieder zu.

5.

Claus auf der Wacht.

Als der ehrwürdige Mr. Lowe von dem Be=
such des Tabaksfeldes nach Ramara Toa's Hütte
zurückkehrte, fand er den König in nicht geringer
Aufregung; denn eben hatte ihm einer der, wie
schon erwähnt, als Spione benützten Constables
die Meldung gemacht, daß man seinen eigenen
Sohn Taori gestern Nachts in einem Haine nahe
von Afaru bei einer Tanzgesellschaft ertappt habe,
und zwar sei der ehrwürdige Mr. Fremar selber
unmittelbar in der Nachbarschaft gewesen und
durch den dumpfen Klang der Trommel angelockt
worden.

Dadurch wurde ein Niederschlagen der Sache
zur Unmöglichkeit; es half ihm wenigstens nichts,
sie vor dem gerade eingetroffenen Missionär zu

verheimlichen, denn er würde es von Fremar doch natürlich selber erfahren haben. Er konnte ihm aber vielleicht rathen, was er in diesem Falle zu thun habe, ob er den eigenen Sohn, den Erben des Reiches, mit seinen Genossen zu einer entehren=den Strafe verurtheilen solle, oder ob er ihn freisprechen dürfe, damit aber auch allerdings ein böses Beispiel für die Uebrigen geben würde.

Mr. Lowe hatte schon von seinen Dienern, die ihn begleiteten, die rasch über die Insel aus=gesprochene Thatsache gehört, und er wußte auch, daß gerade Taori das Haupthinderniß war, wel=ches sich der Bekehrung des Hupai=Thales, ja selbst vielleicht dem von Tuia entgegenstellte. Matangi Ao und Taori waren ja „Taios"*), und erst einmal Einen von ihnen gewonnen, und der Andere folgte auch sicher nach. Aber gerade Taori widerstrebte am hartnäckigsten mit unbeugsamem Stolz einer Glaubensänderung,

*) Ein eigener, fast über sämmtliche Inseln der Südsee verbreiteter Gebrauch, der an die Blutbrüderschaft anderer Völker erinnert. In den Krieg zogen sie gewöhnlich Arm in Arm, um damit zu zeigen, daß sie vereint siegen oder sterben wollten, und fiel Einer der Beiden, dann bestrich sich der An=dere mit dessen Blut und stürzte sich in rasender Wuth in das Kampfgewühl, wo er vernichtete, was er mit der Keule errei=chen konnte, bis er selber getödtet wurde.

und vielleicht war es gut, diesen Stolz zu
brechen.

Der Missionär war aber viel zu vorsichtig,
um eine so schwere Verantwortung auf seine
Schultern zu nehmen; denn die Folgen ließen
sich im Fall des Mißlingens nicht ermessen, und
konnten das Verderben der ganzen Mission nach
sich ziehen. Wie die Missionäre überhaupt auf
allen Inseln die von ihnen gewünschten Gesetze
nur so einzuführen wußten, daß die Häuptlinge
immer in dem Glauben blieben, sie selber hätten
sie erlassen, so beschloß er auch hier, nicht einmal
einen Rath in der Sache zu geben, sondern den
König ganz seinem eigenen freien Willen zu
überlassen. Beispiele aus der Geschichte durfte
er ihm natürlich anführen. Ramara Toa mochte
nachher selber mit sich überlegen, wie er zu handeln habe.

Er fand den König auf seiner Matte ausgestreckt und den Kopf in die Hand gestützt, wie
er, finster brütend, vor sich hinschaute. Kaum
bemerkte er aber den Missionär, als er ihm ent-
gegenrief:

„Weißt Du es schon, Freund, was mein Sohn,
der nichtsnutzige Taori, allen unseren Geboten

unb Gesetzen zum Trotz, in bieser Nacht verübt
hat?"

„Ich weiß es, Ramara Toa, unb mein Herz
ist traurig barüber," sagte ber Missionär ernst,
„es wirb schlimme Folgen für bie Fortbilbung
bes wahren Glaubens haben."

„Schlimme Folgen — wie meinst Du bas?"
fragte ber König rasch.

„Sie werben sich jetzt Alle barauf berufen,
baß sie ihre heibnischen Tänze ungestraft wieber
aufnehmen können."

„Ungestraft? Unb wer sagt Dir, baß Taori
ungestraft bleibt?"

„Er ist Dein Sohn — ber künftige König."

Wieber schwieg Ramara Toa unb sah brütenb
vor sich nieber.

„Er ist mein Sohn," sagte er enblich, „ja,
aber er verbünbet sich gegen seinen Vater mit
bessen Feinben. Matangi Ao ist mein schlimmster
Feinb unb Taori sein Blutbruber."

„Aber Matangi Ao hat Deine eigene Tochter
zum Weib."

„Unb trotzbem," rief Ramara Toa empor=
fahrenb, „trotzbem will er bie Macht von beren
Vater nicht anerkennen! Aber meine Gebulb ist
erschöpft! Bei Deinem Gott, Mitonare, länger

dulb' ich den Trotz nicht, der mir entgegensteht, und wenn sich Matangi Ao nicht gutwillig fügt, so —" Er schwieg und ballte fast krampfhaft die rechte Faust.

„Matangi Ao würde zürnen, wenn er hörte daß Du seinen Freund bestraft hast, und noch dazu mit öffentlicher Arbeit."

„Mit öffentlicher Arbeit?"

„So lautet wenigstens das Gesetz; aber Du bist König und kannst es ändern. Die Häupt= linge werden nicht von Dir verlangen, daß Du Deinen eigenen Sohn so hart bestrafst."

„Aber ich muß gerecht richten!" rief der König. „Kamehameha hat, wie Du mir oft ge= sagt, das Nämliche gethan."

Der Missionär antwortete nicht, sondern zuckte nur mit den Achseln, und Ramara Toa fuhr nach einer Weile düster fort:

„Dort liegt das dicke Buch, das Du mit zu uns herübergebracht; was steht darin über einen solchen Fall?"

„Kennst Du nicht die Geschichte Christi?" sagte da Lowe. „Gott selber ließ ihn, den eigenen Sohn, sterben für das Wohl der Menschheit. Aber auch noch ein anderer Fall steht darin. Als Gott von einem der Erzväter, von Abraham,

forderte, daß er seinen einzigen Sohn ihm opfern
solle, um seinen Gehorsam zu prüfen, nahm er
ihn und hob schon das Messer, um ihn zu tödten,
als ihn die Hand eines Engels daran verhinderte.
Und der Engel sprach," fuhr er fort, während er
die Uebersetzung der betreffenden Stelle aufschlug
und ablas: „Ich habe bei mir selbst geschworen,
spricht der Herr, dieweil Du solches gethan hast
und Deines eigenen Sohnes nicht geschonet, daß
ich Deinen Stamm segnen und mehren will, wie
die Sterne am Himmel und wie der Sand am
Ufer des Meeres, und Dein Stamm soll besitzen
die Thore Deiner Feinde —"

„Ha!"

„Und durch Deinen Stamm sollen alle Völker
der Erde gesegnet werden, darum, daß Du meiner
Stimme gehorchet hast."

„Das steht dort in dem heiligen Buch?"

„Hier kannst Du es Dir selber von Einua
vorlesen lassen — an dieser Stelle da!"

„Also Gott befiehlt es?"

„Nein, Ramara Toa," sagte Mr. Lowe ruhig;
„er hat es nicht befohlen, nur prüfen hat er
den Abraham wollen, und wenn er die Prüfung
nicht bestanden hätte, würde er ihm auch wohl
nicht einmal gezürnt haben, denn sie war doch

zu schwer, und wenige Menschen sind stark genug, solche Gewalt über sich zu besitzen."

"Und was wurde aus Abraham?".

"Er starb im späten Alter reich und geehrt, und durch seinen Stamm wurden, wie es ihm Gott versprochen hatte, alle Völker der Erde ge= segnet."

Wieder schwieg der König und sah eine lange Weile vor sich nieder; endlich sagte er:

"Rathe Du mir, Mitonare, was würdest Du an meiner Stelle thun?"

"Das kann ich nicht, Ramara Toa, ich weiß nicht, wie ich selbst an Deiner Stelle handeln würde. Ich weiß wohl was Recht ist: daß näm= lich alle Menschen vor dem Gesetz gleich sein sollten, aber ich weiß nicht, ob ich als Vater mein eigenes Kind verurtheilen könnte und würde, wenn ich auch voraussähe, daß es einen wohl= thätigen Einfluß auf das ganze Volk und meine Macht ausüben würde. Das Herz des Menschen ist ein schwaches, zaghaftes Ding, und wir kön= nen nicht einstehen dafür, ob wir es manchmal auch wohl wollten. Gott wird Dir n i c h t zür= nen, wenn Du auch den Knaben unbestraft läßt."

"Aber er wird mich auch nicht mächtig ma= chen?" fragte der Häuptling, in dessen Hirn eine Masse von verworrenen Bildern arbeiteten und einander kreuzten.

„Und was liegt an der Macht," sagte Lowe ruhig, „wenn Du den wahren Glauben hast und durch ihn zu dem himmlischen Reiche eingehst? Aber das ist keine Sache, in der ich Dir rathen kann oder darf. Das mußt Du mit Deinem eigenen Gewissen und Deinen Häuptlingen, den Richtern Deines Volkes, bereden. Ich bin mit meinen Brüdern nur hierhergekommen, Euch die reine Lehre Gottes zu bringen. Mit Euren Gesetzen habe ich nichts zu schaffen, als daß ich sie selber befolgen muß und von Dir auch bestraft werden würde, wenn ich sie überträte. Du bist König."

Und das Buch zurück auf die Matte legend, neigte er sich vor Ramara Toa und überließ diesen seinen eigenen Zweifeln und Entschlüssen.

Mr. Lowe schritt langsam und sehr mit der Art zufrieden, wie er sich hier aus einer schwierigen Lage gezogen, am Strand entlang und der Höhe zu, auf welcher Mr. Fremar's Hütte stand. Er hatte nach diesem geschickt gehabt, aber er war nicht gekommen, und er wollte jetzt selber sehen, was ihn abgehalten haben könne, denn daß er von Afaru zurück sei, wußte er gewiß. Was also war da vorgefallen? Stand es vielleicht mit dem Vergehen Taori's in Verbindung?

Das war allerdings, wie er bald darauf fand, nicht der Fall; aber er traf Mr. Fremar mit seiner Frau in ernstem, fast heftigem Gespräch, und Beide schienen darin eine vollständig entgegengesetzte Meinung zu verfechten.

„Entschuldigen Sie mich, Bruder Lowe," sagte auch Fremar, wie der Missionär nur die Höhe erreichte, „aber eine ernste, sehr ernste Sache ist vorgefallen, die ich eben mit meiner Frau besprach und in welcher Sie allein ein entscheidendes Wort sprechen können."

„Sie meinen Taori?"

„Nein, sicher nicht; ich habe nicht an ihn gedacht, denn die Sache können wir wohl als abgemacht betrachten. Namara Toa wird seinen eigenen Sohn und den Thronerben nicht dazu verurtheilen wollen, an der Straße zu arbeiten."

„Und was meinen Sie sonst?"

„Es betrifft den Bruder Martin, der meiner Frau vorhin ein höchst wichtiges Bekenntniß abgelegt hat."

„Ihrer Frau? Und bin ich nicht mit ihm den ganzen Weg vom Hupai-Thal herübergekommen? Was anders kann er Ihnen gesagt haben, als was wir nicht ebenfalls zusammen besprochen?"

„Hat er Ihnen denn von seiner beabsichtig= ten Heirath erzählt?"

„Von seiner Heirath?" rief Mr. Lowe rasch. „Nein, kein Wort. Aber wie kommt der junge Mann jetzt darauf? Er muß doch war= ten, bis auf ihn die Reihe fällt."

„Er will eine Eingeborene zur Frau neh= men."

„Ein höchst unpassender Scherz, den er sich mit Ihnen gemacht hat, Bruder Fremar," sagte der Missionär ernst und seine Brauen finster zusammenziehend, „denn daß ein solches Ding in der Mission unmöglich ist, muß er doch gut genug wissen."

„Aber weshalb, Mr. Lowe?" rief Berchta, die jetzt nicht länger an sich halten konnte; „ist das eine Sünde, wenn er ein junges Mädchen recht von Herzen liebt und sie zu seiner Frau machen will?"

„Wie Sie die Frage stellen, nein, Schwe= ster Bertha," sagte der Missionär ruhig, „oder auch ich wäre dieser Sünde theilhaftig; aber die Frage steht anders: ist es durch die Missions= gesellschaft überhaupt gestattet, daß einer der

Missionäre eine Tochter des Landes oder der Eingeborenen, mit denen er selber in geistigem Verkehre steht, heirathet? Und die Antwort darauf lautet entschieden: Nein. Es ist n i c h t gestattet."

„Aber weshalb nicht?"

„Weshalb nicht!" sagte Bruder Lowe förmlich erstaunt, daß er, wenn er einen Ausspruch that, auch noch um die Ursache dazu gefragt werden durfte; aber er erwiderte dennoch: „Ich könnte Ihnen einfach sagen, Schwester Bertha, weil es die Gesellschaft nicht für gut und nützlich befunden hat, und wir müßten uns dann schon mit dem Grund zufriedenstellen; aber ich bin auch im Stande, Ihnen die Beweggründe anzugeben, welche die Gesellschaft dazu leiteten, und Sie werden mir dann gewiß beistimmen wenn ich sage, sie waren nothwendig und gerecht. Es hat sich nämlich im Laufe der Jahre herausgestellt, daß die mit den Töchtern der Eingeborenen geschlossenen Verbindungen in den meisten Fällen sehr leichtsinnig, und ohne die Folgen zu bedenken, eingegangen und später wieder gelöst wurden. Allerdings geschah das nur meistens, und ich kann wohl sagen, fast ausschließlich von Laien, aber dennoch fiel es auch

einigemal unter den Brüdern vor und gab dann,
wie Sie mir zugestehen müssen, ein sehr, sehr
böses Beispiel. Nicht weil wir die Eingeborenen,
wenn sie sich selber durch Fleiß und Willens=
kraft zu einer höheren geistigen Stufe erheben,
als eine uns untergeordnete Race betrachten,
sondern um vielmehr einen näheren Verkehr
zwischen ihnen und ihren Lehrern, wie nur als
Schüler und Unterrichtende, vollständig unmög=
lich zu machen, ist das Verbot erlassen und wird,
so viel ich weiß, den einzelnen Individuen so=
gar als unerläßliche Bedingung mitgetheilt, so=
bald sie auf eine Station abgehen.“

„Aber ein solches Gesetz,“ sagte Berchta, „ist
doch jedenfalls nur und gewiß in der besten
Absicht erlassen worden, um Mißbrauch zu ver=
hüten, und ich gestehe selber ein, daß ich es für
gut halte. Aber sollte es denn nicht möglich
sein, in irgend einem besondern Falle, wo sich
herausstellt, daß eine wirklich herzliche und auf=
richtige Neigung zwischen beiden Parteien statt=
findet, Dispensation davon zu erhalten, zum
Beispiel, wenn die auf der nämlichen Insel mit
ansässigen Geistlichen es befürworten?“

„Nein,“ sagte Mr. Lowe trocken, „und außer=
dem würde ich für meine Person auch nie ein

solches Gesuch begünstigen, ebenso wenig wie ich
glaube, daß es Bruder Fremar thun würde."

„Nein," sagte dieser entschlossen, „und das
war es gerade, was ich vorhin mit Bertha be=
sprach. Sie nimmt, ihrem guten Herzen gehor=
chend und ohne dabei die Folgen zu bedenken,
ohne Weiteres Partei für den verblendeten Bru=
der Martin; aber gerade diese Folgen einer ge=
nauen Verwandschaft seitens der Missionäre mit
einzelnen Familien der Eingeborenen lassen sich
gar nicht übersehen, und eine solche Verbindung
kann deshalb auch unter keiner Bedingung ge=
stattet werden."

„Ganz genau auch meine Meinung," nickte
Bruder Lowe mit dem Kopfe, „es wird schon
genug draußen in der Welt Falsches und Bos=
haftes über die Missionen und Missionäre ver=
breitet, wir können und dürfen ihnen nicht durch
irgend eine zweideutige Handlung den Griff
irgend einer Waffe selber in die Hand geben,
also auch nicht einmal ein solches Gesuch befür=
worten. Außerdem bildete es nachher einen
Präcedenzfall, der nachtheilig auf sämmtliche
Missionen wirken würde. Darf ich übrigens
erfahren, in welcher Familie Bruder Martin

so genau bekannt geworden ist, um daselbst die Einwilligung der Eltern zu erlangen?"

„In der Familie des Häuptlings Tamoruva," sagte Berchta, „eines der einflußreichsten Männer des ganzen Hupai=Thales."

„In der That?" sagte der Missionär, doch etwas erstaunt, „und hat der alte Häuptling wirklich seinen Zutritt zu unserer Kirche erklärt? — aber so viel ich mich erinnere, versicherte mich Bruder Martin unterwegs gerade des Gegentheils."

„Der Häuptling selber," meinte Berchta, „würde sich dadurch auch wohl kaum beeinflussen lassen."

„Also das glauben Sie selber, Schwester Bertha, und was meinen Sie wohl, daß unser frommer Vorstand daheim nur allein zu einem solchen Vorschlag sagen würde? Nein," setzte er rasch und entschieden hinzu, „dieser Umgang des Bruder Martin mit dem heidnischen Hause muß augenblicklich abgebrochen werden. Der Erfolg, den wir bis jetzt im Hupai=Thal gehabt, war doch nur ein sehr geringer, möglich auch, daß unser junger Freund weniger eifrig in der Erfüllung seines Berufes gewesen, weil andere Gedanken sein Hirn kreuzten. Das muß un=

geschehen gemacht werden, und ich werde selber von jetzt an die Mission im Hupat=Thal von Tuia aus leiten, während Bruder Martin, bis ich nicht an Bruder Rosbane geschrieben und seine Versetzung auf eine andere Insel bewilligt erhalten habe, nach Afaru ziehen mag. Das kleine, volkreiche Thal von Afaru zeigt sich in der Entwickelung des christlichen Glaubens bis jetzt höchst interessant. Es ist sogar der einzige Platz auf der ganzen Insel, an welchem sie frei= willig ihre sämmtlichen Götzenbilder selber ver= nichtet haben, und er hat dort nur in dem vor= gearbeiteten Geleis fortzufahren, um uns den vollständigen Sieg dabei zu sichern. Wo ist Bruder Martin jetzt? Wir müssen ohne Weiteres mit ihm sprechen, denn andere, weit wichtigere Dinge werden in der nächsten Zeit unsere Auf= merksamkeit vollständig in Anspruch nehmen.“

„Armer junger Freund,“ seufzte Berchta, die jetzt wohl gut genug die Hoffnungslosigkeit weiterer Einwürfe fühlte, „er ist hier ganz in der Nähe und wartet auf ein bestimmtes Zeichen, das ich ihm geben soll, um seinen Urtheilsspruch von Ihren Lippen zu hören.“

„Der beste Beweis für ein böses Gewissen,“ sagte Mr. Lowe ruhig, „bitte, rufen Sie ihn,

Schwester Bertha, denn diese Sache muß rasch und entschieden geordnet und jeder Versuch, die Gesetze der Mission zu umgehen, augenblicklich im Keim erstickt werden. Es stellen sich uns gerade genug Hindernisse schon von außen ent= gegen; wir dürfen uns nicht auch noch im Innern zersplittern und dem Feinde Vorschub leisten."

Berchta ging hinaus und knüpfte ein weißes Tuch an einen der Orangenzweige, die nach dem östlichen Theil der Insel, gegen Afaru zu hin sichtbar waren. Es dauerte auch nicht lange, so sah sie Martin's dunkle Gestalt auf dem hellen Korallensand heranschreiten.

Er hatte sich in einer der unteren Hütten aufgehalten, und wie ihm das Herz klopfte, als er die kleine Höhe hinanstieg. Aber was hatte er zu fürchten? Wollte und verlangte er irgend etwas Unrechtes? ja, bot diese Heirath nicht der Mission schon eine Bürgschaft, daß er nun sein ganzes Leben lang treu und unermüdet bei ihr aushalten und alle seine Kräfte dem Wohl der indianischen Stämme weihen würde? Der Ent= scheid mußte ja günstig für ihn ausfallen. Er sollte sich sehr enttäuscht sehen.

Berchta hatte sich zurückgezogen; es war ihr

zu schmerzlich gewesen, ihm zu begegnen und die Erste zu sein, die all' seine blühenden Hoffnungen zerstörte, und Martin schritt deshalb, aufgeregt zwar, aber doch fest entschlossen, Fremar's Wohnhaus zu und betrat dasselbe. Aber schon der erste Blick, den er auf Mr. Lowe's finstere, unheilverkündende Züge warf, zeigte ihm, was er zu erwarten hätte. Dieser ließ ihn auch nicht lange im Zweifel, und ohne selbst seine Anrede abzuwarten, sagte er ruhig und bestimmt mit seiner etwas scharfen Stimme:

„Bruder Martin, ich bedauere recht von ganzem Herzen, daß Sie Ihren Beruf so weit verkannt haben, um uns mit einer Bitte anzugehen, die wir Ihnen nun und nimmer erfüllen könnten, selbst wenn wir Sie selber in einer solchen Sache — was aber entschieden n i ch t der Fall ist — unterstützen wollten —"

„Mr. Lowe!" rief Martin erschreckt aus, der Missionär aber fuhr kalt und unerbittlich fort:

„Sie haben gefordert, daß wir für Sie bei der Missionsgesellschaft die Erlaubniß zu einer Verbindung mit einer Tochter des Landes einholen sollten, deren Eltern noch dazu hartnäckig in ihrem blinden Heidenthum verharren. Aber das letztere würde sogar keinen Unterschied machen, denn wäre selbst die ganze Familie zur christlichen Kirche übergetreten, so dürften Sie sich als christlicher Missionär nie und nimmer mit einem eingeborenen Mädchen verehelichen. Die Gesetze sind darin genau und bestimmt, und ich hätte eigentlich vermuthen müssen, daß sie Ihnen nicht unbekannt sein könnten.

„Mr. Lowe —"

„Es steht Ihnen keine Einrede zu," unter= brach ihn streng der Missionär. „Schon durch das ausgesprochene Verlangen haben Sie ge= fehlt, und es bleibt Ihnen jetzt nichts weiter übrig, als durch Ihr künftiges Betragen zu zeigen, daß Sie den begangenen Fehler einsehen und sich gründliche Mühe geben wollen, ihn zu verbessern. Sie werden morgen in aller Frühe — nicht mehr heute Abend — nach Hupai=Thal zurückkehren, dort augenblicklich Ihre Sachen zusammenpacken und meinen Trägern, die Sie zu dem Zweck begleiten werden, übergeben, auch keinen Verkehr dort mehr mit dem Hause von Tamoruva halten und dann ohne Weiteres und noch an dem nämlichen Tag wieder hierher zu= rückkehren, von wo aus Sie sich dann mittelst eines Canoes nach Afaru begeben. Daß Ihnen dort eine Wohnung zur Verfügung gestellt wird, werbe ich noch heute mit Ramara Toa bereden, und Afaru verlassen Sie nicht wieder, ohne vorher von mir eine ganz bestimmte Ordre empfangen zu haben."

Der junge Missionär stand wie betäubt. Schlag auf Schlag folgte eins dieser Donnerworte dem andern — Schlag auf Schlag trümmerte es seine Hoffnungen zu Stücken, und Nacht lag um ihn — tiefe, öde Nacht, wo er in ein Paradies zu treten glaubte. Er wagte auch in dem Augenblick keine Einrede; er sah wohl, wie durch einen flimmernden Schein, daß Berchta's Augen in warmem Mitleid an ihm hingen, aber die Wände fingen an sich mit ihm im Kreise zu drehen, und betäubt, vernichtet taumelte er hinaus in's Freie, in den Wald, barg dort sein Haupt an der Wurzel einer Palme und schluchzte laut.*)

Taori, der Sohn Ramara Toa's, war noch in Afaru, aber Mr. Lowe wußte recht gut, daß heute Nachmittag die Häuptlinge über ihn zu Gericht sitzen würden, und vermied deshalb, ihnen zu nahe zu kommen. Er mochte nicht mit in eine Sache verwickelt werden, die, falls sie unglücklich gegen den Königssohn ausfiel, jedenfalls bei den Eingeborenen ein häßliches Licht auf ihn geworfen hätte. Die „Richter des Volkes" mochten unter sich entscheiden, die Verantwortlichkeit kam dann auf ih r Haupt — nicht auf das seine.

Als er Fremar's Haus verließ, um unten am Strand irgend eine Familie zu besuchen, bemerkte er vor seiner Hütte den alten Jäger Claus, der dort seine Flinte gewaschen hatte und sie eben wieder zusammenschraubte. Claus wußte dabei, daß ihn der Missionär nicht leiden konnte, aber er kümmerte sich wenig genug darum. Sie Beide hatten miteinander doch nichts zu thun, und der Mann durfte ih m wenigstens nichts befehlen.

Mr. Lowe blieb vor Claus stehen. Er hatte davon gehört, daß sich der alte wunderliche Bursche eine eigene Sprache gebildet, vermittelst welcher er mit den Eingeborenen ganz ungestört verkehrte, und wenn er ihm auch nicht besonders viel religiösen Sinn zutraute, interessirte er ihn doch in soweit, um wenigstens ein paar Worte an ihn zu richten.

„Nun, mein Freund," sagte er in englischer Sprache, „es soll wohl wieder ein Jagdzug vorbereitet werden?"

„Du kannst zu Grase gehen und mir den Hobel ausblasen," nickte der alte Jäger vor sich hin.

Lowe verstand natürlich kein Wort von dem, was er sagte, aber er vermuthete, daß es eine bejahende Antwort auf seine Frage wäre, und fuhr weiter fort:

„Ist denn viel Wild in den Bergen?"

Claus wußte jetzt nichts weiter, was er ihm sagen könnte. Was ihm aber die ganze Zeit in den Gedanken gelegen hatte, war sein Tabaks= acker, und in der festen Meinung, daß der Mis= sionär auch von nichts weiter sprechen könne, sagte er trocken:

„Komm Du mir nur die Nacht dahin, und wenn ich Dir nicht die Hosen voll schieße, so will ich nicht Claus Vetter heißen."

Der Missionär verstand kein Wort davon, und ihm freundlich zunickend, schritt er langsam den Hang hinab.

Claus beendete indessen ruhig seine Arbeit; er hatte sein Gewehr, das in den letzten feuchten Tagen vielen Rost angesetzt, wieder vollkommen im Stande, und lud es jetzt, da er es richtig ausgetrocknet wußte, frisch. Aber er holte einen ganz besondern und bis jetzt noch nicht ange=

brochenen Schrotbeutel hervor, der ganz feinen Schrot enthielt. Damit versah er die beiden Läufe sorgfältig, lehnte seine Flinte dann an einen Baum und legte sich nachher ruhig in den Schatten nieder, um einen kleinen Mittagsschlaf zu halten. Die Sonne war aber noch wenigstens eine volle Stunde hoch, als er wieder erwachte, und nun, ohne sich irgend weiter um Fremar's Haus zu bekümmern, sein Gewehr über die Schulter hing, und nicht etwa den Pfad nach dem Strand einschlug, sondern geraden Weges in den Wald hineinbrach und sich dort langsam einer bestimmten Richtung zuarbeitete. Es war auch keine Gefahr vorhanden, daß er sich etwa verirren könne, denn er kannte dazu die Gelegenheit zu genau, aber langsam, durch alle Dickichte und Schlingpflanzen suchte er sich seinen Weg thalab, bis er endlich die Gegend erreichte, in welcher sein Tabaksfeld lag.

Dort umging er den Platz, sah aber zu seiner Befriedigung, daß ihn noch Niemand wieder betreten hatte. Die Pflanzen, die in der Sonne ihre Blätter niederhingen, richteten sich jetzt, da der Schatten des Waldes auf ihnen lag, wieder empor, und das Feld stand in einer wahren Blüthenpracht.

Claus hatte aber einen Verdacht gefaßt. Der Eingeborene von Laua, der den Missionär heute über Tag begleitete, war, wie er recht gut wußte, ein getreuer und zu Allem zu brauchender Die=ner seines Herrn — s e i n e r Meinung nach also ein nichtsnutziger und ganz gemeiner Bursche. Was hatten nun die Beiden da zu thun? Nichts als einen Plan zu schmieden, um seine Arbeit zunichte zu machen und das zu zerstören, was, wie er recht gut wußte, dem Missionär ein Dorn im Auge war, sein Tabaksfeld. Ruinirten sie ihm aber die Pflanzen, so war er mit seinem Rauchen vollständig an die Luft gesetzt, da er nicht Ein Korn seines Samens zurückbehalten hatte, und was lag daran, wenn er jetzt ein paar Nächte opferte, — wenigstens so lange, als sich der Prediger mit seinen Helfershelfern in der Nähe befand — um sein Feld zu bewachen und Unheil von ihm abzuwenden.

So vorsichtig ging er aber dabei zu Werke, daß er sich kaum einen Moment braußen im offenen Felde zeigte. Als er sich überzeugt, daß seinem Tabak wenigstens bis jetzt noch kein Leid geschehen, hielt er den Rand der Dickung, suchte sich einen Platz aus, wo er das ganze Feld genau überwachen konnte, und legte sich nun, behaglich seine Pfeife dabei rauchend, unter einem jungen Mangobaume so in den Schatten nieder, daß er von da draußen aus gar nicht bemerkt werden konnte, aber trotzdem im Stande war, Alles zu beobachten, was sich auf dem Felde zeigen würde.

Dabei begünstigte ihn der Mondschein, denn der Mond stand voll am Himmel, von Sonnen=untergang an. Und lag er nicht hier ebenso bequem und so warm, wie droben in seinem Bett? einer Matte auf den harten Boden ausgebreitet, an die er sich aber trotzdem schon lange gewöhnt.

Die Sonne ging unter und der Mond auf. Der Thau blitzte auf den breiten, hellgrünen Blättern der Tabakspflanzen, und die hoch=stämmigen Palmen warfen wunderliche Schatten über den weiten Plan — aber Alles blieb still. Im Walde zwitscherten und flöteten einzelne Vögel, und die Grillen zirpten ihr monotones Lied dazwischen, während draußen in See die ewige Brandung gegen die Korallenriffe rollte und ihren Donner bis hier herübersandte.

Claus wurde schläfrig. Die Pfeife war ihm ausgegangen, und die Augen fielen ihm zu. Er merkte, daß es ihm anfing schwer zu werden, munter zu bleiben, und er kämpfte gewaltsam dagegen an; aber es half nichts. Das gleich=

förmige Donnern der Brandung übte besonders
seinen betäubenden Einfluß auf ihn aus, und
wenn er sich auch aufrichtete und seinen Rücken
gegen den Stamm des Baumes lehnte, an dem
er bis jetzt gelegen, so genügte das nur, um ihn
ein paar Minuten länger munter zu halten,
dann wiederholte sich derselbe Proceß, und wie
der Mond am Himmel höher und höher stieg,
sank sein Kopf immer tiefer auf die Brust
hinab, und er schlief endlich sanft und süß.

Wie lange er so gelegen, wußte er nicht; aber
wenn er auch nicht im Stande gewesen war, sich
munter zu erhalten, arbeitete doch sein Geist in=
dessen rüstig fort, und im Traum sah er plötzlich
einen Schwarm von Menschen, der über sein
Tabaksfeld herfiel, die Pflanzen sämmtlich mit
der Wurzel aus dem Boden riß, sie dann auf
einen Haufen mitten im Felde zusammenschich=
tete und dort verbrannte. Dabei führten sie
einen ihrer heidnischen Tänze auf, und bei dem
wilden Geheul, das sie dazu erhoben, fuhr er
plötzlich erschreckt empor, riß die Augen weit
auf und sah erstaunt umher. Wußte er doch im
Anfang selber nicht, wo er sich gerade befand,
und er brauchte auch wirklich einige Zeit, um
sich den Zweck, weshalb er hier die Nacht im

Walde lagerte, wieder klar vor die Seele zu führen.

Er rieb sich die Augen aus und sah sich um. Alle Wetter! er mußte wenigstens ein paar Stunden fest geschlafen haben, denn der Mond war ein tüchtiges Stück am Himmel hingerückt und stand jetzt hoch und schien voll und klar auf das Feld nieder.

„Hol's der Teufel!" dachte der alte Bursche leise vor sich hin. „Die Mühe hättest Du Dir ersparen können, denn die feigen Halunken trauen doch dem Frieden nicht und werden sich hüten, mir in den Fang zu laufen. Ich denke es ist das Beste, ich gehe zu Bett, denn wenn sie überhaupt noch heute Nacht kommen wollten, wären sie schon lange da."

Er richtete sich — aber nach alter Gewohn=heit immer vorsichtig und geräuschlos — empor, wo er das ganze Feld vollständig übersehen konnte. Der Mond schien fast mit Tageshelle, und nur auf die eine Ecke seines Tabaksfeldes fiel noch der Schatten einiger hoher Bäume. Er selber hatte den Schlaf auch noch nicht einmal vollständig abgeschüttelt. Halb träumend saß er da und stierte über die lichten, aber leeren Rei=hen. Und wie still der Wald lag! Von den

Vögeln war nichts mehr zu hören, nur draußen an den Riffen donnerte die Brandung — und dort — in dem Moment war er völlig munter geworden — dort, gerade am Rand des Schattens bewegte sich eine dunkle Gestalt. Wie er sich aber rasch mit der Hand über die Augen fuhr, denn er konnte Traum von Wachen noch nicht klar unterscheiden, erkannte er jetzt deutlich ein menschliches Wesen, das gebückt zwischen seinen Pflanzen umherging und in dem Felde da draußen — darüber konnte kein Zweifel mehr herrschen — einer eifrigen und stillschweigenden Beschäftigung oblag.

„Alle Teufel," brummte Claus in den Bart, indem er unwillkürlich nach der neben ihm liegenden Flinte griff, „was ist das da? Das ist doch ein Mensch!" Er richtete sich etwas empor und schaute schärfer hinüber; es ließ sich nicht mehr verkennen. Es war in der That eine Gestalt — jedenfalls ein Eingeborener, der hier gebückt die Reihen seines Feldes hinabschritt und sich zu jeder Pflanze niederbeugte. Da war Unheil im Werke; daß hier Niemand bei Nacht herauskam, um seinen Tabak zu pflegen, wußte er gut genug; er konnte das faule Gesindel nicht einmal am Tag dazu bringen, ihm zu helfen, also was sonst? Steckte der Missionär dahinter, der ihm seine Tabakszucht verderben wollte? Jedenfalls, denn wenn ihm jetzt die sämmtlichen Pflanzen eingingen, so war es allerdings mit seinem Rauchen vorbei.

Der alte Jäger wurde sich dessen aber kaum klar bewußt, als auch der alte Grimm in ihm erwachte. „Warte, Canaille!" zischte er zwischen den Zähnen durch, und seine Flinte aufgreifend, spannte er geräuschlos den Hahn derselben. Der Besuch — wer es jetzt auch sein mochte, und wenn es der Missionär selber gewesen wäre — befand sich am andern Ende des Feldes, etwa fünfzig Schritt von der Stelle entfernt, in welcher er selbst im Hinterhalt lag. In diesem Augenblicke war er ihm gerade gegenüber, so daß er ihn nur von der Seite hätte fassen können. Das wollte er aber nicht, denn er mochte keinen Mord begehen, und daß seine Flinte scharf schoß, wußte er gut genug — er mußte noch warten. Jetzt hatte der geheimniß= volle Nachtwandler noch etwa zehn oder zwölf Pflanzen passirt, und Claus konnte es nicht ent= gehen, daß er sich mit jeder einzelnen beschäftigte. Nun aber zeigte er ihm auch das Rücktheil, aber nur noch auf kurze Zeit; denn wenige Schritte weiter, und er hatte das Ende des Feldes erreicht und kam dort nicht allein wieder in den Schat=ten, sondern mußte sich auch auf's neue gegen ihn umdrehen. Da war keine Zeit mehr zu verlieren; der alte Jäger kannte seine Distanz; er hatte Vogeldunst in beide Läufe geladen, und wie er sich jetzt aufrichtete und den Lauf seiner Flinte weit genug hinaus aus den Büschen schob, damit das Mondlicht auf das Korn fallen konnte, suchte er mit diesem die dunkle Ge=stalt und drückte, als er sie etwa in der Mitte hatte, ab.

Das war ein Sprung und Schrei fast zu gleicher Zeit, wie nur der Donner des Schusses durch den Wald schallte, und als sich der Rauch verzog, auch nicht die Spur einer menschlichen Gestalt mehr in dem Feld zu sehen. Aber durch die Büsche prasselte es, als ob ein angeschossener Vierzehnender hindurchgebrochen wäre. Doch auch das dauerte nur eine kurze Weile, dann war Alles wieder still, und wenige Secunden später, während der Pulverrauch noch langsam über die Tabakspflanzen hinzog, lag der offene, mond=beschienene Plan wieder so ruhig, als ob ihn noch nie eines Menschen Fuß betreten hätte.

Claus horchte in die Nacht hinaus. Nur das Donnern der Brandung tönte noch herüber, und still vor sich hinlachend, während er den Kolben vor sich auf den Boden stieß und den abge=schossenen Lauf, schon aus alter Gewohnheit, wieder lud, lachte er:

„Sieh 'mal an, wie der Bursche springen konnte — muß aber auch einen heillosen Schreck gekriegt haben — und wie ihm die Hosen bren=nen werden. Muß doch jetzt aber auch einmal zusehen, was er hier im Feld gemacht hat — Gutes wahrhaftig nicht, so viel bleibt sicher. Der kommt übrigens nicht wieder, und ich werde morgen Ratzel einmal ausschicken, daß mir der revidirt, wer der Bursche war und wo er ein=gekrochen ist." Ratzel nannte er nämlich einen der Indianer, Raise mit Namen, der oft mit ihm jagte und eigentlich als sein Taio auf der Insel galt; die Beiden waren wenigstens immer unzertrennlich.

In laute Flüche und Verwünschungen brach er aber aus, als er den unteren Rand des Fel=des erreichte und dort die Verwüstung sah, die der schurkische Nachtbesuch anzurichten begonnen hatte, und hätte er die Nacht nicht gewacht, so

durfte er sich darauf verlassen, daß er am näch=
sten Morgen keine Pflanze mehr übrig gefunden.
Im ersten Moment sah er allerdings gar nichts,
als daß einige der Pflanzen eine etwas schräge,
ungewohnte Stellung hatten. Wie er aber nur
die erste berührte, fiel sie um, und als er sie
jetzt heraushob und näher untersuchte, sah er,
daß sie mit einem Messer in die Erde, wie man
einen Spargel hebt, eingestochen sei, also für
morgen früh vielleicht noch ihr gesundes Aus=
sehen behalten hätte, dann aber, sobald der Saft
auslief, rettungslos und für immer verloren
war.

Einige vierzig Pflanzen fand er auf diese
Art ruinirt; das aber war doch nur ein ge=
ringer Theil des Ganzen, und er fühlte sich jetzt
ziemlich sicher, daß er durch den Schuß, solch
ähnlichen heimtückischen Versuchen einen kräf=
tigen Riegel vorgeschoben habe. Uebrigens be=
schloß er, jedenfalls Ramara Toa selber am näch=
sten Morgen hier herauszuführen und ihm zu
zeigen, was man vorgehabt. Daß der dann nach=
her ein Donnerwetter losließ, darauf konnte er
sich fest verlassen, denn das Gedeihen des Tabaks
lag ihm selber am Herzen.

Damit und mit seiner Nachtarbeit außer=

orbentlich zufrieden, auch fest überzeugt, daß er jetzt nichts mehr für seine Pflanzen zu befürchten hatte, warf er seine Flinte über die Schulter unb schlenberte burch ben Walb seiner eigenen Hütte wieber zu.

6.
Taori.

Am nächsten Morgen war Bruder Martin,
gehorsam dem von seinem Vorgesetzten erhaltenen
Befehl, mit Tagesanbruch zum Abmarsch nach
dem Hupai-Thal gerüstet. Ein Aufenthalt fand
aber statt, denn Paya, der treueste Diener des
Missionärs, war plötzlich in der Nacht krank ge=
worden und konnte nicht von seiner Matte auf=
stehen, und Bruder Lowe fand Veranlassung,
jetzt selber seinen Entschluß zu ändern, der ihn
sonst noch einige Tage in Motua-Bai gehalten
hätte. Er wollte nämlich nach Afaru hinüber=
fahren, und wie er Fremar sagte, geschah das
besonders aus dem Grund, um dem Verhöre
aus dem Weg zu gehen, das wahrscheinlich
heute Morgen über den in der Nacht zurückge=

kehrten Taori abgehalten würde. Er ersuchte
auch Bruder Fremar, sich nicht dabei zu zeigen,
und indessen lieber einen Spaziergang in den
Wald zu machen, damit er nicht herbeigerufen
werden könne. Was die Eingeborenen auch be=
schlossen, die Häuptlinge mußten es jedenfalls
allein und ohne Beihilfe der Missionäre thun,
auf welche sonst das Gehässige des Urtheils ge=
fallen wäre.

Vorher hatte sich Mr. Lowe freilich nach
seinem kranken Diener umgesehen und diesen
auch ärztlich behandelt; auf welche Art aber,
konnte Niemand sagen, da er die Leute vorher
aus dem Hause geschickt. Gefährlich konnte die
Sache übrigens nicht sein, denn der Kranke
befand sich sonst ziemlich wohl; er aß und trank
was man ihm brachte, lag dann den ganzen Tag
auf dem Bauch, beide Ellbogen auf und den
Kopf in die Hände gestützt, und las in einem in
seine Sprache übersetzten Gebetbuch.

Das Verhör der Schuldigen, die man selber
von Afaru holen ließ, fand indessen gegen Mit=
tag statt, und Taori hatte eigentlich selber keine
Vorladung erhalten, was jedenfalls der Aus=
rufer absichtlich versäumt haben mochte. Aber
er stand nichtsbestoweniger mit auf der Liste

unb schritt auch mit den Uebrigen — was seinem
Vater vielleicht am allerwenigsten recht war —
in bie Versammlung hinein.

Der alte Ramara Toa würde weniger bagegen
gehabt haben, ihn — wenn einmal der Schulb
überwiesen — zu verurtheilen, aber baß er noch
vorher ein Verhör über ihn abhalten solle, war
ihm unbequem unb boch jetzt, wie die Sachen
stanben, nicht mehr zu vermeiben.

Die Fragen wurden übrigens sehr einfach
gestellt, benn bas gegebene Gesetz ließ in bieser
Hinsicht keine Mißbeutung zu. Der frühere
Tanz war, mit genauer Festsetzung der Strafe,
von bem König unb ben Häuptlingen verboten
worben, unb sechs junge Mäbchen bie sich babei
betheiligt hatten unb jetzt wie arme Sünberinnen
vor ihren Richtern stanben, schienen noch ba=
burch besonbers straffällig geworben zu sein, baß
sie sich zu bem Feste, wie sie es sonst zu thun
gewohnt gewesen, bie flatternben Locken mit Blu=
men geschmückt. Man fragte sie wie bie jungen
Männer einzeln, ob sie sich schulbig bekennen
müßten — Taori zuletzt — unb Alle antwor=
teten mit einem kaum hörbaren, schüchternen Ja.
Wußten sie boch schon vorher, welche Strafe
auf bem Vergehen stanb, unb baß sie, wenn

wirklich entdeckt, auch dafür büßen müßten. Jetzt blieb ihnen nichts weiter übrig, als sich den unvermeidlichen Folgen zu fügen.

Nicht so Taori. Als der Richter des Afaru=Districts, der das Verhör leitete, weil das Vergehen auf seinem Grund und Boden begangen worden, die übliche Frage auch an ihn richtete, hob er stolz und trotzig den Kopf und sagte finster:

„Welches Recht hast Du, mich zu fragen, Manuga? Bin ich ein Christ, daß ich versprochen hätte, mich den Gesetzen der Christen zu fügen? Ich glaube noch an die alten Götter, deren heiliger Odem uns umweht und zu denen unsere Vorväter beteten, und ebenso wenig wie Du mir verwehren kannst, ihren Schutz anzurufen, ebenso wenig steht Dir ein Recht zu, hier über mich zu Gericht zu sitzen, weil ich etwas gethan, das wir nicht als Sünde anerkennen."

„Das Gesetz lautet," sagte der alte Häuptling, aber doch mit einiger Scheu vor dem Sohn seines Königs, „daß alle Bewohner dieser Insel ihm unterthan sein sollen, von dem Höchsten bis zum Niedrigsten, vom König bis zum Koch*)

---

*) Auf vielen Inseln der Südsee ist der Koch der verachtetste Stand.

hinab, und daß der Unglauben sie nicht davon befreien kann, damit sie kein böses Beispiel den Gerechten geben."

„Ihr dürft das Volk nicht zu Eurem neuen Glauben zwingen!" rief Taori heftig aus.

„Wir zwingen es nicht zum Glauben," sagte der fromme Häuptling, einer von Fremar's besten Schülern, „aber wir verlangen von ihm, daß es die Gesetze hält."

„Die Gesetze des Landes, ja," erwiderte Taori heftig, „aber diese verbieten nicht den Tanz, und oft habe ich Dich selber, Manuga, wohlgefällig dem Spiel am Strande beiwohnen sehen."

„In meiner sündigen Zeit, ja," seufzte der Häuptling; „aber dafür hat uns Jehovah seine Boten gesendet, und wir halten jetzt fest an dem wahren Gott."

„Gut, thut es," sagte Taori finster, „wir hindern Euch nicht daran, den ganzen Tag zu beten, wenn Ihr es für nützlich haltet; wir stören Euch in keiner der vorgeschriebenen Formen, aber laßt auch uns unsere harmlosen Vergnügungen, die wahrlich Eurem Gott nicht schaden können, wenn er so groß und mächtig ist, wie Ihr immer behauptet. Wir wollen die Gesetze des Landes achten, aber nicht die Eures

Glaubens, so lange wir uns nicht selber dazu entschließen konnten, diesen anzuerkennen. Laßt dem Volke seinen Tanz, laßt ihm seine Blumen. Was für ein Gott muß das sein, der zürnen kann, wenn ein junges, fröhliches Mädchen Blumen in den Haaren trägt!"

Manuga stöhnte laut auf und warf scheu den Blick umher, ob nicht etwa einer der Mitonares in der Nähe wäre, der die lästerlichen Reden gehört.

„Taori, Du bist ein großer Sünder," sagte er endlich, „möge Dich Gott erleuchten!"

„Und habt Ihr mir sonst noch etwas zu sagen?" fragte der junge Häuptling trotzig. „Meine Zeit ist gemessen, denn ich will wieder zurück in das freie Land, in meine Berge."

„Und weißt Du nicht, daß Du dem Gesetz verfallen bist?"

„Ich?" rief da Taori, fast wild emporfahrend. „Wagt Ihr es, mir mit Eurem Gesetz zu drohen? Dort sitzt mein Vater; fragt ihn, ob Einer hier unter Euch Allen die Macht hat, den Sohn des Königs zurückzuhalten!"

„Ich habe sie, Taori," sagte da Ramara Toa mit ernster Stimme, „und die Häuptlinge haben ebenfalls die Macht, Dich zu bestrafen."

„Mich?" lachte da Taori spöttisch auf, „diese
Häuptlinge? — Und glaubt Ihr, daß Matangi
Ao dulden würde, daß ein Spruch von ihnen
über mich zur Geltung gelänge?".

„Ha! Drohst Du mir mit Matangi Ao,
ungerathener Knabe!" fuhr der alte König wild
empor. „Zur rechten Zeit mahnst Du mich an
den Rebellen. Fällt das Urtheil, Ihr Häupt=
linge! Kein Ansehen der Person darf Euch ab=
halten, einen Uebertreter der Gesetze zu bestrafen.
Hier steht es in dem heiligen Buch; lies es,
Manuga, lies es, daß sie es Alle hören, Gott
selber spricht darin durch seine Engel!"

Und Manuga nahm ehrfurchtsvoll das Buch
und las, mit etwas monotoner Stimme zwar,
aber doch laut und deutlich die jetzt angezeichne=
ten Verse, und als er zu der Stelle kam: „Dein
Stamm soll besitzen die Thore Deiner Feinde!"
rief Ramara Toa triumphirend aus:

„Weil Abraham solches gethan und seines
eigenen Sohnes nicht geschont, ist ihm die Gnade
des Herrn geworden. Urtheilt über ihn, wie über
jeden andern Uebertreter der Gesetze. Es ist
Taori, mein Sohn; aber im Dienste des Herrn
schone ich meinen eigenen Sohn nicht, wie Abraham.
Leset ihm vor, welche Strafe er zu leiden hat."

Ein Murmeln lief durch die Versammlung der Häuptlinge. Taori zählte viele Freunde unter ihnen, aber ihre Scheu vor den Missionären war doch noch größer, denn sie fühlten recht gut, daß diese ihnen zürnen würden, wenn sie den doch unter ihrer Anleitung gegebenen Gesetzen wider=strebten. Manuga ließ ihnen auch keine lange Zeit zum Ueberlegen.

„So höre denn, Taori, was das Gesetz sagt!" rief er laut aus, und las dann aus einem Buche den folgenden und an diesem Tag schon oft wiederholten Spruch ab:

„Alle Tänze, da sie an heidnische Festlichkeiten erinnern und mit dem früheren Unglauben in Verbindung stehen, sind auf das strengste ver=boten. Wer sich trotzdem herbeilassen sollte, an einem solchen Tanze heimlich Theil zu nehmen, hat eine Strafe von zehn Klaftern Arbeit an der öffentlichen Straße zu erleiden, der Besitzer des Grundstücks aber, auf dem der Tanz stattfand, zwanzig."

„Ich soll an der Straße öffentlich arbeiten?" sagte Taori, und ein spöttisches Lächeln lag um seine Lippen, aber sein Antlitz war vor innerer Bewegung bleich geworden, als sein Blick über die versammelten Häuptlinge zuckte.

„Manuga hat es gesagt," erwiderte ein Häupt=
ling aus der Bai, ein treuer Anhänger Ramara
Toa's und ein Feind Matangi's, „so lautet das
Gesetz."

„Manuga hat es gesagt," fielen jetzt auch ein=
tönig die anderen Beisitzer ein. Sie konnten nicht
dagegen sprechen, und der Form mußte genügt
werden. Sie wußten aber auch, daß die Form
mit leichter Mühe umgangen werden könne, und
Keiner von Allen glaubte, während er das Ur=
theil sprach, daß Taori selber auch nur eine
Stunde einer solchen Schmach ausgesetzt werden
solle. Nur das Urtheil mußte unparteiisch und
ohne Rücksicht auf Rang und Stand gefällt wer=
den. War das geschehen, so stand es Taori voll=
kommen frei Leute zu miethen und zu bezahlen,
welche die aufgegebene Straßenarbeit für ihn
verrichten konnten. Daß er es selber thun sollte,
verlangte Niemand, und einzelne Häuptlinge hat=
ten sich von anderen Urtheilen schon ebenfalls
auf gleiche Weise freigekauft.

Taori stand hochaufgerichtet und bleich zwi=
schen ihnen, und wohl eine Minute lang herrschte
Todtenstille in dem weiten Raum. Endlich sagte
der junge Häuptling leise:

„Und wird das Urtheil von dem König, meinem Vater, bestätigt?“

„Manuga hat es gesagt, er ist Richter,“ erwiberte Ramara Toa fest. „Es soll Niemand behaupten können, daß ich meinen eigenen Sohn geschont habe, um die Gesetze zu umgehen.“

Das Blut stieg dem Königssohn in Wangen und Schläfe, aber er erwiberte nichts weiter als: „Es ist gut,“ brehte sich bann ab und verließ die Hütte. Manuga fürchtete auch, baß er sich möglicherweise durch die Flucht einer weiteren Unbequemlichkeit entziehen würde, wonach man die Häuptlinge später ausgespottet hätte. Boten wurden beshalb augenblicklich abgesenbet, um bas obere Thal zu besetzen. Taori bachte aber an nichts Derartiges, sonbern schritt langsam bem Hause zu, was er bewohnte, wenn er sich in Motua=Bai befanb.

Dort suchten ihn augenblicklich seine Freunbe auf, aber er ließ Keinen zu sich. Der Diener, ber an seiner Thür wachte, hatte strengen Befehl, sie Alle ohne Ausnahme abzuweisen, selbst seinen Vater, wenn bieser beabsichtigte, ihn zu besuchen. Er wolle Niemanben sehen. Aber seine Mutter Einua kam zu ihm, um mit ihm zu sprechen, unb ihr wurbe die Thür geöffnet.

Taori lag auf seiner Matte ausgestreckt, den Kopf in die Hand gestützt, und schaute düster vor sich nieder; ja selbst der Besuch seiner Mutter konnte ihn nicht erfreuen, denn Alles, was sie an sich hatte, sprach nur zu ihm von dem Verkehr mit den verhaßten Weißen.

Sie trug natürlich — um vielleicht einen rechten Eindruck auf ihn zu machen — jenen riesigen, unförmlichen Hut, mit dem sie auch kaum zu der niederen Thür herein konnte, ein altes roth und grün gestreiftes Seidenkleid, das Mrs. Lowe früher einmal selber getragen, einen mächtigen Strickbeutel mit Stahlschloß, in den sie jetzt aber gebackene Bananen und andere Lebensmittel gepackt hatte, um sie ihrem Sohn zu bringen, ein Spitzentuch verkehrt umgebunden, und unter dem linken Arm das „dicke gute Buch", wie sie die Bibel nannten. Sie verlor auch nicht zu viel Zeit. Zuerst kramte sie die Lebensmittel vor dem Sohne aus, damit er sich an diesen erfrischen könne, und dann kauerte sie sich gutmüthig vor ihm auf der Erde nieder und begann ihm Sprüche aus der Bibel vorzulesen, die nicht in der geringsten Beziehung zu der gegenwärtigen Lage des Sohnes standen, oder ihm zu erzählen, daß ein großer Fisch Jonas

verschluckt und nach zwei Tagen wieder lebendig
an Land geworfen habe, und zuletzt bat sie ihn,
die über ihn verhängte Strafe geduldig anzu=
nehmen und ein guter Christ zu werden, denn
dadurch allein könne er hoffen, den Zorn Gottes
zu versöhnen und einst zur ewigen Seligkeit zu
gelangen.

Taori hörte ihr ruhig und geduldig zu, ja
unterbrach sie mit keinem Wort, und erst als sie
geendet hatte, reichte er ihr freundlich die Hand
und dankte ihr, daß sie gekommen sei ihn zu
besuchen. Ueber ihren Glauben sprach er kein
Wort, und als sie endlich wieder davon begann
und ihn drängte, wehrte er ihr leise mit der
Hand und sagte herzlich:

„Laß mich, Mutter! Die weißen Männer
haben zu Dir gesprochen, und Du hast ihren
Worten Dein Ohr geschenkt. Es ist gut. Du
wirst aber nicht in den Himmel der Weißen
eingehen mögen, denn wir können nach dem
Tode nur glücklich werden, wenn wir alle unsere
Lieben wiederfinden. Wo ist Dein Vater? wo
Deine Mutter? Drüben auf der heiligen Insel
Bolutu. Dorthin will auch ich gehen, wenn ich
einmal sterbe, um sie und den todten Bruder
wiederzusehen, und Du und der Vater werden

auch dahin kommen. Was thut Ihr in dem fremden Himmel der Weißen?"

„Ach, mein Sohn," rief da die würdige Einua in Todesangst aus, „in die blanke Hölle kommst Du, in das ewig brennende Feuer, und keine Rettung ist für Dich, wenn Du Dich nicht be= kehrst. Glaubst Du denn an gar keinen Gott?"

„Ja, Mutter," sagte da Taori freundlich. „Ich glaube nicht an die hölzernen Bilder, die wir hier in unserem Lande aufgestellt haben; ich glaube nur an ein hohes und mächtiges We= sen in Bolutu. Meinen die weißen Männer das Nämliche, gut, weshalb bringen sie dann Unfrieden in unsere Familien und Streit in unsere Hütten? Laß sie gehen, denn was sie uns lehren, brauchen wir nicht auf unseren Inseln, und was sie uns bringen, kann nicht dazu dienen uns glücklicher zu machen als wir sind. Nur Eine ist gut," setzte er dann, aber leise, hinzu, „nur Eine ist lieb und gut, und sie kennt den wahren Gott, denn in ihren Augen liegt der ganze Himmel."

„Das ist die würdige Mrs. Lowe," sagte da Einua mit ganz entschiedener Bestimmtheit. „Sie weiß den Weg zum Himmel, und wenn sie ihn vorzeichnet, ist es, als ob man einen breiten,

ausgehauenen Pfad vor sich sähe, der schnur=
stracks gerade durch den dunkeln Wald läuft."

Taori lächelte, aber er erwiderte kein Wort,
auch nicht, als seine Mutter noch eine lange
Weile mit ihren Bekehrungsversuchen fortfuhr.
Er hörte ihr geduldig zu und widersprach ihr
nicht, und nur wenn sie von ihm forderte, daß
er in ihre Gebete einstimmen sollte, wehrte er
ihr mit der Hand und sagte freundlich:

„Laß es sein, Mutter — heute nicht! Der
Kopf thut mir weh — und das Herz — später
— später vielleicht — heute nicht!"

„Und wann kehrst Du zurück nach dem Hu=
pai=Thal?"

„Wenn ich meine Strafe abgearbeitet habe."

„Unsinn!" sagte Einua. „Zahlloses Volk
war heute draußen, um Dir seine Arbeit anzu=
bieten. Du hast sie nicht hereingelassen."

„Ich brauche sie nicht."

„Du wirst sie morgen brauchen. Die Häupt=
linge haben gesprochen, aber Deine Freunde
werden die Straße bauen. Sorge Dich nicht!
Taori, der Sohn Ramara Toa's, soll keine
Steine tragen!"

„Es ist gut, Mutter," flüsterte der junge
Häuptling, „ich bin müde vom vielen Denken.

Laß mich schlafen, damit mich freundliche Träume
besuchen können, denn über unserem Lande liegt
ein schwarzer Schatten."

„Ja, der Schatten des Unglaubens," er=
wiberte die Frau seufzend, „o, wenn er von Dir
weichen wollte!"

Taori erwiberte kein Wort; er hatte ben
Kopf auf seinen Arm gelehnt und schloß die
Augen, und seine Mutter, bie jetzt wohl sah,
baß er ungestört und allein sein wollte, seufzte
tief auf, erhob sich bann und verließ leise bas
Haus.

So blieb ber junge Königssohn ben ganzen
Abend auf seiner Matte liegen, als jedoch die
Sonne am nächsten Morgen aus ben Fluthen
stieg, war er auf und vollständig gerüstet zu
seiner Arbeit. Einen Weheschrei stieß aber das
Volk aus, als es ihn, mit einer Hacke auf ber
Schulter, seinen feinen Gnatumantel abgeworfen
und wie einen gewöhnlichen Arbeiter ben Weg
schreiten sah, ber nach ber Straße führte, an
welcher zu bauen er verurtheilt war.

Die Insulaner strömten herbei, unter ihnen
viele Häuptlinge, benn Taori war ber Liebling
Aller, und Alle boten ihm ihre Hilfe an, weil
sie meinten, er solle und bürfe solche Schmach

nicht über sich bringen; aber der junge Häupt=
ling wies sie entschieden zurück.

Einer seiner Freunde faßte seinen Arm und
suchte ihm die Hacke fortzunehmen, aber er wehrte
ihn freundlich ab und sagte fest:

„Entweder sind die gegebenen Gesetze ein
heiliger Ernst und müssen befolgt werden, und
dann will ich ihnen beweisen, wohin sie führen,
oder sie sind nur ein freches Spiel, das die
Fremden mit unserem Lande getrieben, und dann
soll das Volk sehen, wohin diese den Sohn ihres
Königs gebracht haben. Giebt es noch etwas,
was ihm die Augen öffnen kann, so ist es das;
hilft auch das nicht mehr, dann Freund," setzte
er wehmüthig hinzu, „können wir uns ruhig
begraben lassen, denn unsere Zeit ist vorbei,
unsere schöne Insel den Fremden und ihrem
Gott verfallen, und in Gebet und Zerknirschung
werden die Bewohner derselben auf ihren Knieen
an demselben Strand herumkriechen, wo sie sonst
die fröhliche Trommel zum Tanz rief und da=
neben das Canoe glücklicher Menschen seine
Streifen auf dem Binnenwasser der Riffe zog.
Laß mich! Ich bin fest entschlossen, die volle,
mir zugesprochene Strafe auch selber abzuarbeiten.
Auch nicht eine Stunde davon will ich geschenkt

haben; kein Mann soll einen Arm aufheben, um mir zu helfen. Taori, Ramara Toa's Sohn, der künftige König der Insel, soll als gemeiner Tagelöhner hacken und graben; so will es das Gesetz. Die Häuptlinge mögen ihren Willen haben, aber -- sie mögen auch die Folgen tragen!" Und fest die Zähne zusammengebissen, die Hacke wieder schulternd, schritt er, selbst die Grüße der ihm Begegnenden nicht mehr erwidernd, mit finster zusammengezogenen Brauen seinen Weg entlang.*)

Boten liefen zum König, um ihm anzusagen, daß sein Sohn jede Hilfe abgeschlagen und zu= rückgewiesen habe und selber im Begriff stehe, seine Strafe abzuarbeiten.

Ramara Toa fuhr bestürzt empor. So weit hatte er es nicht treiben wollen und seine Seele nicht an solchen Starrsinn des Sohnes gedacht. Nur vor dem Gericht der Häuptlinge sollte er gedemüthigt und dort allein der Grundsatz aus= gesprochen werden, daß alle Menschen vor dem Gesetz gleich seien — weiter nichts. Daß ein so ausgelegtes Princip aber in Wirklichkeit auch ausgeführt werden könne, war ihm nicht im

*) Thatsache.

Traum eingefallen, und das konnte auch der
Mitonare nicht gemeint haben. Augenblicklich
sandte er auch einen der Leute hinter Taori her,
um ihn zu sich in die Wohnung zu bestellen;
der junge Häuptling aber wies den Boten zor=
nig ab. Er sei verurtheilt, wie er sagte, zehn
Klafter Straße zu bauen, und habe jetzt keine
Zeit. Wenn seine Arbeit beendet wäre, würde
er den König wieder aufsuchen, früher nicht.

Namara Toa berief jetzt die Häuptlinge wie=
der zusammen, um mit ihnen den unerwarteten
Fall zu berathen. Auch nach den Missionären
wurde geschickt, aber von diesen war keiner auf=
zufinden und nur Berchta daheim. Eine Frau
gehörte aber nicht in den Rath der Männer und
konnte ihnen deshalb nichts nützen.

Die Häuptlinge wußten übrigens selber nicht,
wie der fatalen Sache abgeholfen werden könne,
denn nur Taori's Trotzkopf war ja an dem
Allen schuld und Jeder von ihnen fest überzeugt,
er würde sich durch kein Zureden von dem ein=
mal Begonnenen abbringen lassen. Unter den
Häuptlingen selber herrschte aber heute eine
Spaltung, denn was bis jetzt Keiner von ihnen
gewagt, thaten nun doch Einige, indem sie er=
klärten, die Gesetze seien für ihr Land zu streng,

und die weißen Männer hätten bei Abfassung
derselben die Zustände der Inseln vollständig
verkannt. Umsonst erklärte dabei Ramara Toa,
die weißen Männer hätten gar nichts mit den
Gesetzen zu thun gehabt und er selber sie nach
dem Muster Kamehameha's und Pomare's ab=
gefaßt. Die Häuptlinge wußten es besser, und
selbst die den Missionären befreundeten wagten
nicht, sie gerade in diesem Augenblick in Schutz
zu nehmen.

So ging denn die Versammlung wieder rath=
los auseinander, und wenn auch Einige ver=
sprachen, noch einen letzten Versuch zu machen,
um Taori von seinem Entschlusse abzubringen,
sahen sie doch selber das Erfolglose eines solchen
Schrittes vorher. Und sie hatten sich darin nicht
getäuscht. Sie fanden den Königssohn schon mit
all' den Uebrigen, die gestern verurtheilt wurden,
bei seiner „entwürdigenden" Beschäftigung, und
zwar schärfer als irgend einen der Anderen ar=
beiten. Er gönnte sich keine Minute Rast, und
einen unheimlichen Glanz nahm sein Auge an,
als die Abgesendeten zu ihm reden wollten.

„Fort mit Euch!" rief er ihnen entgegen.
„Ich habe nichts mit Euch zu schaffen! Gestern
gabt Ihr Euren Spruch: „Manuga hat es ge=

sagt" — gut, hier habt Ihr Euren Willen, aber nun fort mit Euch, denn bei den Göttern, dem Ersten, der mir naht oder seine Hand auf mich legt, schlage ich mit dieser Hacke den Schädel ein. Ich bin der Sohn Eures Königs, und wen ich nicht rufen lasse, darf nicht wagen mir zu nahen!"

Scheu zogen sich die Häuptlinge zurück, denn sie kannten den Jähzorn des jungen Fürsten gut genug und hüteten sich wohl, ihn noch mehr zu reizen. Er wollte es so, und ihnen stand keine Macht zu, ihn daran zu verhindern.

So arbeitete er fünf Tage vom Morgen bis in die sinkende Nacht und dulbete nicht einmal, daß seine Mitschuldigen ihn unterstützten. Die schwersten Steine schleppte er allein, und seine Haut war von Waldbornen zerrissen, seine der Arbeit ungewohnten Hände waren mit Blasen bedeckt.

Andere Unruhe erfüllte aber jetzt die Herzen der Bewohner der Motua-Bai, denn Kunde drang von Matangi Ao herüber, daß er gehört habe, die Christen zwängen Taori, gemeine Arbeit zu verrichten, und er rüste seine Schaaren, um ihn mit bewaffneter Hand zu befreien.

Ramara Toa wüthete, daß der Rebell es wagen dürfe, sich in das zu mischen, was unter

seinen Augen, also auch mit seinem Willen vor=
gehe. Taori aber, dem ebenfalls die Nachricht
gebracht wurde, sandte augenblicklich einen ver=
trauten Diener an den Freund, um ihm sagen
zu lassen, daß er freiwillig und selbst gegen den
Willen seines Vaters die Arbeit verrichte. Er
wollte kein Blutvergießen seinetwegen.

Am sechsten Morgen ging die Sonne blut=
roth auf und ein eigener unheimlicher Duft lag
auf der ganzen Insel und dem Meer. Kein
Lüftchen regte sich, selbst die leicht bewegbaren
Blätter der Bananen hingen, ohne auch nur ein
Zittern zu verrathen, ihre breiten, zierlichen
Fächer nieder. Aber braußen in See kreischten
die Möven, und ein Zug von Tummlerfischen
kam bis an die Einfahrt des Binnenwassers.

Die Arbeiter am Straßenbau waren auch
schon wieder emsig beschäftigt, kaum eine eng=
lische Meile westlich von Motua=Bai an beiden
Seiten eines wilden Bergwassers hohe Stein=
dämme aufzuwerfen und dann lange Stämme
darüber zu verbinden, um endlich eine feste
Brücke herzustellen, da die letztgemachte zu niedrig
gewesen und nach einem heftigen Regenguß von
der Fluth fortgespült wurde. Sie merkten auch
wohl, daß etwas in der Luft liege, was ein Un=

wetter verkünde; da sie sich aber ganz in der Nähe von Häusern, und zwar auf beiden Seiten des Wassers, befanden, achteten sie es nicht weiter. Ueberhaupt mochte auch Keiner von ihnen aufhören, so lange Taori, Allen voran, so unverdrossen und fleißig arbeitete.

Gerade hatte er wieder einen Korallenblock, den er mit Mühe aus der Bai herausgearbeitet, an Ort und Stelle gewälzt, und war eben dabei ihn an seinen Platz zu heben, als er ihn plötzlich sinken ließ, ein paar Schritte zur Seite ging und sich dann unter eine Palme warf, um auszuruhen. Das aber war bei ihm etwas so Ungewöhnliches, daß die ihm zunächst befindlichen Eingeborenen stutzig wurden. Ein paar junge Mädchen liefen hin zu ihm, um ihn zu fragen ob ihm etwas fehle — er war ohnmächtig geworden, und ihr Angstschrei rief jetzt die Uebrigen herbei.

Oben in den Wipfeln der Palmen fingen die gefiederten Blätter plötzlich an zu zittern und zu rascheln; das klare Wasser der Binnenbai färbte sich von der darüber hinstreichenden Brise dunkel. Ein Canoe, das zum Fischen draußen in offener See gewesen war, kam durch die Einfahrt hereingeschossen, und die Ruderer arbeiteten mit sol-

cher Kraft und Anstrengung, daß das weiß
schäumende Wasser vorn am Bug emporspritzte.

Und jetzt kam der Sturm. Ueber die See
ging ein hohles Brausen. Obgleich in dem Mo=
ment noch keine Wolken vor der Sonne standen,
nahm· die Scheibe derselben einen matten, kupfer=
farbigen Glanz an. Aber im Westen thürmte
sich in rasender Schnelle eine schwere, dunkle
Wolkenschicht empor, und im Nu waren auch die
Binnenwasser von allen dort rudernden Canoes
gesäubert, denn was auf See war, flüchtete an's
Ufer vor dem nahenden Orcan. .

7.
Ein Orcan in den Tropen.

———

Wie das so sonderbar in der Luft zischte und
heulte und die Wipfel der Bäume leise vor der
heranbrausenden Macht erzittern machte! Aber
diese unheimliche Stille dauerte kaum mehr als
Minuten. Einzelne schwere Tropfen wurden vor=
hergejagt, doch die dahinter drein rasende Windbs=
braut ließ sie kaum zur Erde nieder. Jetzt faßte
sie die Wipfel der Palmen und bog sie fast zum
Boden nieder, daß ihre langen Blätter — wie
um Hilfe flehende Arme — weit hinauswehten.
Draußen schäumte die See, und von den west=
wärts liegenden Riffen wurde der Schaum der
Brandung rein abgeschnitten und wie ein Sprüh=
regen über die Insel gejagt. Selbst das Binnen=
wasser fing an Wellen zu schlagen, wenn es

auch die da draußen rasch aufgewühlten Wogen nicht erreichen konnten. Ein Regen von Salz= wasser ergoß sich über den ganzen Strand.

Und jetzt zuckte der erste Blitz aus dem plötz= lich schwarz gewordenen Himmel nieder, und mit dem nachprasselnden Donner schien es, als ob die Elemente entfesselt wären, um ihre Wuth an Allem auszulassen, was sich ihnen wie fester Grund und Boden, wie Baum und Strauch ent= gegenstellte und Trotz zu bieten wagte.

Es war fast wieder Nacht geworden, und Blitz folgte jetzt auf Blitz — aber kein einziger Donner mehr — nur Heulen und Brausen der wüthenden See, nur das Pfeifen des Sturmes in den Wipfeln und das Krachen und Brechen der Aeste, wie es die Fruchtbäume faßte und schüttelte. Wie schlanke Peitschenstiele schlugen dabei die riesigen Palmen auf und nieder und schleuderten ihre schweren Nüsse wild umher.

Aber des Orcans nicht achtend, hatten sich die Arbeiter um den jungen Königssohn gesam= melt. War er gestorben? er lag so still und bleich. Doch sie durften nicht länger säumen. Selbst die niederschlagenden Cocosnüsse drohten ihnen hier Gefahr — er mußte wenigstens unter Dach und Fach gebracht werden, und während die Männer ihn aufgriffen und in die nächste ärmliche, aber doch in dichten Büschen verstecte und dadurch geschützte Hütte trugen, eilten die Frauen und Mädchen, von dem hinter ihnen herbrausenden Sturm fast in der Luft getragen, jammernd den Strand entlang, um die Schreckensnachricht an der Bai zu verbreiten.

Ramara Toa hörte aber kaum die Kunde, die ihm das Herzblut in den Adern stocken machte, denn er hing an dem Sohn in aller Liebe und in väterlichem Stolz, als er auch trotz des Stur=mes hinauseilte, um ihn aufzusuchen. Doch ein anderer Anblick bannte ihn an die Stelle, denn wie er nur hinaus in's Freie trat und sein Blick unwillkürlich über die Bai hinausschweifte, be=merkte er draußen unmittelbar vor der Einfahrt ein fremdes Fahrzeug, das mit rasender Schnelle vor Top und Takel, mit in Fetzen gerissenen Segeln gerade den Bug wendete und unmittel=bar an den Brandungswellen hin das Binnen=wasser zu gewinnen suchte.

Der Sturm begünstigte es allerdings in soweit, als er von Westsüdwest herüberwehte und die Einfahrt genau im Norden vor ihm lag. Wäre es auch nur im Stande gewesen, noch ein ein=ziges kleines Segel zu führen, so konnte es die

Mannschaft wenigstens in das Binnenwasser bringen und dort, in dem verhältnißmäßig stillen Wasser, vielleicht vor Anker halten oder zwischen ein paar der außer dem Kanal liegenden Korallen= blöcke hineintreiben lassen, wo sie dann nichts mehr für ihr Leben zu fürchten brauchte. Die kleine Brigg gehorchte aber wohl dem Steuer noch vollkommen, so lange sie der Sturm vor sich herjagte, war aber, als sie eine Bewegung seitwärts machen sollte, nicht mehr im Stande, den Bug weit genug herumzuwerfen, um auch von den in Lee liegenden Brandungswellen frei= zukommen.

Die Einfahrt lag hier ziemlich breit, troß= dem wurde aber das seinem Geschick verfallene Fahrzeug selbst in den wenigen Minuten zu weit nach Osten gesetzt. Einen Moment schien es fast, als ob es noch dicht an der über ihm bäumen= den Brandungswoge hingleiten solle, aber das sah nur so vom Lande ab aus, weil der Orcan den Schaum und die Kämme der Wellen alle abhub und nach Osten jagte. Die Seite des Fahr= zeugs traf gegen einen Korallenblock, der Bug flog herum, gerade den Riffen zu, und im nächsten Momente faßte es die furchtbare Woge, schmet= terte mit einem Schlage die Masten über Bord und fegte das Deck von Allem, was sich darauf befand, vollkommen klar. Noch ein zweiter solcher Stoß und es wäre auch wahrscheinlich zertrümmert worden und in'Stücke geborsten, so aber hatte es der erste schon etwas zurückgeschoben, der Sturm half dabei mit, und das Wrack trieb jetzt, im inneren Hafen und von der Brandungswelle frei, zwischen die zur Oberfläche ragenden Korallen hinein, wo es nicht allein sitzen blieb, sondern auch durch die starren, zähen Aeste dieses wunderlichen Bodens am Sinken verhindert wurde.

Ramara Toa, beide Arme um den nächsten Palmenstamm geschlungen, um sich nur gegen den Sturm aufrecht zu halten, war Zeuge des Ganzen gewesen, und jetzt erst, als der Orcan sein Opfer hatte, schien es, als ob die Wolken auseinanderbersten wollten und ihren fluthenden Regen auf die Erde sandten. Nun brach auch der Himmel sein Schweigen. Ein krachender Donner schmetterte hinter dem nächsten Blitze drein, und während die verschiedenen Wolkenschichten Salve auf Salve gaben, prasselte der Lärm von allen Seiten los.

Dem verunglückten Fahrzeuge konnte jetzt natürlich Niemand zu Hilfe eilen, — wenn überhaupt dort noch Hilfe möglich war — die Winds=

braut hätte ja die leichten Canoes direct aus dem Wasser gehoben, und Ramara Toa, an seinen Sohn denkend, versuchte dem Sturm in die Zähne sich seinen Weg zu bahnen. Umsonst; kaum hatte er den Stamm der Palme losgelassen und ein paar Schritte nach vorwärts gegen den Orcan versucht, als er zurückgeschleudert wurde und sich nur rasch wieder anklammern mußte, um nicht von seinen Füßen gehoben zu werden.

Es war in diesem Augenblick in der That nicht möglich, an dem offenen Strand gegen den Sturm anzukämpfen, und im Walde selber die Gefahr noch viel größer, von stürzenden Cocos=nüssen oder abbrechenden Zweigen und Wipfeln der Kastanien= und größeren Bäume getroffen zu werden. Das Wetter mußte erst austoben, was bei diesen heftigen Stürmen gewöhnlich nicht zu lange dauert. Und es tobte in der That. Blitz zuckte jetzt nach Blitz, und wie von feind=lichen gegeneinander wetternden Batterien schlug mit Knall und Prasseln der Donner hinterdrein. Die Riffe hatten fast keine Brandung mehr oder schienen vielmehr eine fliegende Woge in der Luft zu bilden, da die Windsbraut die Kämme, sowie sie sich irgend am Korallenriff empor=hoben, abschnitt und zu Staub zersplitterte.

Wunderbar arbeiteten die drei mächtigen Cocospalmen, die vor Fremar's Haus auf dem Felsenvorsprung und allerdings dort ziemlich frei in dem furchtbaren Orcan standen. Es gehörte auch in der That der elastische Stamm eines solchen halmartigen Baumes dazu, um einem solchen Druck weniger zu trotzen, als ihm aus=zuweichen. Sobald einer jener mächtigen Stöße die breiten Wipfel faßte, bog sich der Stamm nach der entgegengesetzten Seite fast so tief, daß er mit der Wurzel gleichkam, die Blätter wehten dazu aus, so daß der Sturm, den kleinen Punkt der eigentlichen Krone ausgenommen, nichts hatte, was er fassen konnte, denn die runde, glatte Rinde leistete ihm keinen Widerstand. Ließ aber der Druck nach, so hob sich der Wipfel, seine Wedel wie trotzig schüttelnd, augenblicklich em=por, und senkte sich erst wieder bei einem neuen Anprall.

Fremar's Haus selber war glücklicherweise durch einen dichten Orangenhain vor dem größ=ten Sturme geschützt, sonst wäre es von der Höhe augenblicklich hinab in die See geweht worden. Selbst so aber hob sich ein Theil des Daches, und die vor dem Hause gepflanzten

Bananenstämme knickten natürlich um, als ob sie mit einer Art gefällt wären.

Fremar war gerade von einer Tour durch die christlichen Ansiedlungen zurückgekommen, und ihm und Claus, wie den bei ihnen befindlichen Indianern gelang es auch, durch Seile, die sie durch das Dach zogen und an den Stämmen der nächsten Orangenbäume befestigten, dasselbe so weit zu sichern, daß es nicht vollkommen abgehoben wurde. Und wie klatschte der Regen dabei nieder; wolkenbruchähnlich kam es herunter und stürzte sich in Strömen von den Hängen und überschwemmte die Ufer aller kleinen Bäche, so daß die gelbe Fluth schon nach kaum einer halben Stunde bis weit hinaus in die See drängte und die Binnenwasser färbte.

Der Anblick von da oben aus war aber ebenso furchtbar als großartig schön, denn während die Windsbraut mit den mächtigen Bäumen spielte wie eine Dame mit dem leichten Fächer, hatte sie das Meer zu einem weißen Schaum gepeitscht, in dem nur manchmal dunkle Punkte die Abgründe kennzeichneten, die sie sich mit der furchtbaren Gewalt tief hineingewühlt. Und wenn sich der Blick dem Walde zudrehte, welch ein wunderliches Schauspiel bot sich ihm da —

wie zauſte und riß es in den Wipfeln und ſchleu=
derte die Blätter, ja ganze abgebrochene Zweige
in die Höhe, die wild hinweggeführt wurden auf
den Fittigen des Sturmes.

Und welch ein prachtvoller Orangenduft da=
bei die Luft durchzog, denn den Blüthen hatte
das Wetter ebenfalls bös mitgeſpielt, und um
Fremar's Hütte herum deckten die abgefallenen
reifen Früchte den Boden faſt wie ein gelbgrüner
Teppich.

Aber die ärgſte Gewalt des Orcans war
vorübergebrauſt. Geſtrenge Herren regieren nicht
lange. Es wehte wohl noch ein heftiger Wind,
der das Meer vollſtändig in Bewegung hielt,
aber die Palmen fingen an ſich wieder empor=
zurichten, und auch die Brandung dort unten
zeigte wieder die weißen Kämme und ſchleuderte
ſie trotzig und wie ärgerlich, in ihrem Wirken
von einem Stärkeren geſtört worden zu ſein,
gegen die Riffbank an.

Und jetzt litt es auch Ramara nicht länger
vor ſeinem Hauſe. Was kümmerte ihn das Wrack,
das noch immer da draußen zwiſchen den Koral=
len ſaß — ſein Sohn, ſein Taori! Und mit
von Angſt beflügeltem Fuß rannte er, gegen den
Wind an, den Strand entlang, denn er kannte

genau die Hütte, in der sie den Sohn untergebracht.

Und welche Verwüstung hatte der Sturm hier in der einen kurzen halben Stunde angerichtet! Der Strand lag von Cocosnüssen, Orangen und Brotfrüchten wie überstreut, Massen von Pandanusbäumen waren dabei niedergeknickt, und alle Bananen, die er nur hatte erreichen und fassen können, umgebrochen, daß sie die mächtigen breiten, aber jetzt ausgefransten Blätter überall über den Boden hinbreiteten. Selbst einzelne Cocospalmen hatte er geknickt und niedergebrochen, aber der König wendete dem Allen keinen Blick zu. Nur sein Ziel hatte er vor Augen, das Schmerzenslager des Sohnes, und ein brünstiges Dankgebet stieg auf seine Lippen, als er die Schwelle der Hütte endlich betrat und Taori, aufrecht sitzend, zwischen den um ihn geschaarten Eingeborenen antraf.

Ein Gebet des Dankes? Ramara Toa erschrak, als es über seine Lippen war, denn unwillkürlich hatte er den neuen Gott dabei vergessen und es den alten Göttern gebracht. Aber auch dieser Gedanke fand kaum für einen Moment Raum in seinem Herzen. Taori füllte es aus, und zu dem Sohn eilend und neben ihm nieberknieenb — benn was kümmerte ihn das Volk, das umherstanb unb bei seinem Eintritt scheu zurückwich — rief er aus:

„Taori, was fehlt Dir, mein Kinb? Was ist geschehen? Welcher unglückliche Zufall hat Dich betroffen? Sprich zu mir, Taori! Fühlst Du Dich noch krank?"

„Nein, Vater," sagte ber junge Mann freunb= lich, indem er ihm bie Hand entgegenstreckte, „nein — ich hoffe, es ist vorüber. Es war nur ein plötzlicher Schmerz, ber mich hier auf ber linken Seite traf."

„Unb fühlst Du Dich jetzt besser?"

„Ja, Vater, viel besser. Nur das Aufstehen wirb mir noch schwer — ich muß mir mit irgenb etwas weh gethan haben."

„Ich hatte Dich so gebeten, n i ch t zu arbeiten."

„Ist das Unwetter vorüber, Vater?"

„Der Sturm hat nachgelassen."

„Wenn ber Regen aufgehört hat, muß ich wieber hinaus."

„Nein," rief Ramara Toa heftig, „Du wirst nicht gehen!"

„Ich werbe bie Anderen nicht allein lassen, Vater!"

„Aber ihre Strafe ist ihnen geschenkt," sagte

der König rasch. „Keiner von den neulich Ver=
urtheilten soll mehr zu arbeiten haben. Ich will
es so. Kündet es den Häuptlingen, Ihr Leute.
Ramara Toa hat es gesagt."

„Dann will ich schlafen gehen, Vater," sagte
Taori, indem er sich wieder langsam auf seine
Matte zurückgleiten ließ, „ich bin doch noch recht
schwach."

„Aber nicht hier, Taori, in dieser Hütte!"
rief der König. „Der Regen hat nachgelassen,
nur der Wind zieht noch den Strand entlang,
aber auch schwächer von Minute zu Minute. Der
Sturm hat ausgetobt und ein fremdes Schiff da=
bei in unsere Bai geworfen."

„Ein fremdes Schiff, Vater?"

„Gewiß, es trieb auf die Lee=Riffe der Ein=
fahrt."

„Und sind die Menschen umgekommen?"

„Ich weiß es nicht; es war nicht möglich
ihnen zu Hilfe zu kommen. Jetzt wollen wir
Canoes hinausschicken. Könnt Ihr eine Trag=
bahre herstellen, Ihr Leute?"

Die Eingeborenen stürzten hinaus, um den
Wunsch ihres Königs zu erfüllen. In unglaub=
lich kurzer Zeit hatten sie eine bequeme Trag=
bahre hergestellt, in welche Massen der nieder=

geworfenen Bananenblätter gelegt wurden, bis sie ein vollkommen weiches Lager bildeten. Alle erklärten sich dann bereit, Taori am Strande hinauf, seiner eigenen Wohnung zu, zu tragen, war ihnen doch die weitere Arbeitszeit für ihr Vergehen geschenkt worden.

Taori weigerte sich auch nicht länger; er fühlte sich selber so schwach, daß er nicht im Stande gewesen wäre, den Weg zu Fuß zurückzulegen, und um in ein Canoe zu gelangen, hätte er auch erst eine Strecke hinausgetragen werden müssen. So ging es rascher. Wenn sie ihn erst einmal aufgenommen hatten, liefen sie auch die kurze Bahn rasch mit ihm am Strand hinauf.

Der Sturm hatte sich indessen vollkommen gelegt, und wie das nach einem heftigen Unwetter, besonders unter den Tropen, sehr häufig der Fall ist, trat unmittelbar nachher vollständige Windstille ein. Draußen die See kochte allerdings noch und warf mächtige Wellen, denn so rasch beruhigt sich die einmal aufgewühlte Fluth nicht wieder, aber das Binnenwasser der Riffe lag, sobald nur die Kraft nachließ, die es aufgerüttelt, auch im gleichen Moment fast in voller Ruhe und so spiegelglatt, als ob es nie ein Sturm getrübt hätte. Nur die gelbe Fluth, die jetzt stärker als je von den Bergen niederschwemmend in die See hinausströmte, zog eine dunkle, undurchsichtige Bahn durch die sonst krystallhelle Bai und zeigte die Wassermenge, die der Himmel in der kurzen Zeit auf die Erde niedergeschüttet.

Namara Toa aber, der den Sohn jetzt unter guter Behandlung wußte und allerdings auch nicht an einen ernstlichen Unfall glaubte, überließ ihn seinen Trägern und eilte voraus, um die nächsten Eingeborenen anzurufen, damit sie ihre Canoes bemannen und zu dem verunglückten Fahrzeug hinausfahren möchten. Er bestieg selber eins derselben, und bald darauf glitten sechs oder acht der schlanken Fahrzeuge der Einfahrt zu. Die Ruderer darinnen konnten auch bald erkennen, daß ihr Weg nicht vergeblich sein würde, denn deutlich ließen sich jetzt auf dem Wrack zwei menschliche Wesen unterscheiden, die vorn auf dem etwas gehobenen Bug des Fahrzeuges stan= den und weiße Tücher in der Hand schwenkten.

Also waren doch nicht Alle an Bord verun= glückt, und die Indianer ruderten kräftiger zu, um zu sehen, was das Fahrzeug berge; denn daß ihnen das jetzt zur Beute falle, verstand sich eigentlich von selbst. Wem anders sollten die von einem Sturm an ihre Küsten geschleuderten

Güter gehören, als den Eigenthümern des Bo=
dens und damit auch der Korallenbank?

Als die Canoes näher kamen, erkannte man
einen alten Mann mit einem weißen Bart an
Bord, und neben ihm einen Matrosen, der eine
Stange mit einem darangebundenen Tuch hielt
und sie eifrig schwenkte. Massen von Haifischen
befanden sich in der Nähe des Wracks, und es
blieb bald keinem Zweifel mehr unterworfen, daß
die Mehrzahl der an Bord Befindlichen, ja wahr=
scheinlich die ganze Mannschaft mit dem Capitän
durch die erste Sturzwelle der Brandung gefaßt
und über Bord gewaschen war, wo sie dann ent=
weder durch den furchtbaren Sturm auf die Riffe
geschleudert oder von den ihnen nachfolgenden
Haien gefaßt und vernichtet wurden. Wie sich
später herausstellte, war der alte Mann wirklich
der einzige Passagier an Bord, der sich, während
die Mannschaft oben auf Deck beschäftigt gewesen
und dort bei der Katastrophe ihren Untergang
fand, in der Kajüte gehalten hatte. Der andere
Gerettete schien ein gewöhnlicher Matrose zu sein,
der nur einem Zufall sein Leben verdankte. Er
verwickelte sich, während Alles über Bord ge=
waschen wurde, in den Tauen und blieb so
hängen. Alles, was sich sonst oben befunden,

hatte der eine Wassersturz in See geschwemmt, und wie er die Massen über Bord warf, auch mit dem Einen Schlag das Deck vollkommen reingefegt.

Die Canoes legten jetzt an Bord an, und Ramara Toa, der gar nicht wußte, welchem Land das Fahrzeug zugehörte, wurde nicht unangenehm überrascht, als ihn der alte Mann an Bord in seiner eigenen Sprache anredete, ihm für seine Hilfe dankte und ihn bat, sie freundlich auf ihrer Insel aufzunehmen, da sie eben erst durch Jehovahs Hand von einem furchtbaren Tode errettet worden wären. Er erzählte auch jetzt dem König, daß das Fahrzeug an die andere Seite der Insel, nach Tuia, bestimmt gewesen wäre, um dort Cocosnußöl, Perlen und andere Dinge einzutauschen. Erst bei dem furchtbaren Sturm habe der Capitän versucht, hier einzulaufen, um sein Fahrzeug in Sicherheit zu bringen, und dabei selber mit fast seiner ganzen Mannschaft das Leben eingebüßt.

Die Indianer waren indessen an Bord des Wracks geklettert, und Ramara Toa hätte laut aufjubeln mögen, als er nicht allein in der Kajüte eine Reihe von Musketen mit ebenso vielen Schiffslanzen und Beilen vorfand, nein, sogar unter Deck eine festgeschnürte und auf Rädern ruhende kleine Kanone entdeckte, die noch kurz vor dem Sturm dort in Sicherheit gebracht worden.

Andere Canoes waren indessen ebenfalls vom Lande ab gekommen, und Ramara Toa gab gleich die nöthigen Befehle, um an Land eine Anzahl von Doppelcanoes herzustellen, auf denen die noch brauchbaren Güter an's Ufer gebracht und geborgen werden konnten. Die Gewehre und sonstigen Waffen nahm er aber in sein eigenes Fahrzeug und schickte sie, um sie ganz bestimmt in Sicherheit zu bringen, in seine eigene Wohnung, während er indessen nach Munition und sonstigen brauchbaren Gegenständen suchte.

Er fand auch in der That mehr, als er erwartet haben mochte, denn wenn das Fahrzeug, das schon lange zwischen den Inseln herumgefahren war, auch nicht mehr viel Güter und dafür meist Cocosnußöl, Perlmutterschalen und andere Dinge eingenommen hatte, so enthielt es doch noch zahlreiche Gegenstände, die für die Eingeborenen von dem größten Werth sein mußten, und gebrauchen konnten sie eigentlich Alles, noch dazu, da sie ja jetzt eine Schmiede besaßen, in der selbst dem Eisen die nöthige Form zu geben möglich war.

Besonders jubelte Ramara Toa über einige Kisten Tabak; denn wenn er auch des alten Claus Feld, gleich nachdem ihm dieser Bericht über den Versuch erstattet hatte, die Pflanzen zu ruiniren, unter tabu stellte, so daß von da an kein Eingeborener mehr gewagt haben würde, es zu betreten, so dauerte es, bis die Blätter reiften, doch noch eine geraume Zeit, und jetzt durfte er sich, was dieses Genußmittel betraf, als reichen Mann betrachten. Die Einschiffung ging auch rasch vor sich, und wenn der Alte mit dem weißen Bart behauptete, daß einige der Güter, die er besonders bezeichnete, sein specielles Eigenthum wären und nicht dem Schiffe gehört hätten, so winkte ihm Ramara Toa nur immer ungeduldig mit der Hand und sagte, er solle sich beruhigen, sie wollten das untersuchen, sobald sie die Sachen nur erst einmal an Land hätten.

Das Wetter blieb die nächsten Tage auch ruhig; allerdings dauerte die nach dem Sturm eingetretene Windstille nicht lange, und der dort sonst stets wehende Ostpassat machte sein Recht wieder geltend, aber doch nur in gemäßigter Weise. Ramara Toa konnte deshalb auch die

für ihn ungeheuve Beute in aller Ruhe in
Sicherheit bringen und beschäftigte sich denn auch
damit so angelegentlich, daß er für nichts weiter
weder Augen noch Ohr hatte. Selbst um den
Sohn bekümmerte er sich in den Tagen nicht so
viel, obgleich er ihn dann und wann besuchte.
Aber es ging auch besser mit dessen Befinden,
und wenn er sich freilich noch schwach fühlte
und nicht ohne Schmerzen aufstehen konnte, er=
klärte er, schon in den nächsten Tagen nach dem
Hupai=Thal zurückkehren zu wollen.

Den Missionären war übrigens der Zuwachs
von Weißen auf der Insel höchst unwillkommen,
denn sie versprachen sich davon keinen guten
Einfluß auf die überhaupt noch nicht ganz feste
Moralität der Stämme. Doch hoffte besonders
Mr. Lowe auf die baldige Zurückkunft des
Schooners, dem sie nachher leicht übergeben und
durch ihn nach Tahiti geschafft werden konnten.
Dort lebten sehr viele Europäer, und zwar aus
den besseren Ständen, und weggelaufene Matrosen
spielten da eine viel zu untergeordnete Rolle,
während sie hier auf den einzelnen, mit den
Sitten der Fremden noch gar nicht bekannten
Inseln den Missionären nicht selten gleichge=

stellt wurden, so daß man auf ihr Wort Ge=
wicht legte.

Mr. Lowe kehrte unmittelbar nach dem Sturm
von Afaru zurück und sendete vor allen Dingen
Boten in das Hupai=Thal, um sich zu erkunbigen,
weshalb Mr. Martin dem ihm geworbenen Be=
fehl nicht auch augenblicklich und gehorsam nach=
gekommen wäre. Er selber konnte jetzt nicht von
Motua=Bai fort; denn erst mußte er die Be=
kanntschaft der beiden fremden Weißen machen,
und dann sehen, was sich in der Sache thun
ließ.

In Fremar's Hause hörte er zuerst die Trauer=
kunde von Taori's Unfall. Mr. Fremar war zu
ihm geeilt und Berchta außer sich über die auf
solche Weise hervorgerufene Krankheit des jungen
Häuptlings. Mr. Lowe nahm die Sache sehr
kaltblütig; es war traurig, ja, aber „wer nicht
hören wollte, mußte fühlen," und es konnte
kaum länger gebuldet werden, daß selbst der Sohn
des Königs dem übrigen Volk mit einem so
schlechten Beispiel voranging. Uebrigens stellte
sich der Unfall vielleicht noch als gar nicht so
ernstlich heraus. Diese lässigen, weichlich erzoge=
nen Menschen der Tropen, an keine schwere Ar=
beit gewöhnt, unterlagen gewöhnlich gleich einer

ernsten und dauernden Anstrengung, indem sich
bei ihnen heftige Gliederschmerzen einstellten;
aber es war das fast immer nur die natürliche
Folge einer ungewohnten Anspannung der
Sehnen und gab sich nach einigen Tagen von
selber.

Uebrigens versprach er, direct nach der Hütte
des jungen Häuptlings zu gehen und nachzusehen wie es ihm ginge und was ihm fehle.
Berchta wäre so gern selber hinuntergegangen,
aber sie wagte es nicht.

Unten am Strand der Motua=Bai herrschte
indessen ein reges Leben, denn wie nur die Eingeborenen an ihren Hütten nothdürftig wieder
all' die Schäden ausgebessert hatten, die der
Sturm daran gerissen und geschüttelt, eilte natürlich Alles herbei, was ein Canoe hatte, um
sich wenigstens einen kleinen Beuteantheil zu
holen. Dagegen hatte Namara Toa auch nichts,
daß sie an Tauen, Eisenwerk und Segeltuch bar-
gen, was sie eben bergen konnten, die Hauptsache brachte er aber für sich selber in Sicherheit,
und der alte Passagier suchte vergebens seine Erlaubniß zu erhalten, die Sachen, von denen er
behauptete, daß sie sein Eigenthum wären,
doch nur wenigstens besonders stellen zu dürfen,

damit nachher die Verwirrung nicht zu groß
würde.

Mr. Lowe kam jetzt ebenfalls dazu und fand
bald, daß der eine der Geretteten allerdings
nur ein ganz gewöhnlicher Matrose sei; der alte
Mann aber hatte ein intelligentes, offenes Ge=
sicht, eine hohe, gewölbte, wenn auch kahle Stirn,
kluge und lebendige schwarze Augen und etwas
unverkennbar Gutmüthiges in seinen Zügen. Da=
bei einen schneeweißen langen Bart, was ihm
ein sehr ehrwürdiges Aussehen gab, und doch
straften seine lebendigen und raschen Bewegungen
auch wieder sein scheinbar hohes Alter Lügen.

„Sind Sie ein Geistlicher?“ war die erste
Frage, die Lowe, wie er nur einen Blick auf ihn
geworfen, an ihn richtete. Der alte Mann schüt=
telte lächelnd mit dem Kopf und sagte:

„Nein, lieber Herr; fürchten Sie nicht, daß
ich Ihnen hier irgend in die Quere kommen
werde. Ich habe mit der Religion — soweit es
nicht mein eigenes Gewissen, meinen eigenen
Glauben betrifft — gar nichts zu thun, und bin
auch nicht auf diese Inseln gekommen, um An=
dere zu bekehren, sondern nur um mit den Ein=
geborenen freundlich zu verkehren und Handel
mit ihnen zu treiben. Da ich in Ihnen aber den

Missionär der Insel zu sehen glaube, so will ich hoffen, daß Ihre Lehren einigen Eindruck auf die Insulaner gemacht haben und mir der Häuptling wenigstens das von meinem Eigenthum giebt, was mir geblieben, denn zu Grunde ist doch viel dabei gegangen."

"Kennen Sie die Sachen?"

"Gewiß; ich habe sie dem Häuptling auch schon gezeigt, aber er schien kein besonderes Gewicht darauf zu legen."

"Ich werde mit Ramara Toa sprechen," sagte der Missionär, "er ist ein frommer Häuptling, und ich zweifle keinen Augenblick, daß er thun wird was recht ist."

"Wär' mir sehr lieb," sagte der Alte, "aber er sieht mir nicht danach aus. Derartige Leute sind gewöhnlich gut und freigebig, so lange sie selber nichts haben, aber schlagen in das Gegentheil um, sobald sie plötzlich reich werden — und reich ist er durch das Schiff geworden."

"Und gedachten Sie auf der Insel zu bleiben?"

"Gott soll mich behüten!" sagte der alte Mann. "Mit der ersten Gelegenheit bin ich wieder fort, wenn ich nur wenigstens einen Theil meiner Sachen bekommen kann, um von neuem zu beginnen. Der liebe Gott hat mir das Leben geschenkt in unserer furchtbaren Noth, ich möchte jetzt nur auch etwas behalten von dem, was ich mir mit saurem Fleiß erworben, um auch leben zu können."

„Ueberlassen Sie das mir," sagte Mr. Lowe freundlich. „Und der andere Mann? Gehört er zu Ihnen?"

„Nein, er ist ein Matrose vom Schiffe, ein Irländer, glaub' ich, der Einzige, der von der ganzen Mannschaft dem Tode nur durch einen Zufall oder die Hand Gottes entgangen; ein braver Mensch soweit, aber ein wenig roh, wie alle die Art Leute, und aller Wahrscheinlichkeit nach gar nicht böse darüber, daß ihn sein Geschick von der harten Arbeit an Bord befreit und an diese freundliche Küste geworfen hat. Er wird sehr gern dableiben wollen."

„Das findet sich ja dann später," erwiderte der Missionär, von der Aussicht auf eine solche Gesellschaft wie es schien nicht besonders erbaut. „Vor allen Dingen will ich jetzt mit Ramara Toa sprechen, daß Ihnen Ihr Eigenthum gesichert bleibt; natürlich nur solche Sachen," setzte er ernst hinzu, „deren Eigenthumsrecht Sie feierlich beschwören können, denn alles Uebrige mag er mit Recht beanspruchen."

„Ich verlange nicht mehr."

„Gut, dann werde ich Sie später rufen lassen."
Und der Missionär schritt langsam der Wohnung
des Königs zu.

8.

Bruder Martin.

Das war ein wildes, verworrenes Treiben in
der sonst so stillen und friedlichen Bai, denn die
Habgier — der schlimmste Feind der Menschen —
war bei den Eingeborenen geweckt und angesta=
chelt worden, und zu gleicher Zeit erwachte auch
bei ihnen jetzt die Furcht, daß Matangi Ao, von
dessen Rüstungen man gehört, herüberbrechen
würde, um seinen Theil von der eben gemachten
Beute zu holen.

Daß Taori selber hinübergesandt hatte, um
den Freund an einem Einfall zu verhindern,
wußte Namara Toa gar nicht, oder wenn er
es wußte, traute er dem Schwiegersohne trotzdem
nicht, weil er vielleicht fühlte, wie er selber an
dessen Stelle gehandelt haben würde. Boten

auf Boten gingen deshalb ab, um zu recognos=
ciren, ob etwa feindliche Trupps sich in das in=
nere Land hineingezogen hätten, und Claus wie
der neugewonnene Matrose — der alte Mann
versicherte, mit Feuerwaffen gar nicht umgehen
zu können — wurden unabläſſig beschäftigt, nicht
allein die Gewehre in Stand zu setzen, ſondern
auch die geborgene Kanone, zu der man ebenfalls
einige fünfzig Kugeln gefunden, auf der Lafette
zu befestigen und die nöthige Munition dafür
vorzubereiten.

Ramara Toa weigerte sich zwar nicht gerade,
auf Lowe's Vorstellungen dem alten Mann ſein
Eigenthum herauszugeben, dazu hatte er noch
immer vor dem Miſſionär zu viel Reſpect, aber
er machte Ausflüchte. Das hatte ja Zeit; der
Fremde mit den weißen Haaren solle nur bei
ihnen bleiben; er würde Brotfrucht und Fiſche
genug finden; — nachher mache sich ja Alles
von selber; jetzt habe er zu viel zu thun und zu
denken, um sich mit solchen Kleinigkeiten zu be=
faſſen.

Mit Taori ging es indeſſen nicht beſſer. Er
hatte einen Verſuch gemacht die Hütte zu ver=
laſſen, war aber wieder zusammengebrochen und
kränker geworden als vorher. Lowe, der ihn sel=

der besuchte, sprach jetzt die Befürchtung aus,
daß er sich bei der Arbeit an der Straße eine
innere Verletzung zugezogen und vielleicht ein
Blutgefäß gesprengt haben könne,*) vertröstete

*) Des Missionärs W. Ellis „Polynesian researches",
zweite Auflage, Seite 233—240, giebt eine ähnliche Schil-
berung eines solchen unglücklichen Königssohns — und zwar
des Sohnes Pomare's auf der wunderbar schönen Insel Hua-
heine. Ellis sagt wörtlich darüber: „Von Natur leicht-
herzig und gutmüthig, ließ er sich von seinen Kameraden ver-
führen, die Belehrung (Schule) wie den öffentlichen Gottesdienst zu versäumen und jenen seinen Schutz und seine Freundschaft zuzuwenden. Sein ehrwürdiger Vater sah den Wechsel
in seinem Betragen mit tiefem Schmerz und versuchte umsonst
ihn von dieser verderblichen Bahn abzulenken. Seine Versuche,
wie die von anderen Freunden blieben nutzlos. — Einige seiner
Genossen hatten sich tätowiren lassen, und er unterwarf sich
ebenfalls dieser Operation, um — wie man vermuthet —
seine Gefährten vor Strafe zu schützen. Sie glaubten, die
Richter könnten ihn nicht vor ein öffentliches Gericht bringen,
und wenn er ausgenommen würde, wären sie auch frei."
Die Sache gestaltete sich aber anders. Man stellte den
einzigen Sohn des Königs dafür, daß er einer alten Sitte
seiner Heimath gefolgt war, vor Gericht, und der Missionär
Ellis erzählt weiter:
„Einige Monate danach zersprengte er ein Blutgefäß, man
glaubt durch Ueberanstrengung bei der öffentlichen Arbeit, wozu er seines Verbrechens (crime) wegen verurtheilt worden.
Danach legte er die Arbeit beiseite — sein Volk wollte allerdings anfangs die Arbeit für ihn verrichten, aber er gab es
nicht zu. Bald nachher zeigten sich Symptome einer galop-

aber den König auf die Ankunft des in der Chi=
rurgie nicht unerfahrenen Bruder Martin, der
jeden Augenblick eintreffen konnte und eigentlich
schon lange hätte da sein müssen. —

Es wird Zeit, daß wir auch wieder einen
Blick in das Hupai=Thal werfen.

Mit recht schwerem Herzen hatte der junge
Missionär Martin seinen Weg dorthin ange=
treten, und in Gegenwart des älteren strengen
Geistlichen, den er seit Jahren gewohnt war zu
fürchten, auch natürlich keine Einrede gewagt.
Jetzt aber, wie er sich wieder allein im Walde
und in der wunderbaren Natur sah, jetzt über=

---

pirenden Schwindsucht." Der Missionär erzählt dann weiter,
daß er eines Klimawechsels wegen in eins der reizendsten
Thäler hinaufgetragen wurde.

„Die Häuptlinge der Insel mit ihren Wachen folgten
ihm, und als sie das Thal erreichten, feuerten sie als Zeichen
ihrer Theilnahme drei Salven. Während wir uns dort oben
aufhielten, sahen wir ihn oft und unterhielten uns mit ihm.
Er war gewöhnlich mittheilend und manchmal heiter, ausge=
nommen wenn das Gespräch auf Religion kam; dann änderte
sich sein Wesen auffallend. Er hörte unsere Bemerkungen an,
antwortete selten auch nur eine Silbe und schien darüber zu
zürnen, daß der Gegenstand erwähnt worden. Dies war der
traurigste, seine Krankheit begleitende Umstand."

Natürlich starb er, wie der unglückliche Taori, und die
Missionäre bedauerten — nicht etwa seinen Tod, aber — daß
sie nicht im Stande gewesen waren, ihn zu bekehren.

kam ihn erst mit voller Stärke das demüthi-
gende Gefühl seiner Abhängigkeit von einer
Sache, der er sich wohl mit ganzem Eifer, aber
doch aus einem andern Grunde, als nur von
religiöser Schwärmerei getrieben, hingegeben.

Nach allen den Missionsberichten, die er
früher über diese Länder gelesen, glaubte er ein
Volk zu finden, bei dem Mord und blutige
Menschenopfer an der Tagesordnung seien, das
sich von Menschenfleisch nähre, und wo der Kin-
desmord zu den alltäglichen Begebenheiten gehöre. Diesem den Segen der christlichen Religion zu bringen, und mit eigener Lebensgefahr,
wenn es sein müßte, seine furchtbaren Irrthümer zu bekämpfen und ausrotten zu helfen,
war er ausgezogen. Was sich ihm dabei in
den Weg stellte, achtete er nicht — Gefahren,
Beschwerden — freudig wollte er Alles wagen,
um sein schönes Ziel zu erreichen, und sich hoch
belohnt halten, wenn er dem herrlichen Lande
das Heil bringen und die Nacht des Aberglau-
bens mithelfen konnte zu verscheuchen.

Das war aber Alles anders gewesen, als er
es sich gedacht. Schon in Laua fand er vollkommen geregelte Zustände — ja geregelt, wie
er sie nie für möglich gehalten, und die In-
13*

bianer, von denen er geträumt, daß sie nur mit der Kriegskeule und wild bemalt umherstürmten und die Missionen bedrohten, als gehorsame, freundliche Diener der Missionäre, für welche sie Häuser bauten und den Acker bestellten, ja selbst ihre Frauen wie Lastthiere durch das Land karrten. Ebenso wenig konnte er sich verhehlen, daß die bekehrten Insulaner leider zur großen Mehrzahl Heuchler wurden, die aus Angst vor darauf gestellten Strafen wohl die äußeren Formen beobachteten, damit aber auch Alles gethan zu haben glaubten, was man von ihnen verlangen könne.

Handelten die Missionäre darin recht? Er wußte es nicht, aber Zweifel stiegen schon in Laua in ihm auf und fanden in der Art und Weise, wie man hier mit den Eingeborenen vorging, nur ihre Bestätigung. Schon herrschte zwischen den verschiedenen Familien, wenn sie theils noch dem alten Glauben anhingen, theils zu dem neuen übergetreten waren, Haß und Verfolgung; Bruder entzweite sich mit Bruder, das Kind mit den Eltern, und wenn es auch noch zu keinem allgemeinen Kampf gekommen war, konnte ein solcher doch jeden Augenblick

ausbrechen. Und waren sie deshalb nach diesen
friedlichen Inseln gegangen? —

Und er jetzt selber? Worin lag das Ver=
gehen, dessen er sich schuldig gemacht haben
sollte? Daß er eins der holden Kinder dieses
Bodens wahr und aufrichtig liebte und es zu
seiner ehrbaren Hausfrau machen wollte — das
war Alles; und durfte er nicht dadurch gerade
hoffen, einen größeren Einfluß auf die Einge=
borenen zu gewinnen, indem sie größeres Ver=
trauen zu ihm faßten? — Wer hatte dabei die
Gesetze gegeben, die ihn verhindern sollten einen
solchen Schritt zu thun? — Nichts davon stand
in der Heiligen Schrift, und nur die Missions=
gesellschaft selber — entweder in ihrer Unkennt=
niß der hiesigen Verhältnisse, oder auch von
wohlmeinenden Gründen, die aber nicht überall
stichhaltig sein konnten, bewogen, hatte ein so
hartes und hier doch jedenfalls ungerechtes Ver=
bot erlassen. Und mußte er sich dem fügen?

Aber was wollte er gegen die ganze Mission
der Inseln ausrichten? Und welche Berichte hätte
sie nachher über ihn nach Europa gesendet? Und
Tama, das arme Kind, um deren Herz und
Hand er schon geworben, und das mit voller,
heiliger Liebe an ihm hing! Ja selbst der alte,

trotzige Häuptling Tamorura, dessen Einwilli=
gung er so dringend erbeten — was würde der
sagen, wenn der Fremde, den e r durch eine
solche Verbindung geehrt glaubte, jetzt den Be=
fehl seiner Oberen brachte, das Hupai=Thal
augenblicklich zu räumen und Tama auf immer
zu verlassen?

Die Gedanken jagten sich ihm wild und toll
durch das Hirn, und er sah die paradiesische
Scenerie gar nicht, durch welche er hinschritt,
denn in seinem Herzen war Nacht, tiefe Nacht.

Auch die Eingeborenen, die ihn begleiteten,
störten ihn. Es waren lauter Creaturen des
Missionärs, wenn auch der Schlimmste, Vaya,
unter ihnen fehlte. Er wußte dabei ganz genau,
daß Mr. Lowe sie ihm nur einzig und allein
deshalb mitgegeben hatte, um jeden seiner Schritte
zu überwachen und darüber zu berichten, und
der Gedanke — als er sich darüber klar ge=
worden — empörte ihn am meisten.

Auch der Befehl selber zeigte ihm die volle
Abhängigkeit, in der er stand, und die nicht ein=
mal eine Vertheidigung gestattete. Nur gehor=
chen sollte er, blindlings gehorchen und sich als
Werkzeug benützen lassen für sogenannte „höhere
Zwecke". Dank durfte er dabei von seinen Vor=

gesetzten nicht erwarten, das hatte er bei Fremar gesehen, der in der kurzen Zeit hier Außerordentliches geleistet. Und welche Anerkennung war ihm dafür geworden? Man gab auch ihm einen Vorgesetzten, sobald man den Boden hier gehörig vorbereitet wußte, damit der Ruhm des Erfolges nicht auf ein jüngeres Haupt fallen sollte. Und Fremar? Ja, er war trotzdem glücklich, denn ihm hatte ein wunderbares Geschick das Schönste beschieden, was sich ein Mensch nur wünschen kann: eine glückliche Häuslichkeit und ein Wesen zur Gattin, dem man gut sein mußte, wenn man es nur sah. Er aber sollte hier elend und einsam bleiben, nur weil die Missionäre es nicht für nützlich hielten, daß Einer aus ihrer Mitte seine Hand einer Tochter des Landes gebe.

Und wenn er sich ihnen widersetzte und sie ihn ausstießen, welche Mittel standen ihm dann zu Gebote, sich hier am Leben zu erhalten? Alles, was die Missionäre brauchten, bekamen sie reichlich von der Mission gesendet, aber nur durch die Hände der Oberen gingen diese Zuschüsse, und sie hatten jedenfalls die Macht, wenn nicht auch das Recht, ihm Alles zu verweigern, sobald er ihren Befehlen nicht mehr

gehorchen wollte. Und was würde dann aus
ihm, wenn er hier, abgeschnitten von der Welt,
allein auf einer dieser Inseln saß und nicht ein=
mal Mittel und Wege wußte, selbst nur einen
Brief an die Missionsgesellschaft daheim ge=
langen zu lassen, um dieser auseinander zu setzen,
wie sich Alles verhielt? Sobald die Missionäre
keinen Brief an die Oberbehörde wollten gelangen
lassen, wer war im Stande ihn zu befördern?
In ihren Händen lag in der That die Macht
und Gewalt, und wohin er sich auch wendete,
er blieb von ihnen abhängig, da er sich ja nicht
einmal nach einer der anderen Inseln wenden
konnte, ohne ihre Fahrzeuge zu benützen.

Von solchen trüben Gedanken erfüllt, schritt
er weiter durch das reizende Thal, bis er endlich
jene Stelle erreichte, von wo aus man den See
mit den darum geschmiegten Hütten überschauen
konnte. Es war ein Paradies, aber er trug die
Hölle im Herzen.

Da raschelte etwas in den Büschen über ihm.
Tama, das holde, herzige Kind, das seine ganze
Seele erfüllte, kam leicht geschürzt von der Höhe
herabgesprungen und streckte ihm freudestrahlend
die Hand entgegen.

„Wo bist Du so lange geblieben, böser

Mann?" sagte sie herzlich. „Wie hat sich Tama um Dich gesorgt — und was sagen Deine Freunde?" setzte sie ängstlich hinzu. „Dein Antlitz sieht so bleich und gramerfüllt aus."

Martin warf einen scheuen Blick auf die ihm folgenden Insulaner; er wußte, daß sie Alles, was sie von ihm sahen, getreulich an Mr. Lowe berichten würden, und gerade dieser hatte ihm den strengen Befehl ertheilt, mit Tamoruva's Tochter auf keine Weise wieder zu verkehren. Auch Alles, was ihm in der letzten halben Stunde die eigene Vernunft zugerufen, und ihn gemahnt und gewarnt, zuckte ihm mit Blitzes= schnelle durch die Seele; aber es war auch nur ein Moment. Er sah wieder in Tama's treue Augen; er hörte ihre Stimme, die lieben, lieben melodischen Laute — er fühlte den Druck ihrer Hand, und Alles, was ihm kluge Vorsicht an= gerathen, war vergessen in dem Einen seligen Begegnen der Geliebten.

„Geht Ihr voran," sagte er ruhig, aber so bestimmt zu den eingeborenen Dienern, daß diese kein Wort der Entgegnung wagten. „Geht nur in meine Hütte und erwartet mich dort, ich komme bald nach. Röstet Euch Brotfrucht und

brecht von meinen Früchten, Ihr findet im
Ueberfluß zu essen.“

Die Eingeborenen zögerten einen Moment;
sie wußten recht gut, was ihnen der Mitonare
aufgetragen hatte; Paya, ihr sonstiger Führer,
war aber nicht bei ihnen, und mit der Gleich=
giltigkeit dieser Stämme gegen Alles, was nicht
den unmittelbaren Moment betraf, überlegten
sie auch nicht lange. Was die beiden Mitonares
mitsammen hatten, mochten sie auch mitsammen
ausmachen. Sie waren auf dem Wege hungrig
geworden, und es verstand sich von selbst,
daß sie erst einmal vor allen Dingen essen und
trinken mußten. Außerdem hatten sie Freunde
am Hupai=See, die sie gern wiedersehen woll=
ten, und ohne sich deshalb weiter um den Mito=
nare und Tamoruva’s Tochter zu bekümmern,
verfolgten sie, rascher als sie bisher gegangen,
den hier sonnigen Weg, um bald wieder in den
Schatten der wehenden Cocospalmen zu ge=
langen, die ihnen von dort schon herüberwinkten.

„Und Du gehst jetzt nicht wieder fort von
mir, Matina?“ rief Tama, als die Träger kaum
aus Hörweite waren, indem sie ihm ängstlich
in’s Auge sah, „Du bleibst bei mir in Hupai,
daß ich Dich nicht mehr missen muß?“

„Ich bleibe bei Dir, Tama!" rief Martin, seiner Sinne kaum mehr mächtig, indem er sie leidenschaftlich mit dem rechten Arm umschloß. „Nichts soll uns mehr trennen, nichts, selbst nicht das kalte, herzlose Wort der Mitonares, die ja doch nur Sinn für ihre Gebete haben."

„So warst Du nicht glücklich mit ihnen?" rief Tama angstvoll. „O, ich wußte es, daß sie es Dir weigern würden. Sie sind so stolz und hart, und nur mit ewigen, entsetzlichen Strafen drohen sie für das kleinste Vergehen. Wie grau= sam muß ihr Gott sein!"

„Tama," rief da der junge Missionär, dessen Blick, während das Mädchen sprach, in Glück und unaussprechlicher Liebe an ihr gehangen hatte, „was da auch kommen möge, was uns entgegentritt und auseinanderreißen will: Dein bin ich für dies ganze Leben, Dein hier und dort, und Dein Glück soll das meine, Deine Heimath der Ort sein, wo auch ich mein Haupt niederlege. Willst Du ebenso treu und lieb bei mir ausharren?"

„Ich will Dein Weib sein," sagte das junge Mädchen herzlich, „Dein treues Weib für jetzt und immerdar, und will Dich lieben und Dir gehorchen, wie ich meinem Vater gehorcht habe alle Zeiten. Ich will auch zu Deinem Gott beten, wenn Du mich lehren kannst ihn zu lieben, und Dir vertrauen, daß Du mich den rechten Weg führst."

„Dann komme, was da wolle!" rief Martin jubelnd aus. „Deine schöne Insel trägt Früchte genug, und Fische füllen die Binnenwässer und Seen mit ihrem muntern Schwarm. Arbeiten kann ich und will ich; der Boden ist fruchtbar und giebt tausendfältig; Deine Eltern werden mich ebenfalls lieben, und meine Freunde müssen den Entschluß, wenn sie ihn auch vielleicht nicht billigen, doch jedenfalls achten. Sie haben aber keine Macht über mich, um mir Zwang aufzu=erlegen, daß ich unglücklich würde mein ganzes Leben lang. Und nun komm zu Deinem Vater, Herz, daß er Freude an seinen Kindern hat. Komm, laß uns zu ihm und unsere Pläne für die Zukunft bauen." Und seinen Arm um sie schlingend, in seligem Vergessen seiner eigenen, eigenthümlichen Stellung auf den Inseln, nur von der Liebe erfüllt, die ihm das holde Wesen an seiner Seite eingeflößt, schritt er mit ihr dem sonnenhellen See zu, und der Himmel lachte dazu in reiner, durch nichts getrübter Bläue auf das glückliche Paar hernieder.

Tamoruva, der alte heidnische Häuptling, runzelte allerdings finster die Stirn, als ihm der junge Missionär offen erzählte, daß „seine Brüder" mit seiner beabsichtigten Heirath nicht einverstanden wären und sie ihm wehren woll=ten, er aber fest entschlossen sei, bei ihm und den Seinen auszuhalten und ihr Schicksal mit ihnen zu theilen. Doch zog dann auch wieder ein grimmes Lächeln über seine Züge, als er sagte:

„Ist ihnen Tamoruva's Hütte nicht vornehm genug? Bei dem Gott von Bolutu! sie fänden keine eblere auf der Insel, selbst nicht die Ra=mara Toa's, dessen Vorfahren nur wie Räuber in unser Land brachen und den Boden wie das Land unterjochten. Aber laß sie, Matina, wir brauchen sie nicht. Sie tragen auch den Gott, den sie fortwährend auf der Zunge haben, nicht im Herzen; sie sind stolz und hochmüthig und wollen uns nur unter das blaue Buch beugen. Schmach über sie! Wäre nur Matangi Ao meinem Rathe gefolgt, so hätte er nicht ge=duldet, daß Taori die Schande ertragen mußte, die er jetzt trägt, sondern — doch es ist gut," brach er plötzlich ab, „er hat es selber gewollt; aber Du, Matina, bist sicherer hier im Hupai=

Thal, als die bleichen, finsteren Männer dort brunten an ihrer Bai."

„Sie wollen mich nach Afaru schicken," sagte Martin, „ich soll nie hierher zurückkehren."

„Und gehst Du?" fragte ihn der Häuptling ruhig.

„Nein, bei dem Himmel da droben, ich gehe nicht!" rief der junge Missionär heftig. „Sie mögen jetzt mit mir thun was sie wollen; mich können und sollen sie nicht zwingen. Ich bleibe bei Euch, bei Tama, und will einer Eures Volkes werden; vielleicht lernt Ihr auch dadurch unsere heilige Lehre liebgewinnen."

„Ich will Dir etwas sagen, Matina," bemerkte der Häuptling trocken. „Wenn Du gedenkst hier in Frieden zu leben, so laß uns unsern Glauben. Erzähle uns, so viel Du willst, von den Einrichtungen und Sitten Deines Stammes, und finden wir etwas Gutes darin, was auch für uns passend wäre, so können wir immer Nutzen daraus ziehen; aber so ohne Weiteres Alles, was unsere Väter geglaubt, über den Haufen werfen, das geht nicht und darf nicht sein. Weshalb sollen wir glauben, daß Dein Gott die ganze Welt mit einem einzigen Wort erschaffen habe, wenn Du uns nicht

einmal glauben willst, daß einer unserer
Götter diese kleine Insel mit einer Angel aus
dem Meer gezogen habe? Woher wißt Ihr
überhaupt, daß es nicht wahr ist, da es vor
langen, langen Jahren geschah und Ihr erst jetzt
hierher gekommen seid? Ihr sagt, der Gott von
Bolutu habe gar keine Kraft, und doch kennt
Ihr ihn gar nicht, ja wißt nicht einmal, wo
seine Insel liegt. Geht mir mit Euren Er=
zählungen! Ich soll glauben, daß ein Fisch
einen Menschen verschlungen und ihn nach drei
Tagen lebendig wieder ausgespieen habe, und ein
Mann auf einem feurigen Wagen nach dem
Himmel gefahren sei, und Ihr behauptet, unsere
Erzählungen von der Entstehung Motuas seien
Lügen, wo Du noch deutlich den Platz sehen
kannst, in welchem der Haken eingegriffen hat.*)
Geh, Du träumst. — Aber was sollen die
Männer bei Dir, die Du mit herübergebracht?"

„Sie sind mir mitgegeben," sagte Martin,
„um meine Sachen an die Küste zu schaffen,
damit ich sie dort nach Afaru einschiffen kann."

„Also Du gehst nicht mit ihnen?"

------

*) Diese Sage findet sich auf verschiedenen Inseln, und
eine Höhle in irgend einem Felsen wird dann gewöhnlich als
der Platz bezeichnet, in welchem damals der Haken gefaßt habe.

„Nein!“

„Gut, so schicke sie wieder fort. Sie gehören zu dem weißen Mann. Sie mögen bei ihm bleiben. Sie können sich hier mit Speise und Trank erfrischen und ausruhen, dann sende sie heim; wir brauchen sie hier nicht.“

Damit wickelte sich der Häuptling in seinen Gnatumantel und schritt hinaus in den Wald. Alle Gespräche über Religion waren ihm verhaßt. Er mochte nichts weiter davon hören.

Martin, jetzt fest entschlossen, seinem Vorsatz treu zu bleiben und auf seiner Heirath mit Tama fest zu bestehen, mochten die Missionäre darüber sagen, was sie wollten, kehrte in der That auch augenblicklich zu den Laua-Insulanern zurück und melbete ihnen, daß sie leer nach Motua-Bai zurückkehren müßten. Er würde hier oben bleiben und später selber Mr. Lowe Bericht erstatten.

Einer der Leute erwiderte ihm nun allerdings, sie hätten strengen Befehl Alles mitzubringen, was noch hier oben Eigenthum der Mission sei, er bedeutete sie jedoch, sich darum nicht weiter zu kümmern, und da diese glücklichen Menschen eigentlich nichts weiter verlangen, als daß sie sich um nichts zu kümmern

brauchen, so hatten sie auch nicht das Ge=
ringste mehr dagegen. Auch an den Heimweg
dachten sie nicht so rasch. Wäre Paya bei ihnen
gewesen, so würde er sie wohl dazu getrieben
haben, denn Lowe konnte sich keinen folgsameren
Diener wünschen; so aber blieben sie ruhig im
Schatten der Palmen liegen, oder fuhren auch
vielleicht einmal auf den See hinaus, um zu
fischen. Zeit! Was war ihnen Zeit?

So trieben sie sich ein paar Tage dort
müßig herum, bis sie doch selber fühlen moch=
ten, daß sie an die Rückkehr denken mußten, um
dem Mitonare Bericht abzustatten. Das aber
war kurz vor Ausbruch des Sturmes, und als
dieser herannahte und auch im Hupai=Thal viel
Verwüstung anrichtete, krochen sie natürlich wie=
der in die nächste Hütte, um das Wetter abzu=
warten. Bei einem solchen Orcan durften sie
nicht daran denken durch den Wald zu gehen,
beschlossen aber, am nächsten Morgen jedenfalls
aufzubrechen. Am nächsten Morgen mußten sie
aber natürlich erst ihre Brotfrucht backen und
nachher auch noch selbstverständlich helfen, das
durch den Sturm beschädigte Dach der Hütte
auszubessern, in der sie die Nacht verbracht. So
rückte der Nachmittag heran, und sie brauchten

jetzt nur die Abendkühle abzuwarten, um ihren Marsch wirklich anzutreten. Vorher aber kam der Bote von der Motua-Bai, der die plötzliche Krankheit Taori's melbete und augenblicklich den allein in der Chirurgie erfahrenen Bruder Martin an sein Lager rief.

Martin selber wäre allerdings jetzt lieber nicht so rasch zu Bruder Lowe zurückgekehrt. Er hatte sich vorgenommen gehabt, ihm erst zu schreiben und ihm die Gründe seines Verfahrens in einem Briefe auseinander zu setzen. Er hätte sich dann dieselben noch einmal mit Fremar ruhig überlegen können, und daß ihn Fremar's junge Frau, so viel in i h r e n Kräften stand, dabei unterstützen würde, davon war er fest überzeugt. Jetzt ging das nicht mehr, denn er hatte den jungen Taori, der sich gegen ihn immer so offen und herzlich gezeigt, selber zu lieb, um ihn lange ohne Hilfe zu lassen. Er d u r f t e da nicht säumen, und was er deshalb an Medicin besaß, die er für diesen Fall als passend hielt, raffte er zusammen und überraschte seine Leute jetzt selber mit dem plötzlichen Befehl zum Aufbruch

Tamoruva aber war außer sich, als er die Nachricht von Taori's Krankheit bekam, denn er liebte den jungen Häuptling wie seinen eigenen Sohn. Er wäre auch gleich selber mit einem Schwarm seiner Anhänger nach der Küste hinab=geeilt, aber Martin bot alle seine Beredtsamkeit auf, ihn daran zu verhindern; fürchtete er doch nicht mit Unrecht, daß es in dem Fall leicht, ja wahrscheinlich zu offenen Feindseligkeiten kom=men könne, die jedenfalls unter den Eingebore=nen verschiedenen Glaubens vermieden werden mußten. Er versprach ihm aber, augenblicklich einen Boten zurückzusenden, oder vielmehr einen von seinen eigenen Leuten mitzunehmen, der ihm dann ohne Aufenthalt Nachricht bringen konnte, wie es mit dem Sohn des Königs stand, und war irgend welche Gefahr vorhanden, dann wollte er ihn selber gleich herauf, in das mildere Klima von Hupai schaffen lassen, um ihn hier unter steter Pflege zu behalten.

Noch an dem Abend erreichte er die Motua= Bai, wenn auch schon in tiefer Nacht, und schlief in Ramara Toa's eigenem Hause, der aber den Sohn nicht wieder wollte wecken lassen. Er war an dem Abend sehr schwach gewesen, und Mar= tin glaubte selber, daß Ruhe die beste Cur für ihn sei; hielt er doch sein Leiden für nicht so schwer. Auch Mr. Lowe vermied er noch zu

sprechen, obgleich diesem die von ihm mitgegebe=
nen Leute jedenfalls Meldung gemacht. Sie
hatten sich zu lange im Hupai=Thal aufgehalten,
um damit zu zögern, da sie einmal an Ort
und Stelle waren.

Heute wäre es aber doch zu spät gewesen,
um noch etwas Weiteres zu bereden, wenn selbst
Mr. Lowe gewollt hätte. Nur Mr. Fremar
suchte er noch auf und hatte mit diesem eine
lange Besprechung, dann zogen sich die beiden
Missionäre wieder zu ihren verschiedenen Schlaf=
stellen zurück, und der Friede Gottes ruhte auf
der stillen Bai.

9.

Zurück nach Hupai.

Am nächsten Morgen war der Missionär Martin mit dem ersten Tagesgrauen auf und an Taori's Lager. Der junge Häuptling streckte ihm freundlich die Hand entgegen, als er ihn sah; aber es wurde ihm selbst schwer, sich auf seinen Ellbogen emporzurichten. Er hatte einen Schmerz in der Seite, und Martin erkannte bald, daß es sich hier um mehr als ein vorüber=gehendes Unwohlsein handle.

Dabei klagte der Kranke über Beängstigung, und viel mochte dazu die ewige Unruhe am Strande, dicht vor seinem Lager, beitragen, da die Eingeborenen gerade emsig beschäftigt waren, Alles, was das verunglückte Fahrzeug enthielt, zu bergen und in der unmittelbaren Nähe von

Ramara Toa's Wohnung aufzuspeichern. Ja selbst dicht neben dessen Haus errichteten sie ein anderes, um die Güter vor Regen zu schützen, und das war mit beginnendem Tag ein Klopfen und Hämmern, ein Schreien und Toben, Lachen und Zanken, daß einem gesunden Menschen der Kopf davon wirbeln konnte, wie viel mehr dem der Ruhe bedürftigen Kranken.

Einua, seine Mutter, bewachte ängstlich sein Lager, Martin sagte ihr aber ohne Weiteres, daß Taori von hier fort und in sein stilles Thal ge= schafft werden müsse; sie könne ihn lieber be= gleiten. Dort solle er auch treue Pflege finden, und in der kühleren Luft von Hupai würde er sich hoffentlich bald wieder erholen.

Ramara Toa war nicht recht damit einver= standen, und zu jeder andern Zeit würde er sich einem solchen Vorschlag auch vielleicht entschieden widersetzt haben; heute oder vielmehr jetzt aber bewog ihn auch Manches, Taori's Abwesen= heit gerade zu wünschen, denn wichtige Pläne trug er im Kopf herum, mit denen Taori, wie er recht gut wußte, nie im Leben einver= standen gewesen wäre. Es blieb also immer besser den Sohn zu entfernen, dem gegenüber er sich noch dazu einer Schuld bewußt war. Daß

die Krankheit lebensgefährlich sein könne, dachte
er keinen Augenblick.

Allerdings würde es ihm viel lieber gewesen
sein, wenn Taori seinen nächsten Aufenthalt
irgendwo an der Küste genommen hätte, denn
er kannte zu gut den „bösen Geist‟, der im
Hupai=Thal herrschte; dagegen protestirte aber
Martin auf das entschiedenste, denn gerade die
kühle Luft in den Bergen sollte ja wohlthätig
auf ihn einwirken, und außerdem sehnte sich der
Kranke selber nach seiner Heimath, in die er
zurückzukehren wünschte. Er wollte in die Hütte
am stillen See, wo er das ewige Brausen der
Brandung nicht mehr hörte, denn sie erinnerte
ihn, wie er sagte, an die fröhliche Zeit, die sie
sonst dort verlebt, und — an das Elend, das
jetzt über sie hereingebrochen wäre.

Freiwillige Träger erboten sich augenblicklich
im Ueberfluß, wie der Umzug des Königssohns
nur bekannt wurde, um ihn leicht und bequem
über den rauhen Weg zu schaffen. Er war ja
seit seiner frühesten Jugend der Abgott des Volkes
gewesen, und besonders alle die damals aus Afaru
Verurtheilten, mit denen er zusammen gearbeitet,
drängten sich herzu und umlagerten die Wohnung

des Königs, nur um die Ersten zu sein, die ihn auf ihre Schultern nehmen durften.

So rasch ging das freilich nicht. Vor allen Dingen mußte eine gute und bequeme Trage hergerichtet werden, auf welcher der Kranke ausgestreckt liegen konnte, da ihm selbst das Sitzen Schmerzen verursachte, und dann war es außerdem nöthig, nicht allein das Frühstück zu bereiten, sondern auch noch Lebensmittel herzurichten, von welchen die kleine Karawane unterwegs zehren konnte. Martin benützte diese Zeit, um zu Fremar's Wohnung hinaufzusteigen, denn Bruder Lowe war natürlich von seiner Ankunft unterrichtet und hatte ihn schon ersuchen lassen, dorthin zu kommen, da sie ihn oben zu sprechen wünschten.

Er wußte was ihn da erwartete, war aber auch fest entschlossen, keine Linie breit von seinem einmal gefaßten Vorsatz abzuweichen. Deshalb fest die Zähne aufeinander gebissen, schritt er am Strand entlang und Fremar's Wohnung zu.

Er sah dabei das gestrandete Schiff und erfuhr die Einzelheiten, wenigstens in flüchtigen Umrissen, von ihm begegnenden Insulanern; aber er trug andere Dinge im Herzen, als solche Neuigkeiten, die für ihn doch nicht von Interesse

sein konnten. Was kümmerten ihn die Fremden,
denen er doch nicht mehr helfen konnte, was die
Beutestücke, die der König jetzt daheim aufhäufte!
Tama, das war der einzige Gedanke, der sein
Herz erfüllte, Tama, seine liebe, holde Blume
des Thales, das Ideal dessen, was er in seinen
schönsten Träumen erstrebt, was ihm das Herz
bewegte, als es ihn herüberzog zu den stillen,
frieblichen Inseln dieser See. Das Glück und
Heil wollte er ihnen bringen, so wie es ihm
vorschwebte in voller und klarer Reinheit. Aus
der Pracht ihrer Heimath wollte er die Furcht
vor blutigen Götzenbildern scheuchen, nicht Haß
und Eifersucht, Neid und wüthende Glaubens-
verfolgung in ihre Hütten, unter ihre Palmen
tragen. Und was hatte er jetzt gethan, daß eben
diese Missionäre, die sich die Diener des alleinigen
Gottes nannten, über ihn zu Gericht sitzen
konnten? Was hatte er verbrochen, daß er ihren
Zorn zu fürchten brauchte?

Nichts! Er war sich keiner Schuld bewußt.
Daß er das Mädchen, die Tochter des Häuptlings,
liebte und sie zum Weibe begehrte, konnte keine
Sünde sein, denn ihre Religion verbot ja nicht
dem Geistlichen die Ehe. Und was sonst? Daß
ihre Haut braun war und ihr Herz unter einem

Gnatu-Mantel schlug? O, es klopfte da wärmer, als unter dem schwarzen, heißen Rock dieser Priester eins schlagen konnte. Aber er mußte wohl, welches Ziel sie dabei verfolgten: nur diese ewige, rastlose Herrschsucht, die sie weiter und weiter trieb und sich besonders auf Alles ausdehnte, was nur mit ihnen in der geringsten Verbindung stand. Keiner der von ihnen Abhängigen sollte auch nur den geringsten Grad von Freiheit erreichen, in der er sich ihnen vielleicht einmal entziehen konnte; ja nicht einmal ein freier Wille wurde den Einzelnen gestattet, und gegen das empörte sich sein Herz.

Mit ähnlichen Träumen wie Berchta war er herüber auf die Inseln gekommen, mit ähnlichen Vorsätzen, das Glück der Eingeborenen zu begründen. Jetzt fing er an einzusehen, daß Alles nur auf eine leere Form hinauslief, in welcher man den Erfolg suchte und fand. Nur wenn sich die Insulaner dieser fügten, betrachtete man sie als neugewonnene Christen; was sonst aus ihnen wurde, blieb sich gleich.

Armer Taori! Auch dieses junge, lebensfrohe Herz hatten sie gebrochen, indem sie das Unmögliche von ihm verlangten. Mitten in seiner schönsten Jugendzeit sollte er plötzlich alle dem

entsagen, was für ihn früher in harmlosen Spie=
len sein Glück, seine Freude gewesen. Ernst und
mit dem Leben abgeschlossen, wie sie selber ihre
trübe Bahn gingen, sollte er mit Einem Schlage
vergessen, daß er jung und glücklich, daß er ein
Königssohn sei, und sich nur dem fügen, was
sie ihm als von Gott selber eingesetzt brachten,
und Gott selber hatte ihm doch das fröhliche Herz
und die lachende Natur umher gegeben, um sich
ihrer zu freuen und darin zu schwelgen.

Und das Nämliche waren sie jetzt im Begriff,
mit ihm zu thun; aber trotzig blitzte sein Auge, denn
da hörte ihre Macht auf. Sie konnten an die
Gesellschaft daheim berichten, daß er sich ihren
Befehlen nicht mehr gefügt, ja, und dann im
allerschlimmsten Fall bestimmen, daß er nicht
mehr als von ihnen angestellter Missionär be=
trachtet werden solle — weiter nichts. Das war
das Aeußerste, er selber aber fest entschlossen,
das zu erwarten, und wie er sich damit nur im
Reinen fühlte, verfolgte er seinen, jetzt nur noch
kurzen Weg auch viel entschiedener und rascher.

Er fand die beiden Missionäre oben in Fre=
mar's Haus gerade beim Frühstückstisch, Berchta
saß mit daran und stand freundlich auf, um ihn
zu begrüßen, wie er nur die Schwelle betrat.

Mr. Lowe und Fremar blieben sitzen und sahen Beide sehr ernst aus. Berchta aber, ohne das selber zu beachten, obgleich sie nur zu gut wußte, welche Scene folgen würde, lud den jungen Gast ein, an ihrem frugalen Mahle Theil zu nehmen, und Martin, der nicht wollte merken lassen, wie unbehaglich ihm doch jetzt zu Muthe sei und wie ihm das Herz klopfte, grüßte die Herren achtungsvoll und folgte dann ohne Weiteres der Einladung.

„Und wie geht es dem armen Taori?" fragte Berchta, als keiner der beiden anderen Herren Lust zu haben schien, eine Unterhaltung zu eröffnen, „sein Zustand hat doch hoffentlich nichts Bedenkliches? Der Gedanke würde mich zu unglücklich machen."

„Ich fürchte das Schlimmste für ihn," sagte Martin leise.

„Es wäre entsetzlich!"

„Er muß sich, vielleicht beim Heben irgend eines schweren Gegenstandes, etwas im Innern verletzt, vielleicht ein Blutgefäß gesprengt haben, und ist das der Fall, so vermag menschliche Kunst nichts, um ihn wieder herzustellen. Nur die Natur hilft ihm vielleicht noch darüber hin."

„Oder Gott," sagte Mr. Lowe ernst. „Sie

scheinen übrigens die Sache zu schwarz zu sehen, Bruder Martin, denn diese Insulaner sind von der geringsten Anstrengung sehr leicht geworfen, erholen sich aber auch ebenso rasch wieder, und ich habe überhaupt in diesem Fall einen nicht ganz unbegründeten Verdacht, daß sich der junge Herr nur krank stellt, um der weiteren, ihm unbequem geworbenen Arbeit damit enthoben zu werden, was ihm auch vollständig gelungen ist. Ramara Toa hat in einem sehr unrecht am Platz gewesenen Gefühl von Schwäche sämmtlichen Verbrechern die weitere Strafe erlassen."

„Verbrechern, Mr. Lowe?" sagte Berchta weich. „Können wir das, wessen sie sich schul=dig gemacht, wohl ein Verbrechen nennen?"

„Allerdings, Schwester Bertha," sagte der Missionär ernst, ja scharf, „und es thut mir wirklich in innerster Seele weh, daß Sie gerade das nicht zu fühlen scheinen."

„Ich kann es nicht begreifen."

„Das ist schlimm, sehr schlimm, denn wie können wir erwarten, daß sich die Eingeborenen mit ganzer Seele dem wahren Glauben zuwen=ben sollen, wenn ihnen dabei gestattet bleibt, ihren heidnischen Gebräuchen nach wie vor zu folgen? Doch das ist ein Capitel, worüber wir

schon zu viel und, wie ich zu meinem Bedauern
sehe, noch selbst bei Ihnen vergeblich gesprochen
haben. Lassen Sie uns zu wenn nicht ernsteren,
doch für den Augenblick wichtigeren Dingen
übergehen, denn wie ich sehe, hat Bruder Mar=
tin sein Frühstück beendet.‟

Bruder Martin hatte allerdings kaum ange=
fangen, aber auch wahrlich in seiner jetzigen
Stimmung keinen Appetit zum Essen. Die
Bissen blieben ihm im Munde stecken, denn an
der ganzen Art und Weise des sonst wohl stren=
gen, aber auch nicht unfreundlichen Missionärs
sah er, daß er gereizt und jedenfalls über ihn
entrüstet war. Aber es half jetzt nichts; er
hatte das Alles vorher gewußt, ehe er nur
herankam, und es galt nun dem, was wider
ihn vorgebracht werden konnte, ruhig zu be=
gegnen.

Fremar selber hatte noch keine zehn Worte
gesprochen. Er kannte Martin von Laua her
und war immer freundschaftlich, ja brüderlich
mit ihm gewesen. Der vorliegende Gegenstand
mochte ihm deshalb selber peinlich oder doch
schmerzlich sein. Lowe war aber auch sein
Vorgesetzter, deshalb stand ihm das Wort nicht

zu, und er überließ es diesem gern, die ganze böse Sache zu erörtern.

„Bruder Martin," begann jetzt Lowe nach einer kleinen Pause, in der er seinen Teller zurückschob und den jungen Mann über seine Brille fest und ernst ansah, „wollen Sie vielleicht die Güte haben mir zu erklären, weshalb Sie der direct und vollkommen deutlich Ihnen zugegangenen Ordre nicht genügt und unverweilt Ihre Sachen aus dem Hupai-Thal herübergeschafft haben, um Ihre neue Stellung in Afaru einzunehmen? Ich hatte Ihnen selbst meine Träger zu dem Zweck mitgegeben. Sie können mich doch nicht mißverstanden haben."

„Nein, Mr. Lowe," sagte der junge Mann, der aber vor innerer Aufregung so blaß geworden war, daß Berchta's Blick mitleidig auf ihm haftete, „das habe ich auch nicht. Ich verstand vollkommen, was Sie mit der Ordre meinten, und bin auf dem ganzen Weg, bis in das Hupai-Thal, ernstlich mit mir zu Rathe gegangen, wie ich in diesem Falle vor Gott und meinem Gewissen handeln solle."

„Sie sind mit sich zu Rathe gegangen?" rief der Missionär erstaunt. „Und hatten Sie

etwas Anderes zu thun, als dem Ihnen gewor=
benen Befehle zu gehorchen?"

„Allerdings," erwiderte Martin, der jetzt seine
volle Ruhe wieder erlangt hatte, „es galt hier
das Glück und den Frieden meines ganzen Le=
bens, und nicht allein mein Verstand, nein,
auch mein Herz beanspruchte eine Stimme in
diesem Falle."

„Und wissen Sie, daß die Gesellschaft —"
fuhr Lowe auf. Martin ließ ihn aber nicht
ansreden.

„Ich weiß Alles," erwiderte er fest. „Be=
richten Sie an die Gesellschaft, Mr. Lowe, daß
ich dieses Einemal Ihrem Befehle nicht gehorcht
habe, weil ich fest entschlossen sei, Tama, die
Tochter Tamoruva's, als mein braves Weib
heimzuführen und treu und ehrlich bei ihr
auszuhalten mein ganzes Leben lang."

„Das ist offene Empörung!" rief Mr. Lowe,
von seinem Stuhl emporfahrend, denn auf diesen
Wiberstand war er bei dem sonst so schüchternen
jungen Manne nicht gefaßt gewesen.

„Und doch so friedlicher, harmloser Art,"
lächelte Martin. „Ueberlegen Sie sich die Sache,
Mr. Lowe, ruhig und leidenschaftslos, selbst nicht
einmal in meinem Interesse und mein Glück

nicht berücksichtigend, sondern nur im Interesse der Mission selber. Bedenken Sie, welchen Nutzen ich bei so genauer Verbindung mit einem der einflußreichsten Häuptlinge des Landes der guten Sache bringen kann, und urtheilen Sie dann mild und freundlich über mich."

„Mir steht kein Urtheil darüber zu," sagte Mr. Lowe mit finster zusammengezogenen Brauen. „Alles, was ich thun kann, ist, den ungewöhnlichen und traurigen Fall ungesäumt und mit nächster Gelegenheit an die Gesellschaft zu berichten; deren Urtheil müssen Sie erwarten, und ich bedauere außerdem, Ihr unchristliches Gesuch dabei nicht einmal befürworten zu können. Sie aber haben sich jetzt, bis die Antwort von daheim eintrifft, ungesäumt auf Ihren Posten nach Asaru zu begeben und dort das Weitere abzuwarten, und ich hoffe, daß Sie dem augenblicklich Folge leisten werden."

„Das geht aus zwei Gründen nicht," sagte Martin ruhig; „erstlich habe ich den ungesäumten Transport des jungen Prinzen Taori nach dem Hupai-Thal verfügt, um ihn in die kühlere Luft der Berge zu schaffen —"

Sie haben darüber verfügt?" rief Lowe, fast außer sich vor Erstaunen.

„Ja, als sein Arzt," sagte Martin kalt, denn er selber fühlte sich jetzt durch die wegwerfende Behandlung verletzt, „und dann bin ich fest entschlossen, die Entscheidung der ehrwürdigen Missionsgesellschaft nicht abzuwarten, sondern gleich nach meiner Rückkehr in das Hupai=Thal Tama als mein liebes Weib heimzuführen."

Lowe hatte aufbrausen wollen und Berchta schon eine schlimme, unheilvolle Scene gefürchtet, aber gerade das Ungeheure, das dem Manne hier in so entschiedener, wie, er meinte, frech ausgesprochener Weise entgegentrat, gab ihm seine Ruhe, sein kaltes Blut wieder, und mit fast ironischer Stimme sagte er:

„Und ist das Ihr letzter Entschluß, Herr Martin?"

„Das ist mein letzter, fester Entschluß," erwiderte der junge Mann feierlich, „so wahr mir Gott helfe!"

„Sehr wohl, Herr Martin," erwiderte der Missionär. „Soweit es den Treubruch gegen die Gesellschaft betrifft, mögen Sie das mit Ihrem eigenen Gewissen abmachen, mir steht in diesem Falle keine weitere Gewalt über Sie zu, denn mit dem Schritt sind Sie selber und freiwillig aus dem Missionsverbande getreten."

„Aber ich bin mir keines Treubruchs gegen die Mission bewußt," rief Martin heftig, „ich will nach wie vor in ihrem Sinn und Geiste wirken; ja nur noch mit um so größerer Freudigkeit."

„Was Sie aus eigener Ueberzeugung thun mögen," erwiderte Mr. Lowe abwehrend, „geht die Gesellschaft nichts mehr an; nur der Anspruch bleibt ihr vorbehalten, den sie an Sie wegen Ueberfahrt und sonstigen Auslagen zu machen hat. Sie selber sind aus dem Verbande ausgeschieden, und ich ersuche Sie auch deshalb, ungesäumt und so rasch es Ihnen möglich ist, Alles an mich oder Bruder Fremar auszuliefern, was sich noch an Missionseigenthum in Ihren Händen findet. Nur eine Bibel mögen Sie behalten, um in deren Studium vielleicht dereinst den Fehltritt zu bereuen, dessen Sie sich jetzt schuldig gemacht. Wir wollen Sie nicht jeder Hilfe, nicht jedes Trostes berauben."

„Und nennen Sie das eine Religion der Liebe, Mr. Lowe?"

„Du sollst nicht andere Götter haben neben mir," sagte Mr. Lowe streng, „so lautet das erste Gebot des Herrn, und ich bin ein eifriger Gott, der über die, so mich hassen, die Sünde der Väter heimsuchet an den Kindern bis in's dritte und vierte Glied."

„Bis in's dritte und vierte Glied," nickte Martin leise vor sich hin mit dem Kopfe, „an dem unschuldigen Nachwuchs der Sünder; aber es hilft hier nichts, mit Worten zu streiten," raffte er sich! wieder empor. „Ich fürchte fast, Sie haben das letzte gesprochen, und ich muß mich deshalb begnügen, aus einem Vereine auszu= treten, dem ich gehofft hatte mein ganzes Leben in treuem Eifer zu weihen. Sie werden mir wenigstens gestatten, mich in einem Briefe an die Missionsgesellschaft selber zu rechtfertigen."

„Das steht Ihnen frei," sagte Mr. Lowe ruhig, „jeder Sünder hat das Recht, sich zu vertheidigen oder sein Vergehen wenigstens zu entschuldigen; ich wäre der Letzte, der Sie dessen berauben möchte. Sie sollen nie sagen können, daß Sie ungerecht behandelt worden sind."

„Ich danke Ihnen dafür, und nun bleibt mir nur noch eine Bitte an Sie, lieber Fremar, nämlich die: sobald Sie irgend können, und wenn Sie mir freundlich gesinnt sind, in den nächsten Tagen die Trauungsceremonie nach dem Brauche unserer Kirche im Hupai=Thal an mir und meiner Braut zu vollziehen."

Fremar zögerte mit der Antwort und sah scheu nach seinem Vorgesetzten hinüber; dieser aber erwiderte ruhig:

„Davon werden Sie absehen müssen, Herr Martin. Sie können uns nicht zumuthen, das zu heiligen, was wir verdammen, denn das hieße Sie nur in Ihrem gottlosen Bestreben unter=stützen.“

„In meinem gottlosen Bestreben, mir einen eigenen Herd zu gründen und dabei alle christlichen Formen zu beobachten?“

„Die christlichen Formen würden bei der Ver=bindung mit einer Heidin nur zum Spott herab=gewürdigt werden.“

„Aber Sie dürfen mir die Trauung nicht versagen!“ rief Martin angstvoll aus.

„Wir dürfen es nicht nur, wir müssen es,“ erwiderte Lowe kalt; aber jetzt hielt sich auch Berchta nicht länger, die bis dahin in peinlicher Spannung dem Verfolg des Gespräches gelauscht hatte.

„Nein, Mr. Lowe,“ sagte sie bewegt, „das dürfen Sie in der That nicht. Ich will Herrn Martin nicht vertheidigen; ich weiß nicht, ob er eines Vergehens schuldig ist oder nicht, denn in einer Sache, die das Herz betrifft, hat eine Frau vielleicht nicht so strenge Rechtsbegriffe wie ein Mann, aber ich weiß in der That nicht, wie Sie eine solche Strenge selbst vor dem Richterstuhl der Mission verantworten könnten."

"Ei, sieh da," sagte Mr. Lowe mit einem unheimlichen Lächeln um die Lippen, "Schwester Bertha tritt selber für eine heidnische Verbindung unter Missionsgliedern ein?"

"Mein liebes Kind," sagte aber auch jetzt Mr. Fremar, der bis dahin schweigend zugehört und nur manchmal durch ein leises Kopfnicken seine Zustimmung zu dem gegeben hatte, was Bruder Lowe sagte, "ich muß Dich ernstlich bitten, unserem Vorgesetzten keine eigene Meinung und noch dazu in einer Sache entgegenstellen zu wollen, deren Umfang und Folgen Du nicht im Stande bist zu übersehen."

"Aber wenn Mr. Martin aus der Verbindung der Missionäre tritt," rief Berchta, nicht im minbesten baburch eingeschüchtert, "und sich auf gleiche Stufe mit den Eingeborenen stellen will, so kann ihm die christliche Trauung nicht verweigert werden. Weshalb sonst sind wir denn Alle hier und haben die Heimath verlassen?"

"Aber Bertha!"

"Bruder Fremar," sagte Lowe mild, "ich sehe

zu meinem innigen Bedauern, daß sogar in Ihrem
eigenen Hause irrige Ansichten über die Wirksam=
keit und Pflichten des Missionswesens herrschen.
Ich überlasse das Ihnen, dieselben zu berichti=
gen. Sie, Herr Martin, haben mein letztes Wort.
Weder ich noch Bruder Fremar können in eine
solche unnatürliche Verbindung willigen, noch
viel weniger den Segen darüber sprechen. Es
wäre Wahnsinn, auch nur an so etwas zu den=
ken. Wollen Sie also Ihrer unseligen Verblen=
dung die Krone aufsetzen, so bleibt Ihnen nichts
Anderes übrig, als sich auch noch, als christlicher
Missionär, einem heidnischen Ritus zu unter=
ziehen und sich auf diese Art in den Besitz Ihrer
Frau zu setzen. Aber ich hoffe doch, daß gerade
diese letzte Alternative Sie davon abhalten wird,
einen Schritt zu thun, der Sie in den Augen
der ganzen Christenheit herabwürdigen und ent=
ehren müßte, denn o h n e diesen Ritus giebt
Ihnen der stolze, freche Tamoruva seine Tochter
n i ch t.“

„Dann möge mir Gott den Schritt verzeihen!“
rief Martin leidenschaftlich aus, „aber so wahr
ich hier stehe, so wahr bin ich fest entschlossen,
ihn zu thun, und er, der Herz und Nieren prüft,

wirb wissen, daß ich ihn dabei nicht verleugnet habe!"

"Du sollst den Namen beines Gottes nicht mißbrauchen, spricht der Herr," sagte Lowe mit eisiger Kälte. "Sie scheinen nach der Reihe zu gehen, Herr Martin, um alle seine Gebote zu übertreten. Aber unter solchen Umständen bleibt uns nichts Anderes übrig, als fortan jeden Verkehr mit Ihnen abzubrechen. Die Mission hat eine Schlange an ihrem Busen genährt unb eine bittere Erfahrung mehr in ihrem bornen= vollen Wirken gemacht. Ziehen Sie in Frieden, aber die Folgen auf Ihr eigenes Haupt. Wir sind für immer geschieden."

"Unb ist bas auch Ihr letztes Wort, Fre= mar?" sagte Martin herzlich.

Fremar zuckte bie Achseln. "Sie haben Alles gehört," erwiberte er, "was sich über bie traurige Sache sagen läßt. Mir bleibt nichts hinzuzu= fügen."

"Dann ist hier nur noch Ein Wesen," flü= sterte Martin, "bem ich wagen barf bie Hanb zu reichen. Leben Sie wohl, Mrs. Fremar. Neh= men Sie ben aus vollem Herzen kommenben Dank eines Unglücklichen, bem Sie gerabe ben einzigen Trost gebracht, benn wenn Sie mich nicht in Ihrem Gebet vergessen, so weiß ich, daß es zu dem Thron des Höchsten bringt. Leben Sie wohl, und seien Sie überzeugt, daß ich, wohin mich auch mein Schicksal treibt, ein guter Mensch bleiben und Gottes Geboten folgen werde."

Er reichte ihr dabei die Hand, die sie, mit einer Thräne im Auge, nahm. Es war einmal, als ob Mr. Fremar selber dazwischentreten wollte; da aber Mr. Lowe noch kalt und ruhig daneben= stand, unterließ er es. Martin setzte auch seine Geduld nicht zu lange auf die Probe, und sich noch einmal zu den beiden Missionären wendend, sagte er ernst:

„Wie S i e das Urtheil, das Sie jetzt gespro= chen, dereinst verantworten wollen, weiß ich nicht; m i ch treiben Sie damit zum Aeußersten. Möge Gott es Ihnen vergeben!" Und sich abwendend, verließ er das Haus und stieg rasch den Hang hinab, Namara Toa's Hause zu, wo indessen alle nöthigen Vorbereitungen getroffen waren, um den kranken Königssohn hinauf in seine kühle, schöne Heimath zu schaffen.

Ehe die kleine Karawane aufbrechen konnte, kam allerdings noch der Missionär herunter und hatte eine lange und lebhafte Unterredung mit Namara Toa. Er suchte ihm auszureden, Taori

gerade jetzt nach dem Hupai=Thal zu schaffen,
wo seine Krankheit die überdies nicht ganz zu=
verlässigen Eingeborenen erbittern und zu Unge=
hörigkeiten führen könne. Ramara Toa aber blieb
taub gegen Alles, was er ihm sagen konnte, denn
er hatte es Taori fest versprochen und — das
Wichtigste dabei — fühlte sich im Unrecht gegen
den Kranken.

Der Missionär erzählte ihm jetzt auch den
traurigen Fall, der sich mit einem der Ihrigen
ereignet hatte, daß Mitonare Matina nämlich
die Tochter Tamoruva's heirathen wolle und durch
keine Vernunftlehren davon abzubringen sei; aber
selbst das machte nur einen sehr mäßigen Ein=
druck auf Ramara Toa, der gar nicht das furcht=
bare Unglück darin finden konnte, welches der
Mitonare darin sah. Daß der neue Glaube da=
mit bedroht wurde? — Er trug andere Gedan=
ken im Kopfe, als den Glauben der Christen;
denn den eigenen Glauben hatten früher eigent=
lich nur seine Priester bewacht, und er sich sel=
ber sehr wenig darum gekümmert. Er war der
König des Volkes, für das Uebrige mußten
eben seine Priester und Zauberer sorgen; was
sollte er sich den Kopf damit zerbrechen! Er
machte das auch nicht anders, als verschiedene

Oberhäupter heidnischer und vielleicht sogar christ= licher Staaten. Er betrachtete die Religion als seinem Zwecke dienlich, nicht etwa als eigenes nothwendiges Bedürfniß, und so streng er darauf hielt, daß die Unterthanen j e d e vorgeschriebene Ceremonie befolgten, so nachsichtig war er damit gegen sich selber.

Jetzt wurde die Tragbahre herangebracht, auf welche Taori gelegt werden sollte, und rührend war es; die Theilnahme zu sehen, die ihm das Volk dabei bezeigte. Die Träger hatten dieselbe nicht allein so weich und bequem als irgend mög= lich für ihn hergerichtet, sondern sie auch noch in ihrer einfachen Art geschmückt.

Die ganze Bahre bestand natürlich aus leich= tem Bambus, war aber zuerst mit Pandanus= laub und dann mit breiten Bananenblättern, auf welchen wiederum feine Matten lagen, über= deckt. Die oberen Pfosten derselben schmückten dabei kleine Büschel von Arrowroot=Fasern und wohlriechendem, buntfarbigem Fern, und einen wirklichen Kranz von prachtvollen Waldblumen hatte man darum hergewunden. Es war ihnen allerdings verboten worden, dieselben als Schmuck in den Haaren zu tragen, aber um das Lager des geliebten Fürsten konnten sie dieselben flech=

ten. Es stand wenigstens noch keine Strafe von Straßenarbeit darauf, wenn man sich auch nicht sicher fühlte, ob die Mitonares nicht später selbst dies verbieten würden.

Sechs Eingeborene trugen ihn, und Hunderte gingen nebenher, um die Träger, falls sie müde werden sollten, augenblicklich abzulösen. Auch Einua, seine Mutter, begleitete ihn. Sie ging in ihrer einfachen indianischen Tracht, und die Angstthräne um den Sohn verschönte dabei ihr wohl etwas breites, aber gutmüthiges Gesicht. Martin aber schritt neben der Tragbahre her, um zu beobachten, ob selbst die leise Bewegung den Kranken nicht angreifen würde, und dann augenblicklich den Zug anzuhalten, wie es denn überhaupt gar nicht nöthig war, daß sie zu rasch vorrückten. Sie konnten sich hinlänglich Zeit nehmen, um ihn gut und sicher seiner Heimath — vielleicht seinem Grabe entgegen zu tragen.

Das war auch kein fröhlicher Zug, wie er sonst wohl nach dem befreundeten Thale stattgefunden. Die Indianer, wenn sie auch nicht geradezu wußten was ihm fehle, fühlten doch recht gut, daß die Gefahr für den geliebten Kranken größer sei, als man ihnen sagen wolle, und schritten schweigend und niedergeschlagen neben seiner Bahre her, während Einua selber nur fort= während Gebete murmelte, als ob sie mit diesen das Unheil abwenden könne, das über dem Haupte des geliebten Kindes drohte.

Taori lag still und freundlich auf seinem La= ger; die frische Waldesluft that ihm wohl; er schaute zu den Palmenwipfeln und dem dunkeln, flüsternden Laub der Blattbäume träumend em= por, und vergaß in der sanft schaukelnden Be= wegung fast seine Schmerzen. So schritten sie weiter und weiter, bis sie einen Rastpunkt er= reichten und hier nun, im Schatten von ein paar mächtigen Kastanien, die Trage niedersetzten. Aber sie rasteten nicht lange, denn Einua drängte dazu, den Sohn in seine eigene Hütte und in volle Ruhe zu bringen, obgleich er selber sie bat, noch kurze Zeit hier zu verweilen. Es war so schön, so wunderschön in dem schattigen Wald und an der murmelnden Quelle.

So erreichten sie das Hupai=Thal, wohin Boten schon lange vorausgeeilt waren, um die Ankunft des geliebten Fürsten zu melden, und dort hatte sich die ganze Einwohnerschaft ohne Ausnahme, Christen und Heiden, gemeinschaft=

lich versammelt, um ihn zu begrüßen und ihm ihre Theilnahme zu bezeigen. Taori aber war durch die schaukelnde Bewegung, und vielleicht von Schwäche übermannt, eingeschlafen, ehe sie zum See hinabkamen, und als das Volk das erfuhr, unterbrach kein Laut die fast todtenähnliche Stille. Schweigend schritten die Träger mit der Bahre dahin, und um sie her schaarten sich Männer, Frauen und Kinder, um nur wenigstens einen Blick auf den jungen Häuptling zu werfen. Aber nicht einmal im Flüstern wagten sie miteinan= der zu verkehren; schweigend wie ein Grabgeleite bewegte sich der Zug vorwärts, und als sie end= lich die Wohnung Taori's erreichten, fanden sie diese schon mit grünen Reisern und Palmenzwei= gen festlich geschmückt.

Taori erwachte, als man ihn niedersetzte, da es nicht möglich war, das so bewegungslos zu thun; aber er fühlte sich zu schwach, um mit irgend Jemand zu sprechen. Dem alten Tamo= ruva, der an seiner Seite stand und mit tiefem Schmerz in den Zügen auf die Leidensgestalt des lieben Kranken blickte, drückte er die Hand; dann winkte er, ihn ruhen zu lassen, und da er so bequem und weich auf der Bahre lag, so ver=

suchte man auch gar nicht ihn herunterzuheben.
Er konnte sie gleich als Bett benutzen, und leise
und geräuschlos zog sich der Menschenschwarm
zurück, um den geliebten Führer nicht zu stören.

10.
Der Sabbath.

Es war Sabbath in Motua=Bai — eigentlich
der verkehrte Tag, denn die erften Miffionäre
hatten, diefe Infeln auf ihrer Reife um das Cap
der guten Hoffnung her erreichend, nur ihre Jour=
nale zu Rathe gezogen, und nicht den Tag dazu
gerechnet, den fie gewannen, als fie den hundert=
undachtzigften Längengrad paffirten. Der Samftag
war deshalb für den Sonntag eingetreten, und
als man fpäter den Irrthum entdeckte, fand man
es zu fchwierig, die Sache wieder abzuändern.
Es blieb fich ja auch gleich. Die Infulaner ar=
beiteten in den fechs vorhergehenden Tagen wenig
oder gar nichts und ruhten fich am fiebenten
vollftändig aus, und der Miffionär fprach dann
zu ihnen in der großen Kirche und hielt ihnen

ihre Sünden vor. Nachher legten sie sich in den Schatten der Pandanusbäume und Palmen an den Strand und blickten auf die Brandung hinaus. Fischen oder rudern durften sie nicht, keine Netze stricken oder selbst nur kochen. Manche der Intelligenteren hatten dort auch wohl eine Bibelübersetzung in ihrer Sprache vor sich liegen und buchstabirten darin: den Sinn verstanden sie natürlich nicht, aber es war ihnen doch eine Unterhaltung, heraus zu bekommen, was die einzelnen Worte bedeuten sollten, und wenn Einer von ihnen ein paar derselben entziffert, las er sie den Uebrigen vor, und die ganze Nachbarschaft freute sich darüber.

Heute hatte Bruder Lowe, der morgen mit dem frühesten wieder nach Tuia aufbrechen wollte, die Predigt übernommen gehabt und zu den Eingeborenen von der Liebe und dem Zorne Gottes gesprochen. Er nahm dabei Bezug auf den letzten furchtbaren Orcan, der an der Küste gewüthet, und suchte sie zu überzeugen, daß der Allmächtige ihnen nur deshalb diese Strafe gesendet, weil so Viele unter ihnen wären, die nicht den wahren Glauben hätten und noch heimlich sündigten, wenn sie nur hofften daß es unentdeckt geschehen könne. Irdische Strafe folge ihnen aller-

dings auch hier, wie sie erst neulich gesehen hät=
ten, daß vor einem gerechten Richter Alles gleich
sei, Hoch oder Niedrig; aber selbst die, deren
Vergehen bis jetzt noch nicht zum Licht des Tages
gedrungen, möchten sich versichert halten, daß
unsichtbare Mächte sie überwachten, daß Gottes
Auge überall sei und das Verderben sie früher
oder später sicher, o nur zu sicher, erreichen würde.
Dann schilberte er ihnen die Strafen, die ihrer
warteten, und Viele, besonders die Frauen, schau=
berten vor dem entsetzlichen Bild, das er ihnen
entrollte.

Wie glücklich hatten sie sonst gelebt, als noch
die Hoffnung sie bewegte, daß sie nach dem Tode
zu dem freunblichen Bolutu übergehen und dort
die ihnen Vorangegangenen finden würden —
und jetzt? Was war aus benen geworden, wenn
alles das Lügen gewesen, was ihnen die bisheri=
gen Priester der Götzen nur erzählt?

Eine Frau besonders schien von den Wor=
ten furchtbar ergriffen; sie stöhnte und faltete
die Hände, wollte aufstehen, sank auf ihren Sitz
zurück und blieb in steter Unruhe, bis der Ge=
sang wieder begann.

Berchta hatte neben Fremar ihren Platz ge=
habt. Jetzt, als die Predigt beenbigt war, der

sie mit recht schwerem Herzen gelauscht, trat sie mit ihrem Gatten in's Freie, um dort Mr. Lowe zu erwarten und mit diesem nach Hause zurück=zukehren. Als er sich endlich anschloß, da er noch mit einigen der Insulaner gesprochen hatte, drängte sich jene Frau, die Berchta schon in der Kirche beobachtet, zu ihm durch.

Lowe selber hatte sie nicht gleich beachtet, aber sie erfaßte seinen Rock, und sich angstvoll und fest an ihn klammernd, sagte sie mit heiserer, zitternder Stimme:

„O Mitonare! O Mitonare!"

„Ja, liebe Frau," erwiderte freundlich der Missionär, „was wollt Ihr von mir? Kann ich Euch in etwas helfen?"

„Ja," stöhnte die Frau, „ja, eine Angst von mir nehmen, die mir den ganzen Körper füllt — eine furchtbare Angst!"

„Und welche? Weshalb? Habt Ihr etwas verbrochen?"

„Nein — ich weiß es wenigstens nicht," fuhr aber die Frau fort, „doch es kann sein — Ihr habt ja gesagt, daß wir Alle Sünder wären. Ich habe nichts Anderes gethan als die Ue=brigen — doch meine Eltern — mein kleines Mädchen, mein liebes Kind von zwölf Jahren, wie eine Blume des Waldes so zart und lieblich, das mir vor drei Jahren durch den Tod entrissen wurde — ist es wahr, daß sie ewig verdammt sein soll, weil sie den wahren Glauben nicht gehabt? O, ist es wahr, Mitonare, daß sie dafür im ewigen Feuer dulden muß, das zarte Wesen, das ich hier auf Händen getragen und für das ich willig mein eigenes Leben gelassen hätte?"

Ihr Auge hing, während sie sprach, mit namenloser Angst an den ernsten Zügen des Geistlichen, der mitleidig auf sie niederschaute, aber er sprach kein Wort; ein schwerer Seufzer nur hob seine Brust, und er suchte sich von der Frau loszumachen.

„Mitonare!" stammelte diese, „muß mein armes Kind, meine Blume, ewig die furchtbaren Qualen leiden?"

„Liebe Frau," sagte da Lowe leise, „es ist das einer der schmerzlichsten Gedanken, die auch meine Brust erfüllen. Nur den einen Trost kann ich Euch geben, daß die früher Gestorbenen wenigstens nicht auch dafür gestraft werden, daß sie die ihnen gebotene Bibel zurückgewiesen haben. Furchtbar aber wird die Strafe derer sein, denen das Heil geboten wurde und die es verweigerten." *)

Er wendete sich langsam von ihr und schritt mit Bruder Fremar am Strande entlang; Berchta aber stand daneben, hielt ihr Herz mit beiden Händen und murmelte mit zitternden Lippen:

„O mein Gott! Ist das der Glaube, den wir diesen Inseln bringen sollten um sie glück= lich zu machen? Ist das die wahre Religion, die Angst und Entsetzen in die Herzen dieser un= glücklichen Menschen pflanzt?"

Die Frau stand noch und sah dem Missionär mit stierem Blicke nach; es war ihr, als ob sie das Furchtbare nicht gleich fassen und begreifen könne. Aber die Worte ließen ihr kaum noch einen Zweifel übrig. Ihr Haupt mit dem Gna= tutuch verhüllend, sank sie auf den heißen Ko= rallensand nieder, und ihre Stirn gegen ben= selben pressend, wimmerte sie laut.

„Nein! Nein! Nein!" rief da Berchta, indem sie sich, aufgelöst in Schmerz und Mitleiden, neben der Frau auf den Boden niederwarf und sie aufzurichten suchte. „Glaub' es ihnen nicht, unglückliche Mutter, glaub' es ihnen nicht! Es

---

*) Des Missionärs Ellis „Researches" II. Bd. Seite 429—431.

ist Täuschung, gräßlicher Wahn, der sie befangen hält. Der Gott da oben ist voller Liebe und Huld, das Urbild aller Gnade und Barmherzigkeit. Glaub' ihnen nicht, wenn sie Dir sagen, daß er so streng und unerbittlich richtet. Deine Tochter, Du arme Mutter, weilt bei ihm da oben in den seligen Gefilden, und Du wirst zu ihr gehen, wenn er Dich ruft. Du wirst sie wiederfinden — glaube nur an ihn und hoffe!“

Die Frau richtete sich auf, ihre Lippen und Augen geöffnet, Staunen, ungläubiges Staunen in den Zügen. Mit beiden Händen faßte sie dabei die Arme der jungen Frau.

„Was sagst Du?“ rief sie mit, aber jetzt vor Freude zitternder Stimme, „was sagst Du? Sind Deine Worte Wahrheit, oder willst Du mich nur täuschen, daß ich den Schmerz hier vergessen — nicht um mein verlorenes Kind trauern soll?“

„Ich künde Dir Wahrheit,“ flüsterte ihr da Berchta freundlich zu, „Wahrheit, wie sie mir selber das ganze Herz erfüllt und mich herübergetrieben hat aus der Heimath, fort von den Freunden, an denen meine Seele hing, fort von meinem Vater, von meinen Verwandten, zu Euch hier, Ihr guten Menschen, um Euch den wahren

Glauben zu bringen und in Leid und Trübsal zu trösten, aber nicht zu Boden zu drücken. O, glaube mir, arme, treue Mutter: Dein Kind ist zu ewiger F r e u d e eingegangen, nicht zu ewigem Leid, denn ebenso wenig wie ein Vater hier seine Kinder eines Irrthums wegen für Lebenszeit mit grausamen Strafen belegen würde, ebenso wenig und noch viel weniger ist der Gott, zu dem ich bete, ein Gott des Zornes und der Rachgier. Nur glücklich und gut will er uns, seine Kinder, wissen, und er straft wohl, wo Sünde geschieht, denn er ist auch gerecht, aber er verzeiht auch wieder, und nur seine Liebe und Gnade währet ewiglich."

„Und ist d a s Dein Glaube, Du liebes, holdes Wesen?" rief die Frau, die mit gefalteten Händen und einer Fülle von Seligkeit im Blick zu ihr aufschaute. „Ist das der Glaube, den Dein Gott Dich gelehrt?"

„Das ist mein Glaube," sagte Berchta zuversichtlich, „so wahr sich dort der blaue Himmel über unseren Häuptern wölbt, so wahr ich einst selber selig zu werden hoffe!"

Da hielt sich die Frau nicht länger; in wilder Leidenschaftlichkeit umklammerte sie die neben ihr Knieende und preßte sie fest, fest an sich. Thrä-

nen strömten dabei aus ihren Augen, aber es
waren Freudenthränen, Thränen der höchsten
Seligkeit, denn die guten Worte gaben ihr ja
das schon verloren geglaubte Kind, ihre Maja
wieder.

Bruder Lowe hatte sich umgedreht und die
Gruppe bemerkt. Einmal war es fast, als ob
er umkehren wolle, um die Ursache dieser Scene
zu erfragen; aber er mochte sich doch wohl eines
Andern besinnen. Wichtigere Dinge gingen
ihm sogar im Kopf herum, und er hatte Manches mit Bruder Fremar zu besprechen, wozu er
die Gegenwart von dessen Frau nicht einmal
wünschte.

Ihm zehrte es nämlich am Herzen, daß sich
das Christenthum auf der Insel, nach dem glor-
reichen Anfang, den es gleich in den ersten Monaten genommen, jetzt so langsam, so auffallend
langsam weiter Bahn in's Innere brach, ja daß
noch unter seinen Augen, im Hupai-Thal sowohl
wie in Tuia, widerwärtige Götzenbilder aufgestellt blieben und sogar von dem blinden Volk
verehrt wurden, ohne daß er im Stande gewesen
wäre, es zu verhindern. Das konnte nicht
länger geduldet werden; denn nicht allein daß
es die Heiden in ihrem Irrglauben befestigte,

nein, es machte auch die schon bekehrten Christen
wankend, wenn sie sahen, daß sich die falschen
Götter so lange neben dem „wahren Gott" halten
konnten. Einzelne Insulaner hatten auch wirk=
lich schon den Missionär gefragt, ob denn sein
Gott so mächtig wäre, als er ihn geschildert,
und wenn so, weshalb er da nicht die aus
Holz geschnitzten Bilder mit seinem Blitz zer=
trümmere? Sie konnten es sich nicht denken,
daß er falsche Götzen neben sich bestehen ließe,
und diese Zweifel allein säeten Unkraut unter
den Weizen.

Aber es war trotzdem für den Augenblick
nichts zu machen, da Namara Toa, mit der
Angst um den Sohn auf der Seele, kaum einen
andern Gedanken fassen mochte. Er wäre auch
jetzt unter keinen Umständen zu bewegen ge=
wesen, das Götzenbild selbst im Hupai=Thal zu
stürzen, schon um dort keine Unruhe zu ver=
breiten und Taori nicht noch kränker zu machen.
Erst mußte dieser wieder gesund werden, dann
ließ sich ein Wort mit dem Volke droben reden,
und er hatte jetzt die Macht in Händen, sie
seinem Willen zu zwingen, wenn sie sich nicht
gutwillig fügen wollten.

Berchta hatte die arme Frau getröstet und

geleitete sie zu ihrer nicht fernen Hütte am
Strand; gerade aber, als sie zurückkehren wollte,
kam Claus aus dem Walde, die Flinte um=
gehängt und einen alten Strohhut, den er sich
selber geflochten, tief in die Augen gezogen. Er
sah auch Berchta anfangs gar nicht und wollte
eben mürrisch auf dem offenen Boden am Ufer
der See hinausschreiten, als diese ihn selber an=
redete.

„Aber Claus," sagte sie freundlich, „Ihr
wißt doch, daß Ihr den Sabbath heiligen und an
diesem Tage nicht jagen sollt."

„Aber ich habe nicht gejagt, gnädige Frau,"
brummte der alte Jäger in eben nicht besonderer
Laune, „sondern nur — gerade während des
Sabbaths — mein Tabaksfeld ein wenig im
Auge behalten, da unsere allerchristlichen In=
dianer, trotz des tabu, das der König auf das
Feld gelegt, wie die Raben stehlen."

„Auch gnädige Frau sollt Ihr mich nicht
nennen, Claus," lächelte Berchta, „wie oft habe
ich Euch das nicht schon gesagt! Ich bin einfach
Frau Fremar, und ein anderer Titel gebührt mir
nicht."

Der alte Jäger wollte etwas erwidern, aber
er würgte es ordentlich wieder hinunter, so

schwer wurde es ihm, dazu stillzuschweigen. Doch er wußte recht gut, daß er mit dem, was er so gern gesagt, der Tochter seines alten Herrn wehe gethan haben würde, und eher hätte er sich die Zunge abgebissen.

„Wollt Ihr die Flinte nicht lieber hier in irgend ein Haus stellen, Claus?" fuhr Berchta freundlich fort. „Die Leute kommen noch aus der Kirche am Strand herunter, und Ihr vor allen Anderen solltet gerade kein böses Beispiel geben."

„Die Flinte in ein Haus hier?" rief Claus mürrisch. „Das habe ich einmal gethan und wahrhaftig nicht wieder, denn die Kinder hatten sie mir bis obenhin so voll mit Stücken von Cocoskernen und Pandanusknöpfen gestopft, daß ich wenigstens zwei Stunden arbeiten mußte, um sie nur wieder frei zu bekommen. Das ist Lumpenpack vor lauter Muthwillen —"

„Aber sie sind nicht böse, Claus."

„Nein, die Heiden sind lange gut," brummte der Alte, „aber die Christen soll der — na, was geht's mich an!" Dabei warf er die Flinte höher auf die Schulter hinauf, als ob er fort wollte.

„Am Strand ist es so heiß," sagte Berchta,

die nur wünschte, ihn mit dem Gewehr von dort wegzubringen, denn sie wußte, daß es ihrem Gatten fatal gewesen wäre. „Läuft hier nicht ein Waldpfad. durch die Büsche bis nach unserem Hause hinauf?"

„Ja, allerdings; aber er ist ein bischen schmal, und es liegt noch vom letzten Sturm viel heruntergebrochenes Holz darin."

„Laßt ihn uns gehen!"

Claus sah sie von der Seite an. Er wußte, weshalb sie ihn vom Strande weg haben wollte, aber es wäre ihm auch nicht im Traum eingefallen, nur etwas zu thun, was sie kränken konnte. So, ohne ein Wort zu erwidern, bog er direct in die Büsche ein, und Berchta folgte ihm dahin. Beide schritten auch jetzt im Schatten der Palmen und anderer Bäume ihren Weg entlang. Die Sonne brannte hier wohl nicht, aber die Seebrise konnte dafür nicht in das Dickicht, und die Luft war deshalb eher heißer und schwüler als draußen an dem ihren Strahlen ausgesetzten Strande.

Claus aber achtete nicht darauf, denn andere Gedanken gingen ihm im Kopfe herum: seine arme gnädige Frau, die ruhig und so voller Entsagung jetzt vor ihm hinschritt. Und was

war das für ein Leben, das sie hier führte,
im Vergleich mit dem, was sie hätte auf dem
Schölfenstein oder an der Seite eines ihrer
würdigen Gatten führen können? Ihr Mann
war gut mit ihr, ja; immer freundlich und
liebevoll und that Alles, was er glaubte daß es
ihr Freude machen könne, aber „das dank' ihm
der Teufel," brummte Claus vor sich hin, „für
so eine Frau konnte man auch durch's Feuer
gehen, und dann, was hatte sie hier? Sie
war nichts als die Frau eines armen Geistlichen
auf einer wüsten Insel, der blos hierher kam,
um das rothe Gesindel zu taufen und — damit
fertig — wieder weiterzog. Paßte das für eine
Tochter des alten Baron von Schölfenstein?"

Es ließ sich aber nichts mehr an der Sache
ändern; das Unglück war geschehen; sie saßen
hier mitten im Salzwasser, Tausende von Meilen
von der Heimath entfernt, und wie sie wieder
einmal von hier wegkommen wollten, er wußte
es nicht und konnte sich auch keine Möglichkeit
denken.

„Und wie gefällt es Euch hier, Claus?" sagte
da Berchta, die in dem schmalen Pfade eine
Weile vor dem alten treuen Diener her-
geschritten war, „wir haben uns lange nicht

darüber ausgesprochen. Ihr führt hier eigentlich ein einsames Leben."

„Einsam? ih nun," meinte Claus, „das könnte ich gerade nicht sagen, denn allein ist man eben nicht viel. Kaum bricht der Tag an, so ist Zehn gegen Eins zu wetten, daß irgend so eine Braunhaut schon zu Einem in die Hütte kommt, sich auf den Koffer oder die eine Kiste setzt — Stühle habe ich weiter nicht — und dort zwei oder drei Stunden sitzen bleibt, ohne eine Sterbenssilbe zu reden."

„Es sind komische Menschen," lächelte Bertha.

„Das weiß Gott," nickte der Alte, „und merkwürdig, was sie daheim für Mordgeschichten erzählt haben, von Menschenfressen und Opfern und Abschlachten und all' dergleichen Dingen, von denen sie hier so wenig wissen, wie wir bei uns in Rothenkirchen — lauter Comödienspie=lerei —"

„Was?"

„Na — ich meine nur so; Klappern gehört zum Handwerk, und wenn man die Sache ein bischen gefährlich macht, so zieht's besser!"

„Claus!"

„Ach was, gnädige Frau," rief der Alte, dem die Galle überlief, „Sie wissen, daß ich mein Lebtag ein Heide gewesen bin, das heißt, wie unser Herr Diaconus sagte, denn ich habe mich selber immer für einen Christen gehalten, und der Herr Baron meinte es auch und hat mich oft deshalb — ohne besondern Nutzen — vorgekriegt; aber mir dreht sich das Herz im Leibe manchmal um, wenn ich sehe, wie sie den armen Braunfellen mitspielen, und was sie ihnen all' für schreckliche Dinge erzählen. Und was richten sie damit aus? Wissen Sie, was mir gestern einer der Burschen sagte, den ich mir schon ganz hübsch auf deutsch dressirt habe, denn b i e Sprache soll der — wollt' ich sagen, soll ein Anderer verstehen!"

„Nun, was sagte er?"

„Na, weiter nichts," meinte Claus; „als daß ihn die Mitonares versichert hätten, sein Vater und seine Großväter wären sicher und fest in der Hölle, und nun wollte er auch hin, denn denen müßte er nachgehen. Was hülf' ihm der Himmel, wenn er seine Freunde nicht darin fände und am Ende zwischen lauter Mitonares herumlaufen müßte? Ich meinte nun zwar, das hätte keine besonders große Gefahr, denn die Mitonares —"

„Claus!" rief Berchta vorwurfsvoll.

„O, ich wollte ihm nur sagen," erwiderte Claus verlegen, „daß die Mitonares ihm schon das Alles besorgen würden; aber er blieb verstockt, schwur Stein und Bein, daß er's schon dahinbringen werde, um zu seinem Vater und Großvater zu kommen, und ist jetzt der lieberlichste Strick, den man sich auf der Welt nur denken kann."

„Und hat nicht gerade die christliche Religion diese armen, verblendeten Eingeborenen zu guten Menschen umgewandelt?" sagte Berchta. „Herrscht nicht jetzt Frieden auf der Insel, und breitet sich die wahre Lehre nicht, wenn auch langsam doch stetig, nach allen Seiten aus?"

„Wir wollen's abwarten," erwiderte Claus ruhig, „der alte König rüstet wenigstens, trotz seines Christenthums, heidenmäßig, und erst hab' ich ihm seine Musketen ordentlich in Stand setzen müssen, und jetzt hat er den engländischen Matrosen, der von dem Schiffe übrig geblieben ist, ganz regelmäßig in Kost und Logis genommen, um die letztgekommenen auch bereit zu machen."

„Namara Toa hat sich vollkommen zu unserer Lehre bekehrt," sagte Berchta; „er wird gewiß keinen Krieg anfangen."

„Wir wollen's abwarten," meinte Claus, „und was seine Christlichkeit betrifft, so reicht die etwa ebenso weit, wie er es selber für gut findet, und nicht einen Zollbreit drüber."

„Ihr thut ihm Unrecht, Claus."

„Ich? — Na, dann fragen Sie einmal den Alten, den sie drüben mit vom Wrack geholt haben. Hat der auch nur Ein Stück von den Sachen, die früher ihm gehörten und die das Volk hier geborgen hat, von dem alten Schlau=kopf herausbekommen können? Gott bewahre! Das hat Alles Zeit; er soll nur warten; die Güter müssen erst untersucht und geordnet werden; er soll nächste Woche einmal wieder vorfragen. Es ist genau so hier wie bei uns daheim auf dem Amt; Lauferei hat er genug davon, weiter aber auch nichts, und das Stück Waare, was dem der alte christliche König hier wieder heraus=giebt, freß' ich! — Wir wollen uns wieder spechen."

„Mr. Fremar wird mit Namara Toa reden, und der dann gewiß Alles thun, was recht ist."

„Bah, Mr. Fremar hat schon mit ihm ge=sprochen — ich war selber dabei — und was hat's geholfen? Gar nichts. Er hält eben, was er hat, und das soll ihm der — na, irgend wer wieder aus den Zähnen reißen!"

Berchta schwieg, denn Alles, was Claus da in seiner offenen, derben Weise hinplauderte, bestätigte ja nur zu sehr, was sie selber schon beobachtet, ja gefürchtet hatte. Ramara Toa war ein Christ geworden, aber wahrlich nicht aus eigener, innerer Ueberzeugung, sondern weil er eben seinen persönlichen Nutzen darin zu finden glaubte. Und wenn Claus Recht gehabt hätte? O wie weh, wie furchtbar weh es ihr das Herz bei dem Gedanken zusammenzog!

So schritten sie schweigend ihre Bahn weiter und jetzt den Höhenzug hinauf, der nach dem Meere zu in jene Felsenklippe auslief. Die Scenerie war wundervoll, und in jeder Baumgruppe fast zeigte sich die großartige Pracht der tropischen Vegetation. Früchte streuten dabei den Boden, an denen kein Tropfen sauren Schweißes haftete, und der Duft der Orangenblüthen erfüllte die Luft; aber sie achtete es nicht. Wie durch eine Wüste stieg sie den schmalen Pfad hinan, der ihrer eigenen Wohnung zuführte, und vor ihrem inneren Geist hob sich der Schölfenstein wieder empor, und sie dachte sich in ihre Mädchenträume zurück, in denen dieses Leben gerade als Ideal aller Wünsche geglänzt und seinen Zauber ausgebreitet hatte.

Arme Berchta! Der Duft war von den Blüthen gestreift, die Wirklichkeit umgab sie, und ein kalter, eisiger Reif lag auf ihr, der sie bis in das innerste Mark erbeben machte.

Während in der Motua-Bai die frommen Christen zum Gottesdienste gingen, spielte oben im Hupai-Thal eine von diesem sehr verschiedene Scene, denn heute war der festgesetzte Tag, an welchem Tamoruva dem jungen Weißen seine Tochter gab, und alle nöthigen Feierlichkeiten mußten, da die Mitonares ihre Hilfe verweigert hatten, streng beobachtet werden, um das Band zu heiligen, das von nun an die beiden Gatten umschlingen sollte.

Der alte Häuptling hatte allerdings anfangs gewollt, daß die Festlichkeit auch mit all' den ländlichen Gebräuchen eingeleitet werde, und dazu gehörte natürlich am Abend vorher schon der wilde Tanz. Auf Martin's Bitten war das aber unterblieben, denn er wollte den Missio-nären nicht gegründete Ursache zu der Klage geben, alle ihre Verbote keck und rücksichtslos übertreten zu haben. Tamoruva selber bestand auch nicht sehr fest darauf, denn ihm war es schon eine grimme Genugthuung, einen der weißen Priester so weit ihrer Sache gewonnen zu haben, daß er sich ihren Ceremonien fügte und eine Tochter des Landes in derselben Weise nahm, wie sie von alten Zeiten her in Gegenwart der Götter vergeben wurden. Der Tanz unterblieb deshalb, wenigstens für diesen Abend, sehr zum Verdruß des jungen Volkes natürlich, das, durch Taori's Mißhandlung gereizt, den Fremden am liebsten klar und offen gezeigt hätte, wie wenig es sich aus ihren Verboten mache. Alles Uebrige war aber sorgfältig dem alten Brauche angepaßt, und schon am Tage vorher hatten die Verwandten der Braut eine Menge von Geschenken, besonders feingewebte Matten, Stücke von Gnatu, Calebassen und andere Hausgeräthe herbeigeschafft, das in dem Marai, einem für solche Feierlichkeiten besonders angepflanzten Haine, aufgeschichtet lag.

In der Mitte desselben hatte man einen kleinen Altar errichtet und rechts und links davon zwei kleine Hütten aus Bambusstäben und mit Bananenblättern flüchtig gedeckt, gebaut, in deren einer der Bräutigam, in der andern die Braut warten mußten, bis sie gerufen wurden.

Alle Verwandten und Freunde des Mädchens sammelten sich in dem Marai, und auf ein Zeichen der Trommel rafften die jungen Mädchen und nächsten Verwandten der Braut Jedes eine feine Matte auf und hielten sie auseinander und in die Höhe, so daß man sie genau sehen konnte. Damit schritten sie im Zug auf das Haus des Bräutigams zu, der jetzt in dessen Thür treten mußte und vor dem sie die Geschenke ausbreite= ten, aber auch augenblicklich wieder zurückliefen, um neue zu holen.

Die jungen Mädchen waren festlich ge= schmückt, und zwar nicht mehr mit ihrem Gnatu= zeug, sondern mit buntem Kattun bekleidet, den sie von den Fremden erhandelt oder eingetauscht. Hatte doch dies neuere Zeug lebendigere Farben als das ihrige und war haltbar im Regen — ein doppelter Vortheil, der ihm in ihren Augen großen Werth verlieh. Aber das nicht allein; auch ihre Locken waren, trotz des Verbots der Missionäre, von Blumen durchflochten, und bunte Glasperlen schmückten Arme und Nacken.

Martin's Geschenke an seine Braut fielen dürftiger aus, denn allerdings besaß er noch

Waaren der Mission, war aber zu gewissenhaft, diese für sich zu benutzen, und behielt sich nur ein Stück rothes Zeug, dessen Werth in Landesproducten er kannte, und das er also im Stande war, den Missionären in der nächsten Zeit zu dem von ihnen selber angesetzten und allerdings sehr hohen Preise zu bezahlen. Aber er hatte doch auch sonst Manches als persönliches Eigenthum, was ein junges Mädchen dieser Stämme erfreuen konnte, besonders große, buntseidene Taschentücher, Glaskorallen, die er noch selber von Europa mitgebracht, und dann etwas, was besonders hohen Werth in ihren Augen hatte — zwei goldene Ringe, der eine mit bunten Steinen — ein Andenken seiner Mutter — die nachher von Hand zu Hand gingen und allgemein bewundert wurden.

Eigenthümlicher Weise wußten diese Eingeborenen nämlich recht gut das echte vom unechten oder nachgemachten Gold zu unterscheiden, und zwar durch den Geruchssinn sowohl als durch das Auge. Jedenfalls rochen Alle zuerst auf die Ringe und riefen dann bewundernd aus: „Gut, sehr gut! Perú! Perú!"

Diese Ceremonie dauerte etwa eine halbe

Stunde, dann wurden Braut und Bräutigam in den eigentlichen Marai eingeführt.

Sechs im Kreise gepflanzte Cocospalmen, die mit ihren gefiederten Wipfeln über die anderen Fruchtbäume hoch emporragten, bildeten den Mittelpunkt und umgaben den inneren Raum. An diese schloß sich, dicht gestellt, ein wahrer Hain von Brotfruchtbäumen an, unter deren dichtem Laub ewig kühler Schatten herrschte.

Der unmittelbar unter den Palmen liegende Raum galt als heilig, wenn ihn auch kein Götzenbild entstellte. Hier wurden ebenfalls die öffentlichen Gerichtssitzungen abgehalten, und hier begann jetzt auch die öffentliche Feier des Tages, die unter diesem Volk übliche Ceremonie, wonach man Braut und Bräutigam als Gatten betrachtete.

Im ganzen Marai waren Matten gelegt, auf denen sich vorn und zunächst den Brautleuten die jungen Mädchen niederkauerten und einen ganz reizenden Kreis von lieben Gesichtern bildeten. Es war in der That ein wahrer Kranz von Blumen, während dahinter die jungen Leute Platz nahmen und hinter diesen erst die Aelteren stehen blieben und das Ganze dadurch abschlossen. Nur ein schmaler Gang blieb frei, durch welchen der Bräutigam jetzt zum Altar geführt wurde, und neben ihm stand, ein Zuckerrohr in die heiligen Zweige des Miro gehüllt, der alte Tamoruva und gab nun das Zeichen, daß die Ceremonie beginnen könne.

Martin stützte sich mit der Hand auf Tamoruva's Arm — er sah todtenbleich aus. Er hier, den Inseln als christlicher Missionär gesendet, der versprochen hatte, dem Heidenthum und dessen Gebräuchen mit allen Kräften und seinem ganzen Einflusse entgegenzutreten, er trat jetzt, der Mittelpunkt eines solchen Ritus, vor einen nicht seinem Gott geweihten Altar, und wilde, peinigende Gedanken durchzuckten sein Hirn.

Es war ihm, als ob er hinausbrechen müsse, fort aus der Menge, weit, weit in den Wald, in die Berge hinein, um diesem heidnischen Spuk ein Ende zu machen. Es konnte ja auch nicht Wirklichkeit sein. — Wieder sah er sich im Kreise der ernsten, schwarzen Männer stehen, die ihn ermahnten und freundlich zu ihm sprachen. Wieder legte er im Geist seine Hand in die des Vorsitzenden, und heilige, treue Vorsätze erfüllten sein Herz. Zwölf junge Männer schieden damals zu gleicher Zeit und zu demselben Zweck aus der kleinen Stadt. Sie waren von einem der

Geistlichen mit den Aposteln verglichen worden,
die in alle Welt ausgingen, um die Heiden zu
lehren. In der That hatten sie sich nach allen
Himmelsrichtungen zerstreut, denn Einige waren
nach China, Einige nach Afrika, Andere zu den
nordwestlichen Stämmen Amerikas und Einige
wieder für die Südsee bestimmt gewesen, und
als sie gemeinschaftlich und in Procession aus=
zogen, hatten die Glocken geläutet und die Menge
ihnen mit den Tüchern zugewinkt, da durch alle
die nacheinander gehaltenen Missionsreden der
Ort in eine wirklich fieberhafte Aufregung ge=
rathen war. Hielt man doch sämmtliche heid=
nische Stämme, den gehörten Beschreibungen nach,
für gräßliche Menschenfresser, und betrachtete
deshalb die kleine Schaar junger Leute, die un=
bewaffnet und nur mit ihrem Vertrauen auf Gott
zwischen sie zogen, als einfache Märtyrer des
Glaubens, von denen wohl Keiner die heimische
Erde wiedersehen würde.

Noch tönte ihm das Läuten der Glocken in
den Ohren, noch hörte er die nachgerufenen
Segenswünsche — und jetzt?

Da gab Tamoruva, der aber wohl keine
Ahnung von dem hatte, was in der Seele des
jungen, neben ihm stehenden Mannes vorging,

das bestimmte Zeichen, und jetzt nahte die Braut, von ihren nächsten weiblichen Verwandten und Freundinnen geführt. Im Nu waren auch überall auf dem Weg, den sie zu betreten hatte, Matten ausgebreitet, da ihr Fuß nicht die bloße Erde berühren durfte.

Voran schritt Tama, züchtig und lieb, das holde Antlitz in Glück und Freude glühend; um ihren Gürtel fielen feine, außerordentlich kunst= voll und weich gearbeitete Matten, die ihr vorn bis auf die Füße niederreichten und hinter ihr wohl eine fünf bis sechs Fuß lange Schleppe bildeten. Der Oberkörper war mit einem Ge= wand vom feinsten und köstlich gefärbten Gnatu bedeckt, und um den Hals und die Arme trug sie Korallenschnüre abwechselnd mit den gold= gelben Knöpfen der Pandanusfrucht, ja mit den ähnlichen duftenden Auswüchsen der Ananas, während das seidenweiche, dunkellockige, aber mit Cocosnußöl reichlich gesalbte Haar ein wahrer Blumenflor, mit buntem Fern gemischt, schmückte. Hinter ihr ging wieder ein Zug junger Mädchen, die ebenfalls kostbare Matten trugen und sie, als sie den Marai erreichten, um denselben auf dem Boden ausbreiteten.

Der eigentliche Moment der heiligen Hand=

lung war gekommen. Die Braut trat scheu und schüchtern dem Bräutigam gegenüber, so daß ihr Vater zwischen ihnen, wenn auch etwas zurück, zu stehen kam.

Martin mußte jetzt seiner Braut die Hand reichen, was er wie in einem Halbtraum that, und Tamoruva legte nun, ohne ein Wort dabei zu sprechen, das geweihte Stück Zuckerrohr auf das Haupt des Bräutigams, wo es eine Weile blieb und dann zwischen den beiden jungen Gat=ten seinen Platz auf der Matte bekam.

Jetzt brachten einige der nächsten Verwandten ein großes, ebenfalls mit besonderer Feierlichkeit gearbeitetes Stück Gnatu, das sie über Braut und Bräutigam deckten.*) Damit, und sobald das Tuch wieder weggenommen worden, war die Feierlichkeit beendet und Martin und Tama Mann und Frau.

Als aber jetzt die im Kreise umhersitzenden Freundinnen aufsprangen, um die beiden jungen Gatten zum Haus zurückzuführen, da hielt sich

*) Sonderbarerweise besteht in Californien unter den ka-tholischen Christen ein ganz ähnlicher Brauch, wo Braut und Bräutigam vor dem Altar zusammengebunden und dann ge-meinschaftlich mit einem großen Tuch bedeckt werden, bis die Ceremonie vorüber ist.

Martin nicht länger. Die Hand der Braut los=
laſſend, fiel er auf die Kniee nieder, und in lau=
tem, brünſtigem Gebet, der Gegenwart der In=
ſulaner nicht achtend, ja vielleicht ganz vergeſſend,
bat er Gott, ihm dieſen Schritt, wenn es eine
Sünde wäre, zu verzeihen. Alles aber, was ihn
dazu getrieben, war die Liebe, die reine, treue
Liebe, die er ſeinem Weibe bewahren wolle bis
in den Tod, und wenn er in der Form gefehlt,
die dieſes Bündniß heiligte, ſo möge er da oben
in der blauen Ferne Gnade haben mit dem ſchwa=
chen Menſchenkind, das hier auf Erden irre und
nur durch ſeine Barmherzigkeit eingehen könne
zu einem ewigen Leben.

Todtenſtille herrſchte, während er ſprach, in
dem Kreiſe der noch vor wenigen Momenten laut
jubelnden Schaar. Die Menge wußte, daß er
mit ſeinem Gott ſprach, wenn ſie auch die Worte
nicht verſtanden, und ein leiſer Schauer flog über
die Verſammlung und ſcheuchte das Lächeln von
Aller Lippen. Selbſt der alte Tamoruva, der den
neuen Gott vom Grunde ſeines Herzens haßte,
weil er in deſſen Lehre nur endloſes Verderben
für die Seinen ſah, rührte ſich nicht, ja blickte
ernſt und theilnehmend auf den nieder, in deſſen
Hände er das Glück ſeines Kindes gelegt.

Martin hatte geendet, und das bleiche Antlitz in den Händen bergend, lag er noch im stillen, brünstigen Gebet. Da legte Tama leise ihre rechte Hand auf sein Haupt, und als er die Augen zu ihr hob und in die lieben, treuen Züge der Gattin schaute, da fühlte er, daß Angst und Zweifel von ihm wichen. Sein Herz hatte er vor Gott ausgeschüttet, es war ihm leicht geworden, und aufstehend und die erröthende junge Frau in seine Arme ziehend, sagte er herzlich:

„Tama, mein liebes, liebes Weib, von jetzt an soll uns nichts mehr trennen als der Tod. Du bist mein, und wir wollen zueinander stehen unser ganzes Leben lang!" Und wie er sie so umfaßt hielt, da brach lauter Jubel aus unter den Umstehenden. Auch Tamoruva drückte sein zitterndes Kind fest an sich, und nun begann der Zug nach dem Hause des alten Häuptlings, wo indessen das Mahl schon hergerichtet und zahllose Oefen seit Stunden die saftigen Speisen brieten, mit denen die Gäste geletzt werden sollten.

Sabbath! Das furchtbare Unglück, das den Königssohn betroffen, hatte die Gemüther erbittert. Die weißen Mitonares sollten es nur wagen, sie hier in ihren Bergen mit Strafen zu bedrohen, und Ramara Toa? Ei, er hatte keine Macht über sie, sobald er die alten Gesetze beiseite warf, durch die allein er selber nur regierte.

Es war ein böser, rebellischer Geist in die Leute gefahren, und die vereinzelten Anhänger der neuen Lehre, die sich unter ihnen fanden, wagten nicht demselben entgegenzutreten. Was hätte es auch genützt? Die Mehrzahl stand doch auf Seiten Tamoruva's, des alten Häuptlings, und was sie noch mehr stutzig dabei machte, war, daß sogar einer der weißen Mitonares, wenn auch nicht gerade zu ihrem Glauben übertrat, doch ihre sonst mit schweren Strafen belegten Ceremonien duldete und sogar über sich ergehen ließ. Sie fürchteten jetzt nur, was der älteste Missionär sagen und wie er böse werden würde, wenn er das hier Geschehene erfuhr, denn ein Geheimniß konnte und durfte es ihm doch nicht bleiben.

Aber die Anhänger des alten Glaubens kümmerten sich nicht darum. Der Zauber, der sie bis jetzt in Angst und Bangen gehalten, war gebrochen, und heute mußte auch, nach alter, guter Sitte, ein fröhlicher Tanz das Fest beschließen. Das junge Volk hatte ihn gestern entbehren müssen und verlangte jetzt seine Entschädigung.

Die Missionäre hatten ihr Ziel überschossen,

und dadurch gerade, daß sie selbst den Königssohn der entehrenden Strafe für ein solches „Verbrechen" überließen, geglaubt, die Uebrigen auf
immer einzuschüchtern, — aber es schlug in das
Gegentheil um. Während diese den Grund für
eine so harte, rücksichtslose Strafe nicht begriffen,
sahen sie nur die Wirkung in der Krankheit des
geliebten Häuptlings, und von ihren Führern
dabei unterstützt, wuchs in ihren Herzen ein Gefühl des Zornes und Widerstandes gegen den
sonst so gefürchteten Ramara Toa, den sie als
den Urheber alles dieses Leidens ansahen.

11.
Zwischenfälle.

———

Und wieder, seit langer Zeit zum ersten Male, rief an dem Abend der muntere Schlag der Trommel das junge Volk unter die Palmen am See zum Tanz, zum fröhlichen Tanz, und was das plötzlich für ein Leben in dem noch vor kurzer Zeit so stillen Thal geworden! Allerdings verlegte man den eigentlichen Tanzplatz, der in früheren Jahren vor den dicht nebeneinander stehenden Gehöften von Tamoruva und Taori stattgefunden, heute an's andere Ende des Sees, damit der Kranke nicht zu sehr durch den Lärm gestört werden sollte; aber dort wurde auch die Lust so viel lauter und wilder gebüßt, und das lang entbehrte Fest dauerte bis in die späte Nacht hinein.

Martin hatte allerdings seinen Schwieger=
vater, den alten, wilden Häuptling, gebeten,
seinetwegen auch an dem heutigen Tage von dem
durch die Missionäre verbotenen Tanz abzusehen.
Tamoruva aber beharrte fest auf seinem einmal
ausgesprochenen Willen. Ramara Toa s o l l t e
erfahren, daß die Macht seiner weißen Männer
nicht bis hierher reichte; nur so war es möglich,
seinen von Stunde zu Stunde unerträglicher
werdenden Hochmuth zu brechen oder doch zu be=
müthigen. Er mußte fühlen lernen, daß er
nur mit dem guten Willen seiner Häuptlinge
regieren konnte, nie aber ohne diesen. Der alte
Wilde besaß aber doch Zartgefühl genug, daß er
seiner Tochter erlaubte, dem Tanze fern zu bleiben,
wie es auch von dem „Mitonare" nicht erwartet
wurde, daß er selbst nur Zeuge desselben sein
sollte. Es war eben ein einfaches Fest für das
Volk, wie es wohl in civilisirten Ländern ein
Herrscher an seinem Geburtstag einem bestimm=
ten Kreise seiner Unterthanen giebt, nur daß
hier, in dem kleinen Orte, Alle eingeladen
waren, die Lust hatten zu kommen, und Alle sich
betheiligen durften, vom Häuptlinge bis zum
ärmsten Eingeborenen hinab.

Und selbst Taori freute sich der Lust des

Volkes, denn mit diesem entschiedenen Schritt, den frechen Gesetzen der Weißen die trotzige Stirn zu bieten, sah er schon im Geist das alte glückliche Leben wieder auf den Inseln erstehen. Die weißen Mitonares mochten ihre Lehre predigen, Niemand hinderte sie daran; aber sie sollten nicht in die alten guten Sitten und Gebräuche des Volkes eingreifen, das nicht dazu gemacht war, den ganzen Tag weiter nichts zu thun, als um seine Sünden zu jammern und Gott um Verzeihung derselben zu bitten. Ja, als er den fröhlichen und so lieben Trommelschlag, wenn auch in weiter Ferne, hörte, ließ er sich von den ihn umgebenden Dienern hinaus an das Ufer des Sees tragen und genoß in der milden balsamischen Luft das wahrhaft entzückende Schauspiel, das sich ihm hier bot, ohne daß es ihn doch durch seinen Lärm und Getöse, wie in unmittelbarer Nähe, hätte belästigen können. Selbst Sinua's dringende Bitten konnten ihn nicht davon abhalten, und die arme Frau, das Herz von banger Sorge erfüllt, daß ihr geliebtes Kind dadurch dem ewigen Verderben entgegenginge, lag indessen in der Hütte auf den Knieen und betete für den Sohn.

Aber Taori's Brust hob sich freier und seine

Blicke leuchteten. Ueber ihm wölbten sich die hochstämmigen prachtvollen Cocospalmen, deren Wipfel nach dem See hinausreichten und sich darin spiegelten; zu seinen Füßen plätscherte, von einer leichten Brise bewegt, die Fluth, und über die Biegung des Sees herüber blitzte, in dem Wasser sowohl als darüber hin, der Feuer= schein zahlloser Fackeln, die das Fest dort drüben erhellten. Die Entfernung zwischen ihm und den Tanzenden betrug dabei reichlich vierhundert Schritte, so daß man die Bewegung der ein= zelnen Figuren wohl deutlich erkennen konnte; diese selber aber sahen klein und zierlich aus, wie Bilder aus einer Puppenwelt, doch in der reinen, feinen Luft mit deutlich abgezeichneten Umrissen. Und dazwischen tönten, immer im Tact, die monotonen Schläge der Trommel, nach der sie sich regelmäßig hin und her be= wegten.

Es war das auch kein heidnisches Fest; es hatte nichts mit ihren alten Gebräuchen und Sitten zu thun, bei denen die Götter angerufen wurden, um entweder ihren Schutz zu erflehen oder Rache auf eine feindliche Ortschaft herab= zurufen. Es war der reine, ungetrübte Aus= bruch leichtherziger Fröhlichkeit, wie wir ihm ja auch bei allen civilisirten und streng christlichen Völkern der Erde begegnen, und wahrlich nicht so obscön und wild, wie er unter den Augen des Allerchristlichsten Kaisers in Paris zu den Alltäglichkeiten gehört. Das Volk gab sich eben seiner natürlichen Ungezwungenheit, die – aber durch die Gegenwart der Häuptlinge in strengen Grenzen gehalten wurde, hin, und wenn die Schultertücher der Mädchen zuletzt zur Erde flogen, und die in die Locken geflochtenen Blumen über den Boden zerstreut wurden: die Landessitte brachte es so mit sich, und die Zu=schauer fanden nichts Außergewöhnliches darin, ja sie würden es für eine ungehörige Zurück=haltung, für eine kalte Betheiligung am Fest aufgenommen haben, wenn es eben anders ge=wesen wäre.

Taori hielt bis spät in die Nacht hinein aus und konnte nicht müde werden, seine Augen an dem reizenden Bild zu erfreuen. Endlich aber fiel der Thau doch zu stark, und er mußte wie=der in seine Wohnung geschafft werden, wo er dann bald in einen ruhigen und festen Schlaf sank, der ziemlich bis zum nächsten Morgen anhielt.

Aber der Zustand des Kranken besserte sich

nicht; am nächsten Tag war er so schwach, daß er, als er sich von seinem Lager erheben wollte, ohnmächtig wurde und stundenlang still und regungslos liegen blieb. Martin, der augenblicklich herbeigerufen wurde, beruhigte aber die Freunde des jungen Häuptlings. Es war noch nicht der Tod, der an die Pforten seines Lebens pochte, sondern nur eine natürliche Ermattung, die der gestrigen, vielleicht übermäßigen Aufregung folgte, und als er sich endlich wieder erholte, jubelte das Volk und glaubte nun alle Gefahr beseitigt.

* * *

Am Strande von Motua spielte indessen eine andere Scene, und zwar mit dem alten Fremden, der sich von dem Wrack noch gerettet und jetzt von Namara Toa sein Eigenthum zurückverlangte. Namara Toa fand sich aber nicht in der Stimmung, ihm darin so gutwillig nachzugeben. Er behauptete, und vielleicht nicht ganz ohne Grund, nach einem solchen Unglück könne Jeder kommen und möglicherweise auch behaupten, die ganze Schiffsladung wäre sein gewesen. Wie er es denn eigentlich beweisen wolle?

Ein solcher Beweis bot allerdings in sofern einige Schwierigkeit, als Ramara Toa die ganze Kajüte des Kapitäns geplündert und die Bücher desselben hatte über Bord werfen lassen, weil man nicht wissen konnte, ob sie nicht vielleicht dem Lande schädliche Zauberformeln enthielten. Der alte König war allerdings dem Namen nach ein Christ geworden, aber die früheren Vorurtheile klebten ihm doch noch zu fest an, um sie so mit einem Male abzuschütteln.

Durch die Zudringlichkeit des Alten wurde er aber auch ärgerlich gemacht; der beste Mensch wird zuletzt böse, wenn man ihn fortwährend drängt. Wie er deshalb wieder und wieder zu ihm kam, lief ihm endlich die Galle über, und er schickte ihn mit ziemlich derben Worten fort.

Der mit ihm zugleich gerettete Matrose, der das Instandsetzen der Gewehre übernommen hatte, mochte dabei wohl eine sehr tüchtige Foremasthand sein, aber mit Feuerwaffen wußte er doch wahrscheinlich nicht weiter umzugehen, als daß er sie zu laden und abzufeuern verstand. Wo irgend eine Reparatur nöthig wurde, fehlte es ihm an der technischen Fertigkeit dazu, und es blieb Ramara Toa zuletzt nichts Anderes übrig, als

Claus ebenfalls herzurufen und ihm die ganze Angelegenheit zu übergeben.

Claus war deshalb auch heute in des Königs Wohnung gerufen worden und eben emsig beschäftigt, die Nuß des einen Schlosses, die einen Schaden gelitten hatte, auszubessern, als ein Bote hereinkam, um dem neben Claus kauernden und ihm aufmerksam zuschauenden König die Vorgänge jener Trauungsfeierlichkeit und des danach folgenden Tanzes zu melden.

Nun konnte sich Claus, trotzdem daß er sich schon mehrere Jahre auf der Insel aufhielt, allerdings noch nicht in der wirklichen Sprache der Eingeborenen verständlich machen, aber er verstand doch so ziemlich Alles, was er hörte, und merkte denn auch gar bald, daß Ramara Toa sehr bös über die Nachricht wurde. Er erklärte auch, er würde in den nächsten Tagen die Häuptlinge zusammenrufen und die Missethäter exemplarisch bestrafen, jetzt hätte er aber mehr zu thun, denn er müsse nothwendigerweise erst die Gewehre in Stand haben. Nachher solle der Mitonare einmal zu ihm herüberkommen, mit dem wolle er reden.

„Und dann, Ramara Toa," sagte der Eingeborene, „steht auch der alte Mann mit den weißen Haaren wieder vor Deiner Hütte und will Dich sprechen.“

„Der alte Mann mit den weißen Haaren?“ brummte Ramara Toa, „was will er?“

„Ich weiß es nicht; aber die beiden Mitonares sind bei ihm. Sie gehen am Strande auf und ab und reden viel miteinander.“

„So? — wirklich?“ nickte der König, und ein eigenthümliches Lächeln zuckte um seine Lippen, „so? hat er die Beiden auch mit hineingezogen? Nun, wir wollen sehen, was sie zu sagen haben — schicke sie herein, Jura, und Du bleibst dann hier! Hast Du mich verstanden? Wenn sie wieder fort sind, muß ich Dir noch einen Auftrag geben.“

Der Eingeborene nickte und verließ gleich darauf das Haus, und Claus selber mußte fort, um irgend etwas am Gewehr in der Schmiede drüben zu verbessern, weil er Feuer dazu brauchte. Er begegnete in der Thür den beiden Geistlichen und dem geretteten Passagier, bekümmerte sich aber nicht weiter um sie, sondern verrichtete die nöthige Arbeit, mit der er dann nach etwa einer Stunde zurückkehrte und die Mitonares noch bei dem König fand. Sie schienen aber ziemlich heftig aneinander gerathen zu sein, denn Mr.

Lowe sagte noch dem König, ehe er das Haus verließ, daß das wahre Christenthum nicht blos in frommen Worten und Gebräuchen bestände, sondern daß man auch danach handeln müsse, und Gott würde zürnen, wenn er die gerechte Forderung des fremden Mannes, der dann mit dem nächsten Schiffe die Insel verlassen wolle, nicht erfülle.

Ramara Toa mußte auch die Sache sehr unangenehm sein; er kratzte sich fortwährend den Kopf und sagte endlich:

„Gut! Es mag sein — er soll die Sachen haben — aber es ist Alles zusammengepackt."

„Ich kenne sie — ich weiß, wo sie liegen!" rief der Alte.

„Gut — komm morgen — heute kann ich nicht — heute habe ich mit den Gewehren zu thun — da ist Ca=lau=fa wieder. Wir müssen jetzt viel arbeiten — komm morgen wieder — Du sollst Deine Sachen haben! Bist Du nun zufrieden? Wenn Du morgen in mein Haus kommst, gebe ich sie Dir."

Der Alte hätte ihm gern erwidert, daß er das mit der nämlichen Leichtigkeit in dieser Stunde thun könne, Fremar winkte ihm aber zu, nicht weiter in ihn zu bringen, wenn er einmal sein letztes Wort gesprochen. Sein Wort mußte er aber halten, denn er hatte es ja vor den Missionären gegeben, und es kam nun auch auf den Einen Tag nicht an.

Ramara Toa war schon in nicht ganz besonderer Laune gewesen, ehe die Drei seine Wohnung betreten hatten; jetzt, als sie dieselbe wieder verließen, lauerte er dumpf brütend auf dem Boden auf einer der Matten und starrte finster, mit zusammengezogenen Brauen vor sich nieder. Mit den neugewonnenen Schätzen war aber auch sein Geiz, seine Habgier erwacht, und daß er jetzt einen Theil derselben wieder herausgeben sollte, fraß ihm am Herzen, wie er sich vielleicht auch darüber erbittert fühlte, hier auf seiner eigenen Insel von den Fremden zu etwas gezwungen zu werden, das ihm nicht behagte.

Fura, der Eingeborene, hockte neben Claus. Er war einer von denen, die am raschesten und leichtesten gelernt hatten, mit einem Gewehr umzugehen und auch ziemlich sicher damit zu schießen, und beobachtete jetzt auf das genaueste, wie Claus, der sich natürlich nicht um die Unterredung gekümmert hatte, die Schlösser der Waffen behandelte. Uebrigens war er ein nichtsnutziger, böswilliger Gesell und eben nicht besonders beliebt auf der Insel. Er gehörte auch mit zu den Constabeln, die überall umhersuchten und dann die verschiedenen Anklagen in Gang brachten. Da man ihn aber, und wohl mit Recht, für ziemlich gewissenlos in solchen Dingen hielt, so war er zu gleicher Zeit auch gefürchtet, denn wem er nicht wohlwollte, den konnte er durch ein Wort in die größten Unannehmlichkeiten und Strafen bringen.

„Fura," sagte Ramara Toa plötzlich und rief den Burschen mit dem Wort an seine Seite, „kann ich mich auf Dich verlassen?"

„Was willst Du von mir haben, Ramara Toa? Sage es nur, ich thue es."

„Gut — so schaff' mir den Lump, den Mann mit dem weißen Bart, aus dem Wege. Ach was," fuhr er aber fort, als er bemerkte, daß Fura einen scheuen Blick nach Claus hinüberwarf, „der versteht kein Wort von dem, was wir reden. Er lernt unsere Sprache nicht, und wenn er fünfzig Jahre unter uns lebte."

„Er versteht viel," flüsterte Fura.

„Na, dann rück' näher her zu mir."

Claus hatte indessen seine Arbeit auch keinen Moment unterbrochen, aber trotzdem die ersten Worte genau verstanden, und das jetzige Mit=

einanderflüstern der Beiden bestärkte ihn nur in dem einmal gefaßten Verdacht. Und das war ein christlicher König, der um ein paar Stücke Kattun willen einen Fremden ohne Weiteres wollte umbringen lassen? Und das waren die Früchte, die ihre weite Reise hierher getragen, um diese Menschen zu einem andern Glauben zu bringen?

„Das war der Mühe werth," brummte er leise vor sich hin, „und wer weiß, ob er das als guter Heide gethan hätte, was er jetzt, wo er alle Sonntage ein paar Stunden in der Kirche sitzt, als schlechter Christ fertig bringt! Halunkenbande! Und deshalb hat mein armes gnädiges Fräulein den Schölfenstein verlassen und den alten Baron, der sich jetzt daheim allein langweilt wie ein Mops im Tischkasten!"

Er hatte das letzte Gewehr zusammengeschraubt und eingeölt und schnappte nur noch das Feuerschloß ein paarmal, ob es gut Feuer schlug und leicht ging. Dann stellte er es zu den übrigen an die Wand und stand auf.

Der König flüsterte noch immer mit seinem getreuen Diener und schien diesem ganz bestimmte Instructionen zu ertheilen, die Jura auch jedenfalls billigte, denn er nickte fortwährend mit dem Kopfe. Als er aber bemerkte, daß Claus zu ihm kam, winkte er jenem mit der Hand, wonach Fura, ohne weiter einen Gruß für nöthig zu halten, geräuschlos aus der Thür glitt.

„Nun?" sagte Ramara Toa, indem er selber aufstand und zu den Gewehren hinüberging, „Alles in Ordnung?"

„Jawohl, Du alter Schwerenöther," erwiderte Claus, aber natürlich in deutscher Sprache. „Du glaubst übrigens wohl, ich hätte nichts gemerkt, Du Lumpenkerl Du? Du bist mir ein nobler Heiliger, und wenn ich hier etwas zu befehlen hätte, ließ ich Dir einmal vor allen Dingen Fünfundzwanzig hinten aufzählen."

Ramara Toa nickte gutmüthig zu der Rede. Er bezog sie natürlich auf das, was der Fremde mit den Gewehren gemacht hatte, und zu diesen hintretend, prüfte er die Schlösser selber und fand, daß sie in der That nichts zu wünschen übrig ließen. Claus verstand darin auch seine Sache aus dem Grunde, denn er hatte früher einmal ein paar Jahre bei einem Büchsenmacher gearbeitet und kannte deshalb die Behandlung der Waffen vollständig. Ein Gespräch mit ihm war aber nicht möglich, denn Ramara Toa hatte

sich noch nie die Mühe gegeben, selbst nur ein=
zelne jener vollständig fremd klingenden Worte
zu erlernen. Was er dem Alten sagen wollte,
geschah deshalb auch nur durch Zeichen, und da
für den Augenblick nichts vorlag und der König
auch den Kopf voll anderer Dinge hatte, winkte
er ihm nur mit der Hand, daß er gehen könne.
Das befolgte Claus denn auch mit einem ge=
müthlichen „Hol' Dich der Henker!" aber einer
ehrfurchtsvollen Verbeugung dabei.

Als er am Strande hinschlenderte, bemerkte
er den alten Mann mit dem weißen Bart, der
unter einer kleinen Gruppe von Pandanus=
bäumen lag und, still vor sich hinbrütend, über
das Binnenwasser nach der Brandung hinaus=
starrte. Auf der Fluth draußen schaukelten noch
ein paar Canoes, sonst war Niemand weiter mehr
am Strande zu sehen; und langsam auf den
Fremden zuhaltend, sagte er in entsetzlich ge=
brochenem Englisch, von dem er etwas unterwegs
und dann in seinem Umgang mit Mr. Fremar
aufgelesen:

„He, Freund, wollt Ihr einen guten Rath
von einem Fremden annehmen?"

„In Englisch?" lächelte der Alte gutmüthig.

„Ja," brummte Claus verlegen, „es will

wohl nicht so recht heraus, aber mit dem In=
dianischen geht's noch schlechter."

„Und warum sprechen wir da nicht Deutsch?"
lachte der Alte in dieser Sprache, „die versteht
Ihr doch?"

„Seid Ihr ein Deutscher?" rief Claus in
höchstem Erstaunen aus, „das hab' ich ja gar
nicht gewußt."

„Ein Deutscher bin ich auch eigentlich nicht,"
meinte der Alte, „wenigstens nur ein halber.
Ich stamme aus dem Elsaß, wo aber noch viel
Deutsch gesprochen wird, und daß Ihr ein ganzer
seid, merkt man Euch auf den ersten Blick an."

„Gott sei Dank!" nickte Claus, „dann kann
ich auch von der Leber weg reden. Und nun
seid so gut und kommt einmal mit mir einen
Augenblick in den Busch hier herein, denn es
braucht Niemand weiter zu wissen, daß wir
Beide etwas mitsammen zu verhandeln haben."

„Und ist es ein Geheimniß?"

„Ja — und was Euch noch dazu sehr nah'
angeht."

„Wäre neugierig," sagte der Alte, stand aber
doch auf und folgte dem schon Voranschreitenden
ein paar Schritte in das Dickicht, wo sie wenig=
stens nicht mehr vom Strande aus gesehen wer=

ben konnten, unb hier begann benn auch Claus ohne Weiteres:

„Ihr wollt Eure Waaren von Ramara Toa wiederhaben?"

„Will ich sie unb werb' ich sie," sagte ber Alte, „bie Missionäre selber haben es mir ver= sprochen."

„Wollt Ihr einen guten Rath annehmen?"

„Wie heißt ein guter Rath?" sagte ber Hänb= ler, „muß ich ihn boch erst selber hören, bis ich weiß, ob es ist ein guter."

„Schön, bann macht, baß Ihr hier fort= kommt, zu Wasser ober zu Lanb, auf einem Canoe um bie Insel herum ober über bie Berge nach Tuia hin. Dort leben freilich noch blanke Heiben, aber besser, unter benen sicher sein, als hier von ben Christen ben Schäbel eingeschlagen kriegen."

Der alte Mann lächelte. „Wenn ich meine Waaren habe, soll ich gehen."

„Die giebt ber grobknochige Inbianer, ben sie hier ben König nennen, im Leben nicht heraus."

„Aber er hat's versprochen. Auf morgen hat er's versprochen."

„Gut, bann wartet's meinetwegen ab,"

brummte Claus, „aber so viel sag' ich Euch,
Ihr erlebt dann den morgigen Tag nicht, denn
Ramara Toa hat es mit einem der nichtsnutzigsten
Wilden, die hier Sonntags in die Kirche gehen
und in der Woche allerlei Schlechtigkeiten ver=
üben, abgemacht. Ich hab's mit meinen eige=
nen Ohren gehört."

„Mit demselben Insulaner, der vorhin bei
dem König war?"

„Mit demselben."

Der alte Mann schüttelte ungläubig den
Kopf. „Lieber Freund," sagte er, „ich glaube
fest, daß Ihr es gut mit mir meint, aber in
diesem Falle irrt Ihr Euch. Der Bursche ist
gut genug und wahrlich nicht im Stande, etwas
Derartiges zu verüben."

„Und Ihr wollt nicht fort?"

„Nein; gewiß nicht eher, als bis ich meine
Sachen habe."

„Na, denn nicht!" sagte Claus störrisch. „Ich
hab's gut gemeint, und wenn Ihr das nicht
glaubt, dürft Ihr Euch nachher auch nicht be=
klagen."

„Daß Ihr's wirklich gut mit mir meint,
lieber Freund," sagte der Alte freundlich, „glaub'
ich Euch von Herzen gern; aber Ihr habt Euch

nur in der Sache selber geirrt. Ramara Toa
ist ein Eingeborener durch und durch, aber nicht
falsch und heimtückisch; nur habsüchtig, wie alle
sind. Er wird die Sachen herausgeben, weil
er muß, denn die Missionäre haben ihn in der
Tasche — kluge Menschen überall. Nachher werd'
ich gehen; gefällt es mir hier doch so nicht be=
sonders."

„Gut," nickte Claus, mit Allem einverstanden.
„Ich habe Euch nun gesagt, was ich über die
Geschichte weiß; wenn ich mich geirrt habe, desto
besser; aber wem nicht zu rathen ist, dem ist auch
nicht zu helfen. Also haltet wenigstens die Augen
offen; das ist das Wenigste, was man von einem
Menschen mit noch gesunder Hirnschale erwarten
kann." Und dem Alten zunickend, schritt er quer
durch den Busch hinüber, seiner eigenen Heimath
wieder zu.

An dem nächsten Abend hatte Mr. Lowe be=
schlossen, nach Tuia über das Hupai=Thal zurück=
zukehren, vorher aber noch eine lange Unter=
redung mit Ramara Toa, für welchen er auch
einen Brief, eine Botschaft für Matangi Ao,
schreiben mußte. Matangi Ao wurde darin auf=
gefordert, den Unglauben abzuschwören und zum
Zeichen seiner friedlichen und christlichen Ge=

finnung einen beſtimmten Tribut zu entrichten,
der halbjährlich durch drei ſeiner erſten Häupt=
linge nach der Motua=Bai geſendet werden ſolle.
Sobald die erſte Sendung, als Zeichen ſeiner
geänderten Geſinnung, dann eintraf, wollte Ra=
mara ſelber ihm mit ſeinen Häuptlingen einen
Beſuch in Tuia, das heißt eine Rundreiſe durch
ſeine Beſitzungen machen, und Lowe erhielt dabei
den ſpeciellen Auftrag, dem jungen Häuptling
zu erklären, daß er ihm dann reiche Geſchenke
für ſich und Nalata, Ramara's Tochter, mitbringen
würde.

Noch ſchrieb Mr. Lowe den Brief in Fre=
mar's Hauſe oben, und der König ſtand neben
ihm, ſah ihm über die Schulter und wunderte
ſich, daß es ſo raſch ging — denn wenn er ein
Wort niederſchreiben wollte, ſo mußte er jeden
Buchſtaben mit der größten Mühe einzeln nach=
malen, — als ein Bewohner des Hupai=Thales
in die Hütte trat und augenſcheinlich erſchrak,
als er Ramara Toa dort, wo er ihn gar nicht
erwartet haben mochte, entdeckte.

„Hoho, mein Burſch!" rief dieſer aber, der
ihn augenblicklich erkannte, „wer ſendet Dich,
und weshalb zitterſt Du ſo? Gehörſt Du auch
mit zu dem Geſindel, das neulich wieder dort

oben seinen heidnischen Gräuel gefeiert hat? Aber ich werde über Euch kommen, verlaßt Euch darauf, und das, ehe Ihr es Euch verseht! Ueberdies ist schon der Befehl hinaufgegangen, Alle die herunterzusenden, die sich gegen das Gesetz vergangen haben, denn wo ich meinen eigenen Sohn nicht schone, könnt Ihr Euch wohl denken, daß ich mit Euch keine Umstände machen werde. Wer war dabei?"

„Ich weiß nicht, Ramara Toa," sagte der Eingeborene demüthig, „kann sie nicht Alle nennen. Aber ich — ich weiß Keinen, der nicht dabei gewesen wäre."

„Also Du auch?" rief Ramara Toa rasch.

„Nein," sagte der junge Bursch scheu, „unser Acht mußten bei Taori bleiben, um ihn an das Ufer des Sees und wieder zurück zu tragen und nachher bei ihm zu wachen."

„Taori!" rief Ramara Toa, dessen Gedanken wieder rasch auf den Krankheitszustand des Sohnes übersprangen. „Wie geht es ihm? Ist er besser?"

„Nein, Toa," sagte der Hupai-Insulaner, „viel schlechter. Er ist heute recht schwach, und hat mich herübergeschickt, um die weiße Frau zu bitten, zu ihm zu kommen."

„Meine Frau?" sagte Mr. Lowe aufhor=
chend.

„Nein, Mitonare — die junge Frau, die hier
auf dem Felsen wohnt. Sie soll mit ihm beten."

„O mein Gott," seufzte Berchta, „ist er so
krank geworden?"

„Es wird besser sein, Schwester Bertha,"
sagte Lowe ruhig, „daß Bruder Fremar zu ihm
geht, denn er bedarf wahrscheinlich mehr als nur
eines Gebetes."

„Nein, die Frau soll kommen, hat Taori
gesagt," beharrte aber der Insulaner, „nicht der
Mann; er will keinen Mitonare."

Lowe sah nach Ramara Toa hinüber, und
dieser biß sich die Lippen; aber er wagte doch
nicht, etwas dagegen zu sagen. Es war noch der
alte Trotz des Sohnes, das Erbtheil von ihm
selber, und selbst die Krankheit schien ihn nicht
gebrochen zu haben.

„Lassen Sie mich gehen," bat aber Berchta,
„wer weiß denn, ob nicht auch ich ihm Trost brin=
gen und sein Herz, wenn auch im letzten Augen=
blick, zu Gott wenden kann."

„Im letzten Augenblick?" rief aber Ramara
Toa heftig aus. „So krank ist Taori gar nicht.
Was fehlt ihm denn? Fragt den Mitonare —

nichts als Erschöpfung ist sein Zustand. Müdig=
keit, die sich von selber geben wird, wenn er sich
nur ordentlich ausgeruht."

„Und wenn es me h r wäre, Ramara Toa?"
sagte Berchta leise.

„Nein! Nein! Es ist nicht mehr!" rief der
König. „Aber die Frau soll zu ihm gehen. Taori
hat es gewollt. Sie soll gleich zu ihm gehen.
Da drüben steht der Handkarren; meine Leute
sollen sie hinüberfahren, damit ihr der Weg nicht
zu schwer wird."

„Ich danke Dir, Ramara Toa," sagte Berchta
freundlich; „aber der Weg wird mir nicht be=
schwerlich; er ist so wunderbar schön, und das
herrliche Thal selber — ich sehne mich fast danach,
es wiederzusehen, denn mein Fuß hat es seit
Jahren nicht betreten."

„Und gehst Du bald?"

„Gleich, wenn es sein muß; je eher, je besser,
wenn ich einem Kranken Trost und Hilfe brin=
gen kann."

„Dann werde ich Sie begleiten, Schwester
Bertha!" sagte Mr. Lowe; „es ist doch so Man=
ches noch, was ich mit Ihnen besprechen möchte,
und der lange Weg bietet dazu die passendste
Gelegenheit. Ihren alten Claus können Sie ja

ebenfalls mitnehmen, — er ist doch zu weiter
nichts zu gebrauchen — um ihn auf dem Rück=
weg als Schutz zu haben."

Berchta fühlte sich durch die kalten Worte
verletzt, denn sie hatte den alten Mann, der ihret=
wegen die Heimath verlassen, lieb; aber sie wollte
auch kein unfreundliches Wort erwidern, und
schwieg deshalb lieber ganz.

Der Vorbereitungen bedurfte es nicht viele;
einige Lebensmittel, die unterwegs gebraucht wur=
den, konnte einer der Diener tragen, von denen
Fremar sechs in seinem Hause hatte. Ebenso das
Wenige an Wäsche, was Berchta mitnahm, da
sie sich doch nur einige Tage dort aufzuhalten
gedachte. Nach Claus wurde ebenfalls geschickt;
er kam gerade aus dem Walde, und die kleine
Karawane beschloß, erst gegen Abend aufzubre=
chen, um die frischeste Kühle zum Marsche zu
haben. Ueberraschte sie dann die Nacht, gut, so
lagerten sie unter ein paar rasch aufgeschlagenen
Palmenbächern und setzten dann in der Morgen=
frische ihren Weg fort.

Lowe hatte indessen den Brief an den Häupt=
ling Matangi Ao beendet und geschlossen, be=
durfte aber selber noch einiger Vorbereitungen,
ehe er gehen konnte. Paya hatte sich wieder so

weit erholt, um wenigstens marschiren zu können,
wenn auch noch mit einiger Schwierigkeit, und
die übrigen Träger wurden endlich ebenfalls her=
beigeschafft, denn Mr. Lowe reiste immer mit
sehr viel Gepäck und hatte dem entsprechende
Bedürfnisse.

Mr. Fremar hätte sich allerdings selber gern
dem kleinen Zuge angeschlossen; aber nach den
Besprechungen, welche die Missionäre zuletzt mit
Ramara Toa gehabt, war so Manches hier zu
thun und zu ordnen, daß seine Gegenwart nicht
gut entbehrt werden konnte. Ramara Toa selber
wünschte, daß er blieb, um bei der Hand zu sein,
wenn die Rückantwort von Tuia eintraf, denn
danach galt es, rasche und bestimmte Maßregeln
zu nehmen. Auch in seiner Gesetzgebung fühlte
er sich zu abhängig von den Missionären, um
ihre Hilfe und ihren Rath ganz entbehren zu
können. Wozu sollten sie auch beide nach dem
Hupai=Thal laufen! Einer genügte vollkommen,
denn Taori war ja doch nicht so krank, daß er
ernstliche Hilfe gebraucht hätte.

12.
Taori's Tod.

Mehrere Stunden mochten mit diesen Vorberei=
tungen vergangen sein, bis die kleine Karawane
gerüstet zum Abmarsch bereitstand. Mr. Lowe
suchte dabei die „Schwester Bertha" noch immer
zu bereden, daß sie sich des Handkarrens bedienen
sollte, um von Eingeborenen gezogen zu werden,
und als sie ihm darauf erwiderte, es sei ihr ein
unangenehmes Gefühl, Menschen durch eine
solche Dienstleistung zu entwürdigen, schien er
sich beleidigt zu fühlen, und erklärte ihr, daß
nicht Mrs. Lowe allein, sondern alle Missio=
närfrauen auf den Sandwichs=Inseln von eben=
solchen Handkarren Gebrauch machten, und doch
auch wohl ein Urtheil beanspruchen dürften, zu
wissen, was sich schicke oder was nicht. Berchta

aber beharrte auf dem einmal gefaßten Entschluß. Sie hatte schon zu viel von dem ganzen Treiben der Missionäre gesehen, um eben, wie im Anfang, Alles zu billigen was sie thaten. Sie meinten es gewiß gut und hatten den besten Willen, die Eingeborenen glücklich zu machen; aber zu großer Eifer in der Sache trieb sie auch manchmal zu weit, und gerade die übergroße Rücksicht, die sie besonders auf ihre eigene Bequemlichkeit nahmen, stimmte nicht mit dem überein, wie sie sich sonst das Leben dieser „Pionniere des Christenthums" gedacht, — oder sie würde wohl schwerlich je die Heimath verlassen haben, um es zu theilen.

Dieses freilich kaum erst in ihrem Herzen erwachende Bewußtsein fing aber schon an sie zu beunruhigen. Sie f ü h l t e es in sich aufsteigen, aber sie bekämpfte es auch mit aller Macht, denn sie war sich bewußt, daß es sie namenlos elend gemacht hätte, sobald es weitere Gewalt über sie gewann. Sie redete sich ein, daß sie Manches zu schwarz sähe, — Manches nicht beurtheilen könne, was eben nicht mit i h r e n Ansichten harmonirte, und suchte nun selber alles in ihren Kräften Stehende zu thun, um das schöne Ziel zu erreichen, das sie sich gesteckt. Eine wirkliche Lehrerin und Trösterin dieser armen, verblendeten Menschen wollte sie werden, und sich selber keiner Täuschung hingeben, wenn mit Einzelnen schon ein Erfolg gesichert scheine; nein, weiter und weiter arbeiten, bis sie die Ueberzeugung erlange, daß diese Heiden nicht blos durch die Taufe und die äußere Form, sondern auch in ihren Herzen Christen geworden wären.

Neben diesem Entschlusse keimte aber auch der andere: den Vorgesetzten ihres Gatten keine Rechte zuzugestehen, die ihr eigenes Handeln und das, was sie für gut und nützlich hielt, beeinflussen konnten. Es war eine Art von erwachendem Trotz vielleicht, gegen das zu strenge Regiment und das Gefühl der Unfehlbarkeit, das einige dieser Herren zu leiten schien. Den Gesetzen der Mission hatte sie sich natürlich auf das strengste zu fügen, Alles aber, was außer deren Bereich lag und ihrem eigenen Gefühl anheimgegeben werden mußte, sollte, wie sie fest vornahm, auch nur durch ihr eigenes geleitet werden.

Mr. Lowe selber schien zu fühlen, daß ein Keim der Unabhängigkeit in dem Herzen der jungen Frau aufschoß, den er lieber unterdrückt gesehen hätte, und unterwegs dachte er auch herüber unb hinüber, wie bem am besten noch in Zeiten begegnet werben könne. Einer aus ihrer eigenen Mitte, der junge Missionär Martin, hatte schon ein genügenb böses Beispiel gegeben, unb sie konnten nicht bulben, baß das Uebel weiter= griff, wenn sie nicht die ganze Mission gefährben wollten.

Selbst der kleine Umstanb, baß Mrs. Fremar nicht ben Hanbkarren benutzen wollte, wie es boch seine eigene Frau gethan, verletzte ihn, weil er barin, unb wohl nicht mit Unrecht, einen Ta= bel des eigenen Verfahrens sah.

Schweigenb unb ziemlich mürrisch schritt er so bem Zuge voran, der gleich von der Höhe ab einen burch Claus ausgeschlagenen Pfab verfolgte, baburch das Niebersteigen zum Stranbe vermied unb die Hupai=Straße weiter oben traf. Da raschelte etwas hinter ihnen in ben Büschen, unb als sich Claus banach umsah, erkannte er ben Mann mit bem weißen Bart, der in nicht zu verkennenber Aufregung auf ihn zusprang unb seine Hanb ergriff.

„Hallo!" rief Claus überrascht, „was giebt's, Kamerab — was ist vorgefallen?"

„Rettet mich!" stöhnte aber der Alte, bem bas Entsetzen in ben Zügen nur zu beutlich ausge=

prägt stand, „rettet mich — Ihr hattet Recht —
furchtbar Recht, und ohne Eure Warnung wäre
ich schon jetzt ihr Opfer geworden.‟

„Was giebt es da? Was will der Fremde?‟
fragte Mr. Lowe, der stehen geblieben war und
sich nach ihm umgewendet hatte.

„Schutz gegen die Mörder, die der König
nach mir ausgesandt,‟ rief der alte Mann in
englischer Sprache, damit ihn die eingeborenen
Träger nicht verstehen sollten.

„Unsinn, Mann!‟ rief aber Mr. Lowe ärgerlich, „der König denkt nicht daran Euch zu
schädigen, und hat mir noch fest versprochen, daß
er Euch sogar Euer Eigenthum zurückgeben will.
Ihr seid hier nicht unter Heiden, sondern unter
Christen.‟

„Gott der Gerechte,‟ rief der Alte, „wollt’
ich doch, ich wär’ erst unter die Heiden. Aber
da kommt er — beim ewigen Gott, da kommt er!‟

Der Ausruf bezog sich auf den mit der größten Ruhe heranschlendernden Jura, der jedenfalls
schon die Truppe bemerkt hatte und sich jetzt wohl
hütete, irgend eine Eile zu verrathen.

„Ich begreife das Alles nicht,‟ sagte Mr.
Lowe kopfschüttelnd, „weshalb fürchtet Ihr Euch?
Hat Euch Jemand was zu Leibe gethan?‟

„Was zu Leibe gethan? Nein, dem Himmel sei Dank; aber sie hätten's, wenn mir der Mann da nicht einen Wink gegeben, auf meiner Huth zu sein, da der König mich aus dem Wege schaffen wolle."

„Ihr träumt."

„Will ich leben und gesund bleiben, daß es ein deutlicher Traum war, als der Bursche mit seiner kurzen Keule von hinten nach mir ausholte. Jetzt thut er unschuldig genug; aber ich hatte ihn im Auge und die Hand an dem kleinen Pistol hier, wo aber ist kein Pulver brin, und als ich mich rasch wendete und das ihm vorhielt, erschrak er ärger, als ich erschrocken war, und ließ die Keule fallen."

Mr. Lowe sah den jetzt unbefangen nahenden Eingeborenen, der, wie er recht gut wußte, zu seiner Gemeinde gehörte, streng an und sagte:

„Was ist das, Jura, dessen Dich der Weiße da anklagt? Hast Du einen Schlag nach ihm führen wollen?"

Der Eingeborene lachte laut auf. „Aber Mitonare," rief er, „weshalb soll ich ihn schlagen wollen? Ramara Toa hat mich nach ihm geschickt. Will ihm Sachen jetzt geben, weil er auch nach Hupai=Thal geht — soll ihn mit=

bringen zu Toa, aber nicht schlagen. Wer schlägt alten Mann?"

"Ihr hört, Freund," sagte der Missionär ruhig, "daß es ein Mißverständniß war — weiter nichts. Fura hat Euch nur zum König führen wollen, der Euch schon heute Eure Sachen zu überliefern gedenkt."

"Und wenn er mitgeht, ist er ein Esel," sagte Claus.

"Verlaßt Ihr Alle die Bai?" fragte da der Fremde, ohne auf irgend eine der beiden Bemerkungen zu antworten.

"Allerdings! Wir müssen nach dem Hupai= Thal hinüber."

"Dann begleite ich Euch," sagte der alte Mann entschlossen. "Will mir Ramara Toa meine Sachen wirklich wiedergeben, so kann er das ebenso gut thun, wenn ich zurückkomme. Lieber das Leben behalten, als es um die paar Stücke Kattun riskiren."

"Aber Ihr hört ja, daß Euer Leben gar nicht bedroht ist," sagte Mr. Lowe, dem die Gesellschaft des Alten nicht besonders angenehm schien, "und in unserer Colonie auch nicht bedroht sein kann. Geht mit Fura zurück, Ihr

habt nichts zu befürchten. Ich stehe Euch da=
für."

„Sie stehen mir dafür, wenn ich Eins auf
den Kopf bekomme und drin im Walde ver=
scharrt oder zu den Haifischen hinausgerudert
werde?" sagte der alte Mann — „wie haißt!
wie können Sie mir dafür stehen? Werden
Sie nachher dem König Vorwürfe machen, und
er wird sagen, was geht mich der Fremde an,
wie Kain zum Engel gesagt hat, war ich zu
seinem Hüter bestellt? Und der alte Aaron liegt
dann irgendwo weggesteckt. Sie stehen mir gut
dafür? Nein, der Mann da meint es gut mit
mir, der hat mir gesagt, daß er gehört hat, wie
Ramara Toa dem Burschen dort Auftrag ge=
geben, mich aus dem Wege zu schaffen. Wenn
er fort von hier geht, geh' ich auch fort. Wenn
er bleiben will, bleib' ich auch."

„Ja, ich kann nicht, mein Alterchen," sagte
Claus, „ich muß die gnädige Frau begleiten,
und drei, vier Tage werden wir immer aus=
bleiben."

„Dann geh' ich auch mit," rief der Alte
entschlossen. „Ruinirt bin ich noch lange nicht,
denn mein Geld trag' ich bei mir, und lieber

die paar hundert Thaler im Stiche gelassen, als von den Schurken heimtückisch erschlagen werden."

Lowe schwieg und sah dabei Jura fest an. Unmöglich war die Sache keineswegs, und der Bursche schien auch kein besonders reines Gewissen zu haben, denn er ertrug den Blick des Missionärs nicht, sondern wendete sich, verlegen lächelnd, an einzelne seiner Kameraden. Es blieb ihm aber nichts übrig, als den Fremden gewähren zu lassen, denn zurückweisen konnte er ihn nicht; sich deshalb an Jura wendend, rief er diesem zu:

„Sage an Ramara Toa, daß es der Fremde vorzieht, in unserer Gesellschaft nach dem Hupai-Thal zu gehen, um eine passendere Gelegenheit abzuwarten, sein Eigenthum zu fordern. Du hast mich doch verstanden?"

„Jawohl, Mitonare," erwiderte Jura, eben nicht besonders davon erbaut, „aber Ramara Toa wartet; er wird böse werden."

„Wirklich schade darum," sagte Aaron. Mr. Lowe schien aber eine weitere Unterhaltung vermeiden zu wollen, denn er winkte Jura nur mit der Hand, drehte sich dann ab und verfolgte seinen Weg, natürlich ein Zeichen für die

Uebrigen, die Unterhaltung ebenfalls als ab=
gebrochen zu betrachten.

Der kleine Zug bekümmerte sich auch nicht
mehr um den Abgesandten des Königs, der miß=
vergnügt genug zurückblieb, sondern folgte dem
Wege, der im Schatten des Waldes und jetzt
in der Abendkühle nach dem Hupai=Thal hinüber=
führte, bis sie eben die Nacht überraschte und
dann schnell ein flüchtiges Lager aufgeschlagen
war, das wenigstens den Thau von den Schläfern
abhielt. In der warmen und reinen Luft be=
durften sie keines weiteren Schutzes.

Am nächsten Morgen waren sie wieder mit
Tagesgrauen auf, da sie zubereitete Lebensmittel
genug bei sich führten, um nicht dadurch auf=
gehalten zu werden. Der alte Aaron hielt sich
indessen auf dem Marsche immer dicht zu Claus,
von dem er Näheres über die Insel zu erfahren
wünschte, und trotzdem, daß dieser die Sprache
der Eingeborenen eigentlich nur sehr mittel=
mäßig verstand, hatte er sich doch im Laufe der
Jahre, und mit dem nöthigen Mutterwitz ver=
sehen, ein ziemlich richtiges Bild von den hier
herrschenden Zuständen entworfen.

Demnach war Namara Toa „ein Lump, wie
er im Buche stand", der die Missionäre nur be=

günstigte, weil er mit diesen seinen Zweck zu erreichen, d. h. ein großer König zu werden und einst, wie Kamehameha auf den Sandwichs-Inseln, die Insel, auf der er wohnte, und nachher die Nachbarinseln zu unterjochen hoffte. Von Kamehameha sprach er wenigstens in einem fort und hatte sogar schon einmal Mr. Lowe den Vorschlag gemacht, dessen Namen anzunehmen. Davon rieth ihm aber der Missionär stets ab, da er nicht ohne Grund fürchtete, daß ein solcher Beiname seinen Ehrgeiz nur noch mehr anstacheln und reizen würde.

Einua, seine Frau, war, Claus' Beschreibung nach, eine Gans, die mit einem Strohdach herumlief, mit dem man sie, wenn sie sich so einmal in Deutschland zeigen sollte, augenblicklich einstecken würde. Taori, der Thronerbe, war ein braver junger Mensch — aber leider ein Vollblutheide und jetzt krank, und im Hupai-Thal die ganze Geschichte faul, weil es zwischen Tuia und der Motua-Bai lag, und im Falle eines Krieges jedenfalls von beiden Parteien angegriffen wurde. Das Hupai-Thal gehörte aber mit seiner Bai nach Motua, mit seinen Gesinnungen dagegen nach Tuia, und Ramara Toa sollte eine ganz besondere Wuth auf den kleinen Ort haben.

Aaron hörte ihm, ohne ihn auch nur ein einziges Mal zu unterbrechen, aufmerksam zu und überlegte sich dabei in aller Ruhe, wie er selber handeln solle. Nur als der Deutsche geendet hatte, fragte er ihn, wie es in Tuia stünde, über welchen Ort aber Claus nichts wußte, als was er dann und wann von den Missionären gehört. Die Lage der Tuia-Bai sollte wunderbar schön und das Volk kräftig und gut sein; der Häuptling desselben aber, obgleich Mr. Lowe seinen Wohnsitz dort aufgeschlagen und eine Druckerei und Schmiede hingestellt hatte, wollte nichts vom Christenthum wissen. Er lernte Lesen und das Eisen schmieden, ja, und Alles, was ihm Mr. Lowe sonst zeigte, hörte auch aufmerksam zu, wenn der Geistliche predigte, setzte aber allen Bekehrungsversuchen nur ein entschuldigendes Achselzucken entgegen. Es ging eben nicht — vielleicht später einmal.

Aaron nickte leise vor sich hin. Der Mann gefiel ihm, zu dem wollte er gehen, noch dazu, da Mr. Lowe ebenfalls dort wohnte, und wenn dieser dann einmal wieder nach der Motua-Bai zurückkehrte, konnte er ihn ja immer begleiten um noch einen Versuch zu machen, das ihm gehörende Eigenthum zu reclamiren; aber er traute Ramara Toa jetzt nicht mehr über den Weg und war fest entschlossen, ihn unter keiner Bedingung allein wieder aufzusuchen.

Jetzt hatten sie den Punkt erreicht, von dem aus man zuerst das Kupai-Thal überschaut Aber nicht mehr wie früher tönte ihnen das fröhliche Pochen der Gnatuklöppel entgegen — die Eingeborenen hatten diese Arbeit lange eingestellt, denn das viele Zeug, das die Fremden mitgebracht, machte die Beschäftigung unnöthig. Auch das friedliche Stillleben des kleinen freundlichen Ortes war gewichen. Auf dem See schaukelte kein Canoe, die Kinder spielten nicht am Strande, wie sie es sonst gethan. Nur zerstreut unter den Palmen standen Gruppen von Männern in ernstem Gespräch, und vor der einen Hütte, es war die Taori's, hatte sich eine größere Menschenmenge angesammelt, die dort irgend etwas zu erwarten schien. War der junge Häuptling schon seinem Leiden erlegen? Nein; die Ersten, die ihnen begegneten, beruhigten sie darüber. Er lebte, war aber so schwach, daß er nur wenig mehr sprach, und hatte nur ungedul=

big mehrmals an dem Morgen gefragt, ob die fremde Frau noch nicht eingetroffen sei. Jetzt wollte er hinauf in den Wald getragen werden. Es wurde ihm in der Hütte zu schwül und eng, und er sehnte sich hinaus unter die Wipfel der Palmen und in den kühlen Waldesschatten, wo ihn die über den See wehende Brise treffen konnte. Einige der Leute hatten eben die Trage aufgenommen und die Uebrigen standen vor dem Hause, um den jungen, geliebten Häuptling zu erwarten und zu begrüßen.

Noch ehe die Wanderer das eigentliche Dorf erreichten, begegnete ihnen der Zug. Voran trugen sechs Eingeborene den jungen Königs= sohn, neben welchen Einua einherschritt, und ein Schwarm von Trägern folgte, um die Ersteren, wenn sie müde werden sollten, abzulösen. Aber auch eine Zahl von Häuptlingen hatte sich ihm angeschlossen. Manche davon waren sogar von Tuia herübergekommen, und selbst an ihn beglei= tenden Frauen und Kindern fehlte es nicht.

Taori lag matt und erschöpft auf den für ihn ausgebreiteten Matten, aber im Schatten eines leichten, mit grünen Bananenblättern ge= deckten Daches, das die Sonnenstrahlen von ihm abhielt, jedoch überall der freien Luft Durchzug gewährte. Nur erst, als er der ihm Begegnenden ansichtig wurde und unter ihnen Mrs. Fremar erkannte, glitt ein Lächeln über seine bleichen Züge, und als sie herankamen, ließ er halten, streckte ihr die Hand entgegen und sagte freund= lich:

„O, das ist lieb von Dir, daß Du kommst, Du fremde Frau, ich habe mich so danach ge= sehnt, noch mit Dir zu sprechen. Willst Du uns begleiten? Wir gehen nicht weit, nur zu jener Höhe, wo wir den See noch überschauen können.“

„Gewiß gehe ich mit Dir, Taori,“ sagte Berchta freundlich, „ich bin herübergekommen, um Dir Trost und Hilfe zu bringen, wenn es irgend in meinen Kräften steht. Sei guten Muthes. Du bist jung, Dein Körper wird die Krankheit bewältigen und Du selber wieder die Hoffnung Deines Stammes werden.“

„Es ist gut, Bereta!“ winkte ihr Taori leise mit der Hand, „Du willst mir Hoffnung geben, laß uns weitergehen; die Sonne brennt hier so schwül, und das Athmen wird mir schwer. Die Uebrigen mögen ihren Weg verfolgen — geh Du allein mit uns. Was will der schwarze Mann an Deiner Seite?“

„Zu Dir sprechen, Taori," sagte Mr. Lowe
freundlich, „und Dein Herz zu Gott wenden."

„Mein Herz ist bei Gott," sagte der junge
Insulaner, während sich seine Brauen finster zu=
sammenzogen, „Du nennst ihn nur anders, wei=
ter nichts, — kommt!" und seinen Trägern ein
Zeichen gebend, hoben ihn diese wieder auf und
trugen ihn etwas seitab von dem Wege, einem
erhöhten Punkt zu, den er ihnen schon vorher
bestimmt.

Von dort aus murmelte eine klare Quelle,
von den höheren Bergen niederkommend, zwischen
einem wahren Blumengarten hin in's Freie.
Hochstämmige Palmen standen dort oben, breit=
wipfelige Mangobäume und wilde Bananen in
Menge, und dicht am Quell, wo die Sturzfluth der
zu Zeiten von starkem Regen niedergeschwemm=
ten Wasser eine Menge von Sand angeschwemmt.
hatte, schienen sich die Waldbäume von diesem
Boden fern gehalten zu haben, so daß sich da=
durch eine kleine offene Wiese bildete, die fast
wie ein künstlich angepflanzter Marai von hohen
Bäumen dicht umgeben war. Nur nach dem
Thale und dem See zu öffnete sie sich und ge=
stattete einen freien Blick über das liebliche
Bild.

Das war von jeher Taori's Lieblingsaufent=
halt gewesen, und er hatte sich dort sogar, aber
im dichten Laub versteckt, eine kleine Hütte ge=
baut, in der er manchmal bei plötzlich eintre=
tenden Gewittern Schutz finden konnte. Er be=
zeichnete auch genau diese Stelle, wo er mit
seinem tragbaren Bett niedergesetzt werden wollte,
und blickte dann eine Weile still und schweigend
auf die reizende Scenerie hinaus, die sich hier
seinem Blick öffnete — ja, schien in diesem An=
schauen seine Umgebung ganz zu vergessen. So
lag er lange, und keiner der ihn Umstehenden
wagte ihn in seinen Gedanken zu stören oder
zu unterbrechen, bis Einua endlich, welcher der
Anblick des kranken Kindes das Herz zusammen=
schnürte, freundlich sagte:

„Wie ist Dir, Taori? fühlst Du Dich hier
besser?"

„Ja, Mutter," nickte der Kranke leise, „viel
besser. Die Luft weht hier so kühl und mild
— es ist Alles so frisch und grün und kein
Lärm, kein Streit. Nur der Frieden Gottes
liegt auf der Erde."

„O, daß er auch in Deiner Seele läge,
junger Mann," sagte da Mr. Lowe mit von
Schmerz bewegter Stimme, „siehe, die Zeit rückt

heran, in der Du vor dem Thron des Höchsten
erscheinen wirst, und wenn er sein Antlitz von
Dir wendet — wenn er in Dein Herz schaut
und dort umsonst den wahren Glauben sucht —"

Taori winkte ihm mit der Hand.

„Laß es gut sein," sagte er freundlich, „sorge
Dich nicht um mich — mir ist wohl und ich
fürchte nichts."

„Ach, Taori," bat da auch seine Mutter,
„wenn Du nur hören wolltest, was er Dir
sagt. Er meint es so gut, und noch ist es ja
Zeit."

„Ich glaube, daß er es gut meint, Mutter,"
lächelte der junge Häuptling freundlich, „aber
sorge auch Du Dich nicht um mich und laß mir
das Eine nur, weshalb ich diesen stillen Platz
im Walde gesucht habe: Ruhe. Mit der weißen
Frau will ich jetzt sprechen. Tretet Ihr An=
deren alle zurück und — bereitet Euch vor, daß
wir die Nacht hier verbringen. Die Luft ist
viel kühler hier — ich will hier bleiben. Geh
mit ihnen, Mutter, ich möchte gern mit der
fremden Frau sprechen."

Einua seufzte tief auf, und selbst Mr. Lowe
schien nicht so recht mit dieser Anordnung ein=
verstanden; aber der Wille des Kranken mußte

nichtsbestoweniger befolgt werden; man durfte ihn nicht erzürnen, und Alle zogen sich von der Lagerstatt zurück, während Berchta allein neben ihm stehen blieb und mit tiefem Mitleid in den Zügen den Leidenden betrachtete, der eine kleine Weile mit geschlossenen Augen auf seiner Matte lag und in dem eingefallenen Antlitz nur zu deutlich die Spuren des nahenden Todes zeigte.

Endlich öffnete Taori die Augen wieder, und als sein Blick auf Berchta fiel, legte sich ein leises, freundliches Lächeln um seine Lippen.

„Das ist gut," flüsterte er, „das habe ich lange gewünscht, denn Du bist anders als die schwarzen Männer — auch anders als die alte, strenge Frau in Tuia, die manchmal herüberkam und uns mit ihren Erzählungen Furcht einjagen wollte. Sage Du mir jetzt, Bereta, und beant=worte mir die eine Frage nur offen und wahr: glaubst auch Du, daß Dein Gott so rachsüchtig ist, um das, was die Eltern gesündigt, an den Kindern bis in's dritte und vierte Glied zu strafen?"

„Die Schrift sagt es," erwiderte freundlich Berchta, „aber ich glaube fest, daß sie dem Worte eine falsche Deutung gegeben haben. Die Sünde der Väter straft sich an den Kindern, aber nur durch die Erziehung, die diese erhalten, und wie sie wieder ihre Kinder erziehen — nicht durch Gott. Er ist barmherzig — er ist unser Vater, und wie es undenkbar, daß wir selber ein Kind schlagen könnten, weil dessen Eltern einen Fehler begangen, so kann das noch viel weniger Gott thun. Nein, unsere Religion ist eine Religion der Liebe, und nur in Liebe will Gott, daß wir zu ihm beten sollen — nicht in Furcht."

Taori nickte leise lächelnd vor sich hin. Dann fuhr er fort:

„Und alle jene Länder, die Deinen Gott gar nicht kennen oder ihn vielleicht nur unter einem falschen Namen verehrten — geschieht mit ihnen, wie der schwarze Mann es sagt?"

„Ich weiß es nicht, Taori," flüsterte Berchta bewegt, „ich weiß es nicht, aber sieh um Dich — sieh diese Palmen, sieh dort den freundlichen See, sieh den blauen Himmel und die sonnige Erde, die fruchtbedeckten Bäume und grünenden Matten; kannst Du Dir denken, daß Gott einem Volke zürnt, dem er eine solche Heimath gegeben?"

Ein glückliches Lächeln flog über Taori's Züge. Er streckte der jungen Frau die Hand entgegen und hielt die ihrige lange darin, ohne zu sprechen. Sein Blick haftete dabei an ihrem Antlitz und flog dann wieder in das Freie hinaus über das schöne Land.

„Willst Du nicht mit mir beten, Taori?" sagte da Berchta leise, „beten zu dem Gott, den wir Beide verehren?"

„Bete Du für mich, Bereta," sagte Taori freundlich, „aber bete laut. Laß mich hören, wie Du mit Deinem Gotte sprichst."

Und Berchta kniete an seinem Lager nieder, das Herz war ihr von Wehmuth, das Auge von Thränen gefüllt; aber in voller Begeisterung quollen ihr die Worte von den Lippen, als sie, in kindlicher Demuth gebeugt, ihren Glauben, ihre Zuversicht und die feste Hoffnung auf Gnade und Erlösung aussprach, und dabei brünstig zu ihm betete, seine endlose Huld auf Alle — Alle auszugießen, die seine Liebe, wenn auch unbewußt, im Herzen trügen.

Toari hörte ihr aufmerksam zu — nicht ein Wort entging ihm — keine Silbe, die sie sprach, und auf sein Lager zurückgelehnt, horchte er den nicht lauten, aber beredten Klängen. Eine unendliche Freudigkeit hatte sich aber über sein Antlitz gebreitet — eine ruhige Zufriedenheit, die dem Kommenden getrost entgegensah. Jetzt, als sie geendet, schloß er langsam die Augen, aber das Lächeln wich nicht aus seinen Zügen, und still träumend lag er eine ganze Weile ruhig da.

Berchta rührte sich nicht, bis er von selber wieder die Augen aufschlug. Dann aber sagte er:

„Ich danke Dir, Bereta — ich danke Dir — es ist gut — recht gut — Alles. Nun laß meine Mutter herbeikommen."

Die Uebrigen traten jetzt wieder heran, und Lowe hielt den Moment, in welchem er ihn weich gestimmt fand, für günstig, zu ihm zu reden. Taori hörte ihn auch freundlich an; wie er aber nur davon begann, daß der Kranke seine Seele zu Gott wenden und seine Irr= thümer bekennen und bereuen solle, winkte ihm Taori wieder lächelnd mit der Hand und flü= sterte:

„Laß es gut sein, Mitonare. Du kommst zu spät — das ist Alles schon abgemacht. Habe auch keine Sorge um mich; ich habe selber keine."

„O," rief Lowe schmerzbewegt aus, „Du stehst an der Schwelle des Heils; willst Du denn nicht einmal den Fuß heben, um sie zu be= treten?"

„Wie wunderbar schön die Sonne auf dem Thal jetzt liegt!" sagte Taori. „Sieh nur, Mutter, wie jene Palmenwipfel den sonderbaren Streifen über die Wiese werfen — und jetzt fliegt der leichte Schatten über das Thal, — da — jetzt färbt er den See schwarz und zieht darüber hin; aber da tauchen schon wieder die goldenen Ufer auf. So ist der Tod — nur ein Schatten, der über das Leben zieht und kaum so lang, als er den Teich bedeckt, und drüben auf Bolutu, — oder wie anders der Platz auch heißen mag, glänzt die Sonne schon wieder neu und hell empor."

„O, sprich nicht von Bolutu," bat Lowe, „hebe Deine Seele zu —"

„Ruhe!" herrschte ihn der Kranke an. „Ihr habt mir das Leben verbittert; laßt mich wenigstens ruhig sterben. Wo nur der Vater bleibt! Er wollte doch heute noch kommen. Weine nicht, Mutter, ich habe es nicht böse mit dem schwarzen Mann gemeint; aber sie glauben nur immer, daß sie allein das Heil in den Händen hätten. Das ist nicht wahr, das Heil ist überall, und wer es haben will, kann es nehmen. Laß ihn gehen, Mutter; mir bleibt vielleicht nur noch kurze Zeit, und ich bin jetzt so froh, so glücklich!"

Taori schaute hinab auf den Bach, der dicht zu seinen Füßen vorübermurmelte, und dann wieder hinauf zu den Bäumen, unter deren Wipfeln er Schutz gegen die Sonne fand. Dann flog sein Blick zu den Umstehenden — heiter und glücklich, bis er zu der finstern Gestalt Lowe's kam, der mit gehobenen Händen wie in stillem, brünstigem Gebet stand.

Seine Brauen zogen sich dabei zusammen; aber es war nur ein Moment, denn neben ihm stand Berchta, seiner Mutter Einua Trost ein= sprechend, mit ihren guten, lieben Zügen.

So rückte der Abend heran. Seine Be= gleiter hatten sich im Wald gelagert, um ihr Mahl einzunehmen, als ein Läufer Ramara Toa's Ankunft meldete.

Berchta wendete sich wieder zu Taori, der in eine Art Halbschlummer gefallen war; aber sie erschrak über die Veränderung, die we= nige Stunden in seinem Antlitz hervorgerufen. Die Augen lagen ihm tief in den Höhlen, selbst der Mund hatte sich verzogen, und die Nase trat scharf hervor.

Er hatte seines Vaters Namen gehört und

schlug die Augen auf — sein Blick durchflog un=
stet den Kreis, haftete am Himmel, an den
Baumwipfeln, am See —

„O, wie schön ist es hier!“ flüsterte er, „wie
wunderschön — und daß ich das Alles verlassen
muß!“

„Wie ist Dir, Taori?“ sagte Berchta, die
an seine Seite trat. „Fühlst Du Dich krank?“

„Nein,“ sagte der Sterbende mit einem glück=
lichen Lächeln, „o, so leicht, so wohl! Lebe wohl,
Bereta — habe Dank — lebe wohl, Mutter —
grüßt mir die Schwester — ich komme — ich
komme —“

Noch einmal hob sich seine Brust wie von
einem schweren Seufzer, dann sank sein Kopf
zurück, und als Ramara Toa, der von dem be=
benklichen Zustand des Sohnes schon Kunde er=
halten, den Hang heraufstürmte, schloß er die
Augen, und der Vater stand erschüttert, gebrochen
neben der Leiche des Kindes.

„Er ist todt!“ rief Berchta, „o Gott, nimm
seine Seele gnädig auf! Sei barmherzig mit
ihm!“ Und wie ein Lauffeuer zuckte der Ruf
von Lippe zu Lippe: „Er ist todt!“

„Taori! Wehe!“ Und wie die Mutter, ganz
die neue Lehre vergessend, die ihr Geduld und

Fügung in den Willen des Unerforschlichen vor=
schrieb, nur ihrem Mutterherzen folgend, in
laute Wehklagen ausbrach, stimmte das Volk
mit ein, warf sich auf die Kniee, schlug die Stir=
nen gegen den Boden und jammerte und schrie,
daß sich der Ruf im Nu bis hinunter an den
See fortpflanzte und dort ebenso rasch sein Echo
fand.

Namara Toa stand neben der Leiche des
Sohnes, dessen Hand er gefaßt hielt, während
er mit der Linken seine Augen bedeckte. Aber seine
Stirn war in finstere Falten gezogen, und
Schmerz und Ingrimm rangen mitsammen in
seiner Brust.

Aus dem Thale herauf eilte Martin. Er
war drüben in seiner neuen Wohnung im Walde
dicht am Ufer eines andern kleinen Sees ge=
wesen, als die Wehklagen an sein Ohr brangen
und er nur zu rasch die schmerzliche Ursache der=
selben errieth. Als er den Platz erreichte, fand er
den Missionär neben der Leiche knieen und beten,
und Berchta mit der Mutter des Geschiedenen
beschäftigt, die sie zu trösten versuchte. Mr. Lowe
hob sich jetzt empor, und Martin ging auf ihn
zu, um ihm die Hand zu reichen, aber der Mis=
sionär nahm die noch immer gefalteten Hände

nicht auseinander. Er maß den jungen Mann mit einem ernsten, strengen Blick von oben bis unten, und sich dann kalt von ihm abbrehend, wendete er sich an Namara Toa, dessen Arm er ergriff und ihn mit sich ein Stück seitab führte, um mit ihm zu sprechen.

Martin blieb allein, und als sein Blick auf die Leiche des Jünglings fiel, tropften große, helle Thränen langsam von seinen Wimpern nieder.

13.
In Tuia-Bai.

Mr. Lowe hielt es für seine Pflicht, das am nächsten Tag stattfindende Begräbniß des Königssohnes zu leiten oder ihm wenigstens beizuwohnen, obgleich es die Bewohner des Hupai-Thales lieber gesehen hätten, wenn er sich fern davon gehalten. Aber Ramara Toa war gegenwärtig, und schon um den Schmerz des Vaters zu schonen, ließ selbst der sonst ziemlich eigenmächtige Tamoruva Alles geschehen, was der „schwarze Priester“ anordnete.

Taori hatte noch kurz vor seinem Tode den Wunsch ausgesprochen, dort oben an seiner Lieblingsstelle auch beigesetzt zu werden, und noch an dem nämlichen Abend gingen die Insulaner daran, eine Art von Gewölbe auszugraben, das sie mit Steinen und Balken unterstützten. Martin selber schaffte, was er an Kisten besaß, herbei, um nothdürftig einen Sarg damit herzustellen, an dem er aber sorgfältig alle früher den Kisten eigenen Zeichen und Worte unkenntlich machen mußte, weil die Eingeborenen darin eine Art Zauber gesehen haben würden.

Die Frauen des Hupai-Thals hatten indessen ein großes Stück gelben Gnatus herbeigeholt, dessen Ränder sie noch in der Nacht schwarz färbten. Das wurde über den Sarg gehangen und dieser dann, in Gegenwart des ganzen Stammes, da Niemand zurückbleiben wollte, wo es galt dem geliebten Fürsten das letzte Geleite zu geben, zu der Höhle getragen und dort, nach einer längeren Rede des ehrwürdigen Mr. Lowe, beigesetzt.

Ramara Toa stand kalt und finster daneben; Einua aber zerfloß fast in Thränen, und zu dem Schmerz über den Tod des geliebten Sohnes kam noch die Angst, daß er sich nicht bekehrt habe und nun den ewigen, furchtbaren Strafen entgegengehe. Berchta hatte sie, so viel nur in ihren Kräften stand, getröstet und ihr Muth und Zuversicht eingesprochen; aber dunkle Andeutungen des Missionärs machten immer neue

Zweifel in ihrer Brust aufsteigen, und ihr Mutterherz zagte und fürchtete für den Geschiedenen.

Der alte Aaron, der in Begleitung des Missionärs hier heraufgekommen war, hatte übrigens, Claus' Rath folgend, die Ankunft Ramara Toa's gar nicht abgewartet. Den Eingeborenen ist — wie er auch selber aus Erfahrung wußte — in solchen Perioden plötzlichen Schmerzes nie recht zu trauen; ihre Leidenschaft, und wohin sie sich wendet, ist unberechenbar, und der Alte traute dem Insulaner in der That nach dem, was er zuletzt von ihm gesehen, nicht mehr über den Weg. Dabei zweifelte er keinen Augenblick, daß er in Tuia freundlich aufgenommen werden würde, denn die größte Gastlichkeit herrscht ja auf allen diesen Inseln; und war es dann nicht möglich, sein Eigenthum dem habgierigen Häuptling von Motua wieder aus den Fingern zu reißen — nun was that's? Er besaß Mittel genug noch in einem breiten, um den Leib geschnürten und unter seinen Kleidern verborgenen Gurt, um mit einem andern Fahrzeug eine neue Reise zu beginnen, und da er auch schon von anderen Eingeborenen gehört, daß gar nicht so selten besonders Wallfischfänger in der Tuia-

Bai anlegten, gab es auch schon einmal eine Gelegenheit, um wieder fortzukommen.

Am nächsten Tage in aller Frühe setzte Mr. Lowe, und zwar noch vor Tagesanbruch, ebenfalls seine Reise nach Tuia fort, denn harte Worte waren noch an dem nämlichen Abend, an welchem das Begräbniß stattgefunden, zwischen Ramara Toa und dem alten Tamoruva gewechselt worden. Der Erstere hatte nämlich die Auslieferung aller derer verlangt, welche neulich an dem Tanze Theil genommen, um sie vor ein Gericht der Häuptlinge zu stellen, und der Letztere ihm diese Forderung rund abgeschlagen. Ramara Toa solle, wie er ihm sagte, mit seinen neubekehrten Christen machen was er wolle; denen aber, die noch am alten Glauben festhielten, hätten die Mitonares nichts zu befehlen, oder er könne selber in die Gefahr kommen, daß er am Sabbath — einem Tage der ihn gar nichts anginge — in seinem Yamfelde arbeitete und dann ebenfalls zu Straßenbau verurtheilt würde, und dafür danke er ganz entschieden.

Ramara Toa war wüthend geworden, hatte ihn einen Rebellen genannt und Mr. Lowe es deshalb für gerathen gehalten, diesem Streite aus dem Weg zu gehen, denn im Fall eines

plötzlichen Ausbruchs wären die Anhänger Ta=
moruva's der schwachen Begleitung des Königs
weit überlegen gewesen. Ueberhaupt hatte sich
schon seit Taori's Verurtheilung ein Geist in
der Bevölkerung gezeigt, der dem Missionär gar
nicht gefiel und ihn nur mehr Ramara Toa's
Behauptung zustimmen machte, daß es hohe Zeit
wäre, mit Ernst und Entschiedenheit gegen die
immer frecher auftretenden Götzenanbeter einzu=
schreiten. Am ganzen Strande fast, an der
Motua=Bai in Afaru und einigen anderen
Plätzen der Süd= und Ostseite der Insel hatten
die Eingeborenen ihre Götzenbilder herabgerissen
und verbrannt oder zu Ramara Toa gebracht,
damit er darüber verfügen möge; nicht so im
Hupai=Thal und in Tuia selber; ja unter den
Augen des ehrwürdigen Mr. Lowe und seiner
Gattin feierten sie, noch von ihrem Häuptling
dabei unterstützt, frech und schamlos ihre heid=
nischen Feste, tanzten des Abends im Monden=
licht am Strand des Meeres und besuchten wohl
die Predigten des Missionärs, aber nicht, wie
man einen so heiligen Ort betritt, mit Ehrfurcht
und Scheu, sondern eher als ob es eine Art
von Theater gewesen wäre, in das man eben

hineinging, um sich eine kurze Zeit darin zu unterhalten.

Die Frauen trieben es dabei fast noch ärger als die Männer, und Mrs. Lowe, die ein paar= mal energisch gegen sie auftreten wollte und dadurch vielleicht eher glaubte, sich Respect zu verschaffen, wurde offen verhöhnt. Ja, wenn sie mit ihrem großen Hut, von dem sie noch nicht ein einziges weiteres Exemplar hatte in Tuia an= bringen oder irgend wen veranlassen können, ihn zu tragen, am Strande ging, liefen die Kinder hinter ihr her und nahmen auch wohl eins der breiten Bananenblätter, das sie sich, eine der breiten Kanten nach oben, rechts und links an die Ohren hielten und dadurch eine ähnliche abnorme Form herstellten, wie sie ihnen der Hut zeigte.

Daß dadurch die überhaupt etwas reizbare Dame nicht freundlicher gegen den Platz ge= stimmt wurde, läßt sich denken, und selbst mit der jungen Frau des Häuptlings Matangi Ao, Nalata, der Schwester Taori's und einem lieben sanften Wesen, die immer freundlich und gut mit ihr war, stand sie auf keinem freundschaft= lichen Fuße, da sich diese, ebenso wie die übrigen Frauen, auf das entschiedenste weigerte, die

Blumen abzulegen, die sie in den Locken trug, und dafür einen ihrer Riesenhüte aufzusetzen. Nalata nahm aber all' ihre Vorwürfe und Ermahnungen gutmüthig lächelnd hin, litt auch nie, daß die Frau von irgend Jemandem in ihrer Nähe verspottet wurde, ja hörte ihr gern zu, wenn sie ihr von der Geschichte des Christenthums erzählte — aber freilich nicht mit gläubigem Herzen, sondern eher nur, wie man einem Märchen lauscht und sich dessen bunten Träumen eine Zeit lang hingiebt.

Als Mr. Lowe nach Tuia zurückkehrte — wohin ihm aber die Kunde von dem Tode Taori's schon vorangeeilt war und besonders Nalata's Herz mit tiefem Weh erfüllt hatte — war es sein Erstes, den Brief Ramara Toa's an Matangi Ao abzugeben, und dieser hielt ihn eine Weile ernst und staunend in der Hand, denn es war in der That der erste Brief, den er in seinem ganzen Leben bekam, und er wußte nicht gleich, was er damit anfangen solle.

„Und was soll das, Mitonare?" sagte er endlich, „weshalb sendet mir Ramara Toa nicht, wie er es sonst gethan, einen Boten, wenn er mir irgend eine Meldung machen will? — Weshalb dieses weiße Blatt, das ich sehr viel Mühe haben werde zu verstehen, und doch nur wieder durch ein fremdes Ohr hören muß? Weißt Du, was es enthält?"

„Ja, Matangi Ao," sagte Lowe freundlich, „ich weiß es, und gebe Gott, daß die Worte, die darin enthalten sind, Eingang in Dein Herz finden und es erleuchten."

Matangi Ao zog seine Brauen finster zusammen.

„Und Du hast ihm den Brief vorgesagt, nicht wahr?" fragte er, „weshalb richtest Du denn nicht gleich seine Botschaft aus? Ramara Toa hat den Brief nicht allein geschrieben."

„Du irrst, Matangi Ao," erwiderte freundlich Mr. Lowe, „nicht Ramara Toa hat den Brief geschrieben und ich ihm die Worte vorgesagt, sondern gerade umgekehrt. Ich habe ihn geschrieben, und der König dictirte mir die Worte, die ich niederschreiben sollte. Es sind also seine Gedanken, die darin stehen, nicht die meinigen, und niedergeschrieben sind sie, damit sie nicht wie ein gesprochenes Wort verhallen, sondern in Deinem Herzen immer wiederklingen sollen, sobald Du das Blatt in die Hand nimmst. Das eben ist der Zweck eines Briefes und eines Buches. Es sind Worte, die ewig bleiben wie eine Erinnerung aus dem eigenen Leben."

"So lies Du mir was darin steht," sagte Matangi Ao, "mein Herz ist betrübt über den Tod Taori's. Vielleicht schreibt er mir, wie es mit demselben zugegangen, denn ich habe Rechenschaft zu fordern. Was also will Ramara Toa von mir?"

Mr. Lowe faltete ruhig den Brief auseinander und las:

"Meine Liebe und freundlichsten Wünsche für Dich, Matangi Ao. Dies ist meine Botschaft für Dich. Zu meiner tiefen Betrübniß habe ich gehört, daß Du drüben in Tuia=Bai noch immer hartnäckig im alten Unglauben beharrst, während auf uns in Motua=Bai die Sonne des wahren Glaubens niederscheint. Mein Herz ist voll schwerer Sorge um Dich und meine Tochter Ralata, und ich wünsche, daß Gott Dich erleuchten möge. Auch die alten Götzenbilder aus Holz geschnitzt — nichts weiter als leblose Klötze — sind noch bei Euch aufgerichtet und werden angebetet. Das darf nicht länger sein, denn der wahre Gott ist ein mächtiger Gott und zürnt, wenn man andere Götter neben ihm hat. Ich bin besorgt um meine Tochter, daß sie einst den

ewigen Strafen verfällt. Wirf Deine Götzen=
bilder nieder und sende sie mir nach Motua=
Bai — auch Cavawurzel, Yams und drei Schweine
sende mir als ein Zeichen, daß ich sehe, Du
seiest mir freundlich gesinnt und wollest meinen
Befehlen gehorchen; auch zwei Ballen Gnatu
magst Du dabei legen und sechs feine Matten,
damit wir Freunde bleiben immerdar. Hast Du
das gesendet, dann werde ich mit meinen
Häuptlingen und grüne Zweige in der Hand
nach Tuia kommen und Dir viele schöne Sachen
mitbringen, für Dich und meine Tochter. Ich
bin reich. Ein ganzes Schiff mit Gütern hat
mir der Himmel im Sturm gesendet, während
er Euch nur die Palmen niederbrach und die
Bananenstämme knickte. Gott zürnt mit Tuia.
Ich will beten, daß er seinen Zorn von Euch
wende. Dies ist meine Botschaft an Dich, Ma=
tangi Ao und an Nalata, meine Tochter.

Namara Toa."

Matangi Ao hatte ihm schweigend zugehört
und dabei kein Auge von seinen Lippen verwandt.
Er verzog auch keine Miene, nur ein leichtes,
fast spöttisches Lächeln zuckte um seine Mund=
winkel, als er, sobald der Missionär geendet,
ruhig sagte:

„Ist Namara Toa durch den Tod seines Sohnes im Geist verwirrt geworden, daß er mir schreibt, er wäre reich geworden, und zugleich von mir verlangt, ich soll ihm zwei Ballen Gnatu, sechs feine Matten und Yams und Schweine senden, oder glaubt er etwa, daß Matangi Ao ihm Tribut zahlen würde?"

„Die Hauptsache, was er verlangt," sagte Mr. Lowe, „ist jedenfalls die, daß die alten Götzenbilder hier aus den Hainen entfernt wer=ben, um nicht das Volk noch immer in dem Glauben zu bestärken, ein roh zugehauener Holz=klotz könne es vor Leid bewahren und ihm Glück und Frieden schenken. Nur der wahre und al=leinige Gott ist im Stande, das zu verleihen."

„Und betest Du wirklich zu dem wahren Gott?" sagte der junge Häuptling, ihn fest und forschend ansehend.

„Und fragst Du das noch, Matangi Ao?" rief Lowe wirklich erstaunt aus, „glaubst Du, daß wir so weit über das Meer herübergekommen wären und unsere Heimath verlassen hätten, nur um Euch das Glück und ewige Heil zu bringen, wenn auch nur noch ein Zweifel in unseren Herzen lebte, ob unser Glaube der wahre sei? Ja, haben wir nicht die Offenbarung dafür und das heilige Buch, das Alles bestätigt, was wir Euch hier lehren?"

„Es ist gut — wir wollen später darüber sprechen," sagte der junge Häuptling, ihm mit der Hand wehrend, „nicht jetzt werde ich mit Dir streiten —"

„Und welche Botschaft willst Du Ramara Toa senden?"

„Soll ich ihm einen Brief zurückschicken?" lächelte Matangi Ao.

„Es wird sicher das Beste sein," erwiderte der Missionär, „denn Du brauchst dann die Worte keinem Boten anzuvertrauen."

„Gut! es sei so," nickte der Insulaner, „aber vorher muß ich die Häuptlinge zusammenrufen, um die Antwort gemeinschaftlich mit ihnen zu berathen."

„Und bist Du nicht der oberste und mächtigste Häuptling des Districtes?"

„Und dennoch hat Ramara Toa gewagt, Tribut von mir zu fordern?" sagte Matangi Ao, „aber Du verstehst unsere Sitte nicht — laß mich gewähren."

„Wenn Du meinem Rath folgen wolltest, Matangi Ao —" sagte Mr. Lowe freundlich.

„Ich weiß, wie der ausfallen würde," nickte

der Häuptling, „aber ich brauche Deinen Rath nicht, Mitonare. Dafür haben wir die Versammlung der Edlen unseres Volkes, um zu wissen, welchen Weg wir zum Besten des Landes einzuschlagen haben — nicht den Rath von Fremden, die heimathlos auf unserer Insel sind und sie verlassen, wenn es ihnen nicht länger hier gefällt."

„Aber wenn der Rath aus wohlwollendem Herzen kommt," sagte Lowe, „und nur dazu dienen soll, um Krieg und Blutvergießen von Eurer schönen Insel fernzuhalten?"

„Ha!" rief Matangi Ao, aufmerksam werdend, „ist das etwa Ramara Toa's Absicht, und denkt er daran, mit Gewalt das zu erzwingen, was er mit glatten Worten nicht erreichen kann?"

„Ich spreche nur von der Möglichkeit eines solchen Falles," sagte Lowe ausweichend, „Ramara Toa ist mächtig. Er hat auf dem neulich gestrandeten Schiffe viele Gewehre gefunden."

„Und viele habt Ihr ihm selber mit der Bibel gebracht," sagte Matangi finster, „rede mir nicht; ich weiß es."

„Einzelne, ja," erwiderte Lowe, „aber nicht um damit Krieg zu führen und Menschen zu tödten — was Gott verhüten wolle — sondern nur um die Thiere des Waldes zu erlegen und reiche Beute von der Jagd heimzubringen."

„Es ist gut," winkte der Häuptling noch ein=mal mit der Hand, „ich werde Dich rufen lassen, wenn ich wieder mit Dir reden will, und Du magst dann meine Antwort an Ramara Toa schreiben. Geh! ich sehe wie es ist — Eure Re=ligion soll den Frieden bringen, und sie säet Feindschaft und Haß in unsere Herzen und treibt Bruder gegen Bruder im unnatürlichen Kampf. Geh! ich will zu m e i n e n Göttern beten, daß sie das Unheil von diesem Lande abwenden, oder, wenn es sein muß, unsern Arm stärken, um ihm zu begegnen. Geh, Mitonare — ich werde die Häuptlinge zusammenrufen — ich weiß, daß sie es gut mit dem Lande meinen."

Mr. Lowe konnte nicht weiter in ihn bringen, denn er mußte wohl, daß irgend eine Widerrede den jungen hitzköpfigen Wilden nur erbittert, aber ihn nie seinem Ziel geneigt gemacht hätte. Aber er kannte viele der Häuptlinge, von denen einige schon seiner Lehre zuneigten. Allerdings mußte er, daß diese gerade zu den „Unzufriedenen" in Tuia gehörten, von denen es ja in jedem Lande giebt, und weit eher aus politischen als wirklich religiösen Gründen eine Opposition ge=

gen Matangi Ao zu bilden wünschten; aber er tröstete sich leicht damit, daß Gott die verschiedensten Werkzeuge brauchte, um Alles zu einem guten Ende zu führen, und gerade die Herzen der schlimmsten Heiden oft gewendet habe, daß sie seine eifrigsten und treuesten Anhänger und Verbreiter seiner Lehre wurden.

Matangi Ao aber, rasch im Handeln wie im Denken, säumte nicht, die von Ramara Toa erhaltene Botschaft seinem Volke, und zwar in dessen Führern, mitzutheilen und ihre Meinung darüber zu hören. Es war das allerdings wohl eigentlich nur eine Form und sein eigener Entschluß schon vom ersten Moment an, wo er die entwürdigende Zumuthung erfuhr, gefaßt. Aber selbst dieser Form mußte genügt werden, und es zerstreute bei ihm auch in etwas den bitteren Schmerz um den verlorenen Freund, dem sich Ralata indessen mit aller jener Heftigkeit hingab, deren diese südlichen Völker fähig sind.

Arme Schwester! Sie hatte Taori so heiß geliebt; er war so gut, so brav gewesen, und wie glücklich fühlte sie sich immer, wenn er sie einmal auf eine kurze Zeit in Tuia besuchte. Jetzt war er geschieden — für immer, und das Herz hätte ihr brechen mögen, wenn sie daran dachte, daß sie sein treues Antlitz nimmer schauen, nie wieder den warmen Druck seiner Hand fühlen solle.

Matangi Ao störte sie nicht in ihrem Kummer. An einem der entfernteren Theile der Bai, damit sie nicht einmal durch das Zusammenkommen vieler Menschen beunruhigt werden konnte, bestimmte er den Ort der Zusammenkunft für den Abend, und Boten wurden nach allen Seiten ausgeschickt, um die verschiedenen ihm untergeordneten Häuptlinge herbeizurufen.

Diese folgten auch, so rasch sie möglicherweise konnten, der Einladung, denn gleichzeitig drang zu ihnen ja auch die Kunde von Taori's Tod und erfüllte ihre Herzen, da sie die Ursache desselben kannten, mit Bitterkeit. Ja drohende Worte wurden dann und wann, als sie Mr. Lowe's Wohnung passirten, gegen ihn wie gegen alle Mitonares ausgestoßen, und Mrs. Lowe besonders gerieth in nicht geringe Angst. Lowe selber aber, der sich unter dem Schutz Matangi Ao's sicher wußte, sprach freundlich zu ihnen, und als Einer, ein wilder Bursch, von dem man erzählte, daß er schon in früherer Zeit zwei Weiße erschlagen habe, mit erhobener Keule auf ihn zutrat und ihm bis auf die Schwelle seiner Wohnung .folgte, lud er ihn ein, hereinzukommen und mit Theil an ihrem Mahl zu nehmen, was den Eingeborenen dermaßen verblüffte, daß er sich scheu zurückzog und sagte, er habe nur einen Scherz gemacht, er wolle ihm nichts zu Leide thun.

Wild und stürmisch ging es aber bald darauf in der Versammlung der Häuptlinge zu; denn kaum erfuhren diese, um was es sich handle, als sie auch zornig emporfuhren und Matangi Ao zuriefen, eine solche Beleidigung nicht zu dulden, sondern sie selber nach Motua zu führen, damit sie sich Tribut von Ramara Toa holen konnten.

„Er ist reich geworden," schrieen sie, „aber ein Schiff, das an der Küste scheitert, gehört dem ganzen Volke, und er muß wenigstens seine Beute mit uns theilen."

Andere dagegen mahnten zum Frieden. Ramara Toa·sei, wie schon sein Beiname Toa bezeichne, König der Insel und als solcher wohl befugt, einen kleinen Tribut zu fordern. Aber jetzt brach der Sturm los und ein solcher Lärm entstand, daß Matangi Ao selber emporspringen und Frieden gebieten mußte. Als sich das Toben endlich beruhigt, sagte er mit lauter, aber vollkommen leidenschaftsloser Stimme:

„Ich habe zu meinem Erstaunen gehört, daß Einzelne in unserer Mitte der Ansicht sind, daß Ramara Toa ein Recht zustehe, über unsern Glauben und unser Eigenthum zu verfügen. Es wird gut sein, die genau kennen zu lernen, welche wirklich solche Gedanken hegen. Wir müssen wissen, wie wir hier zusammen stehen, damit ich Ramara Toa bald Kunde von unserer Gesinnung geben kann, denn der Rath der Häuptlinge hat darüber zu bestimmen. Wer also dafür stimmt, daß wir an Ramara Toa den verlangten Tribut senden, und ihm dabei zugleich — gehorsam seinem Befehle — die bisher verehrten Götzenbilder senden, damit er sie dort in's Feuer wirft und uns erlaubt, seinen Glauben anzunehmen, der trete dort zur rechten Seite hinüber. Die Anderen aber," fuhr er mit erhöhter Stimme fort, „die gewillt sind, einem so frechen Begehr auch die darauf passende Antwort zu geben, kommen hier herüber zu mir. Theilt Euch, Ihr Häuptlinge; wir wollen jetzt sehen, wer für und wer gegen uns ist."

Ein unbeschreiblicher Tumult folgte; denn Alles sprang empor und stürmte zu Matangi Ao's linker Seite. Ja, selbst die Einzelnen, die es vielleicht gern gesehen hätten, wenn ihr

Führer in etwas gedemüthigt wäre, wagten es
doch nicht, dem so entschieden ausgesprochenen
Entschluß der überwiegenden Mehrzahl entgegen=
zutreten. Sie zögerten wohl einen Moment, aber
auf die rechte Seite traten sie doch nicht hinüber,
sondern folgten, wenn auch langsamer, den Uebri=
gen, bis sie Alle o h n e Ausnahme an Matangi
Ao's linker Seite standen. Ein trotziges Lä=
cheln flog aber über die Züge des jungen Häupt=
lings, als er das Resultat dieser wunderlichen
Abstimmung überschaute.

„Also nicht Einer von Allen will unsere
Götter aufgeben oder Bote sein, um den Tribut
in das Lager des Toa zu bringen? Gut, Freunde
— ich hatte es auch nicht anders erwartet, und
überlaßt mir nun die Antwort, die ich Ramara
Toa senden werde."

„Aber wir wollen keinen Krieg mit Ramara
Toa," riefen doch jetzt Einzelne der Gegenpartei,
„wir wollen in Frieden auf der Insel leben, da=
mit kein Blut zwischen Brüdern vergossen werde."

„Und darin stimm' ich mit Euch überein,"
erwiderte Matangi Ao freundlich, „kein Blut
soll zwischen uns vergossen werden, so lange ich
es hindern kann. Wir wollen friedlich neben=
einander wohnen, und hat Ramara Toa den

neuen Glauben angenommen und sich von unseren Göttern gewendet, gut, wir wollen ihm deshalb nicht zürnen. Wir wollen sehen, ob sich das Volk glücklich darin fühlt, ob ihr Gott stärker und mächtiger ist, als es die unseren sind, und haben wir das erfahren, dann bleibt uns noch immer Zeit, uns ebenfalls der neuen Lehre zuzuwenden."

„Wenn er keinen Krieg beginnt," sagte Tona Os, ein alter Häuptling, „so soll er vor uns Ruhe haben, wir wollen nichts von ihm, aber er soll uns auch nicht zwingen seine Mitonares anzunehmen. Schicke sie aus dem Land, Matangi Ao. Was thun sie zwischen uns? Wir brauchen ihren Zauber nicht und sehen sie lieber gehen als kommen."

„So lange sie harmlos zwischen uns leben," erwiderte der junge Häuptling, „weshalb sie fortschicken? Sie sind klug und geschickt und verstehen Manches, was wir von ihnen lernen können. Wer hat uns gelehrt, Fischhaken und Hacken machen, und wer uns scharfe Beile gebracht, um unser Holz damit zu fällen? Sie sind unsere Gäste, und das Land bringt Brotfrucht und Yams genug hervor, um auch sie zu ernähren. Sie mögen zwischen uns wohnen, und ich will nicht, daß Einer von ihnen geschädigt werde."

„Und die Waffen, die sie Ramara Toa ge=
bracht?"

„Noch hat er sie nicht gegen uns gewendet
und wird es auch hoffentlich nie. Wir sind ein
friedliches Volk, das sich nicht um den Nachbar
bekümmert, sondern ruhig seiner eigenen Be=
schäftigung obliegt. Braucht Ramara Toa die
Feuerwaffen, um den wilden Stier in den Bergen
zu erlegen, gut — wir vermögen dasselbe mit
Bogen und Pfeilen und unserer Lanze, und
wollten sie uns wirklich z w i n g e n, ihrem Willen
zu folgen — ei, unsere Keulen sind schwerer
als ihre Kugeln, wenn auch vielleicht nicht so
schnell. Aber Ramara Toa denkt an nichts Der=
artiges," setzte er freundlich hinzu, „er wird
nicht das Land, in dem seine einzige Tochter lebt,
feindselig angreifen. Ich werde ihm Botschaft
schicken, daß wir seiner freundlich gedenken und
mit ihm trauern, weil er den einzigen Sohn
verloren hat. Ist das die Meinung der Häupt=
linge, wie sie hier versammelt sind?"

„Ja, ja!" rief es fast einstimmig aus der
Schaar der Männer. „Er soll uns in Frieden
lassen, denn wir wollen in Frieden mit ihm leben.
Keinen Krieg mit Ramara Toa!"

„Gut," sagte Matangi Ao freundlich, „in

diesem Sinne werde ich ihm die Botschaft senden. Ramara Toa ist ein braver Häuptling und der Vater meines Weibes. Ich selber will keinen Streit mit ihm. Wir sind einig, Ihr Häuptlinge von Tuia, und wie wir auch vereint stehen wür=den, um einen Angriff auf unsere Freiheiten zurückzuweisen, so sind wir auch der Einen Mei=nung, daß wir in dem schönen Lande — unserer Heimath — in Frieden nebeneinander wohnen wollen."

Die Versammlung war beendet, und die Häuptlinge zerstreuten sich, um — da sie doch einmal nach der Bai herübergekommen waren — noch Bekannte und Freunde aufzusuchen und mit diesen den Tag zu verbringen. Matangi Ao aber, der seinen Schwiegervater wohl ge=nauer kannte als irgend einer der Uebrigen, trotz=dem jedoch fest entschlossen war, ihm keinen Fuß=breit Boden auf dem Grund zu räumen, den er für sein eigenes Recht hielt, schritt, finster und seinen eigenen Gedanken nachhängend, geraden=wegs zu der Wohnung des Mr. Lowe hinüber, wo der Bote von Ramara Toa wartete, um seine Antwort mit nach Motua=Bai hinüberzunehmen.

„Und was haben die Häuptlinge beschlossen,

Matangi Ao?" fragte der Missionär, als er das Haus erreichte.

„Setze Dich hin, Mitonare, und schreibe den Brief," sagte der junge Häuptling ruhig, „wir wollen Frieden mit Ramara Toa."

„O, wie mich das freut, Matangi," rief Lowe rasch, „so seid Ihr zu einem guten Entschluß gekommen?"

„Setze Dich hin und schreibe den Brief. Du wirst Alles hören, aber der Bote braucht es nicht zu wissen. Bist Du bereit?"

„Im Augenblick; es liegt Alles fertig. Tritt herein und sage mir jetzt, was ich schreiben soll."

Noch während er sprach, hatte Lowe den schon auf dem Tisch liegenden Bogen zurechtgeschoben und sah erwartungsvoll zu dem Häuptling auf.

„Freundschaft und Liebe Dir, Ramara Toa," dictirte jetzt Matangi, indem er gedankenvoll hinaus in's Freie sah, „Freundschaft und Liebe — dies ist meine Botschaft für Dich. Wir trauern mit Dir, daß Du den Sohn verloren. Er war mein Freund — ich liebte ihn mehr als mich selbst. Er ist todt. Eure Gesetze haben ihn todtgemacht."

„Aber Matangi — die Gesetze des Stammes —"

„Schreibe, was ich Dir sage — ich kann nicht selber so viel schreiben, aber ich kann lesen, und ein Anderer ist hier, der lesen kann und mir sagen wird, ob Du recht geschrieben.“

„Ein Anderer?“

„Schreibe nur!“

„Sprich weiter. Ich habe Alles.“

„Gut. Eure Gesetze haben ihn todtgemacht — aber es ist geschehen. Wir wollen in Frieden nebeneinander wohnen. Du in Motua-Bai, ich in Tuia. Du hast Deinen Gott, laß uns die unserigen!“

„Du willst bei Deinen Götzen verharren?“

„Schreibe!“ sagte Matangi Ao finster. „Nicht um Dir Rechenschaft zu geben bin ich hierhergekommen, sondern um meine und der Häuptlinge Botschaft an Ramara Toa zu senden. — Laß uns die unserigen. Wir senden sie Dir nicht; sie sind unser Heiligthum, und wäre Dein Gott so mächtig, so hätte er sie lange zerstört.“

Mr. Lowe hätte gern wieder einen Einwurf gewagt, aber er getraute es sich nicht; der junge Häuptling sah gar so ernst und finster aus, und er schrieb deshalb ruhig weiter.

„Was den Tribut betrifft, den Du von uns verlangst,“ fuhr endlich Matangi Ao nach einer

kleinen Pause fort, „so habe ich heute eine Ver=
sammlung der Häuptlinge einberufen und ihnen
die Frage vorgelegt. Sie sagen Nein. Du bist
reich, Du brauchst unsere Matten nicht und
unser Gnatu — wir nicht Deine Waaren der
Fremden. Komme zu uns mit Deinen Häupt=
lingen und Du sollst uns ein lieber Gast sein.
Wir haben Brotfrucht und Fische, Bananen und
Cocosnüsse, und die weichsten Matten liegen für
Dich bereit. Laß uns in Frieden nebeneinander
wohnen. Dies ist meine Botschaft für Dich,
Ramara Toa.   Matangi Ao.“

„Und den Brief willst Du fortschicken?“

„Gieb ihn mir. Hast Du Alles geschrieben,
wie ich es Dir gesagt? Jedes Wort?“

„Jedes Wort, Matangi Ao.“

„Gut — ich glaube Dir,“ nickte der Häupt=
ling, indem er mit seinem Blick das Schreiben
überflog „Falschheit würde Dir auch nichts
nützen, sondern nur schaden. Lies mir den Brief
vor.“

Mr. Lowe las, und der junge Häuptling
nickte dabei zufrieden mit dem Kopfe.

„Es ist gut,“ sagte er, „jetzt gieb dem Boten
den Brief und laß ihn eilen, daß er Ramara Toa
noch im Hupai=Thal antrifft. Wir wollen Frie=

ben mit ihm haben, keinen Streit. Er soll in Motua=Bai bleiben, wir bleiben in Tuia, und wenn er freundlich kommt uns zu besuchen, so soll ihm zu Ehren ein großes Fest gefeiert werden. Sage das dem Boten, damit er es weiter erzählt und die Völker wissen, Ramara Toa und Matangi Ao sind Freunde. Ich habe keinen Groll gegen ihn."

„Und wenn er der Botschaft zürnt?"

„Fürchtest Du das?" sagte der Häuptling finster.

„Er rechnet fest darauf, daß Du seinen Wunsch erfüllst."

„Er irrt sich dann, das ist Alles," sagte Matangi Ao. „Geh, thue, was ich Dir gesagt. Laß den Boten Speise mitnehmen, daß er unterwegs nicht zu kochen braucht. Hast Du nicht gehört, was ich mit Dir gesprochen?"

Mr. Lowe seufzte tief auf, aber er wußte auch recht gut, daß er durch Alles, was er im Stande gewesen wäre zu erwidern, nichts an der einmal beschlossenen Sache geändert haben würde. Die heidnischen Indianer schienen fest gewillt, in keiner Weise nachzugeben, und der Erfolg mußte jetzt zeigen, ob Ramara Toa oder Matangi Ao mächtiger sei.

Der Bote wurde herbeigerufen und ihm der Brief übergeben, und kaum eine Viertelstunde später eilte er, so rasch ihn seine Füße trugen, den Pfad entlang, der hinüber nach dem Hupai=Thal führte.

Ende des zweiten Bandes.